Andreas Eschbach

Das Marsprojekt – Die gläsernen Höhlen

Weitere Titel von Andreas Eschbach im Arena Verlag:

Das Marsprojekt – Das ferne Leuchten
Das Marsprojekt – Die blauen Türme
Das Marsprojekt – Die steinernen Schatten
Das Marsprojekt – Die schlafenden Hüter

Gibt es Leben auf dem Mars?

*Black*Out*
*Hide*Out*
*Time*Out*
Die seltene Gabe
Perfect Copy
Aquamarin
Submarin
Ultramarin
Gliss

Andreas Eschbach,
geboren in Ulm, studierte in Stuttgart Luft- und Raumfahrttechnik und wurde durch den Thriller »Das Jesus-Video« bekannt. Die Fortsetzung »Der Jesus-Deal« eroberte 2014 erneut die Bestsellerlisten. Mit »Eine Billion Dollar«, »Der Nobelpreis«, »Ausgebrannt«, »Ein König für Deutschland«, »Herr aller Dinge« und »Todesengel« gehört Eschbach zu den deutschen Top-Thriller-Autoren. Seine Romane für junge Leser erschienen im Arena Verlag. Andreas Eschbach lebt als freier Schriftsteller mit seiner Familie in der Bretagne.

Das Marsprojekt

Die gläsernen Höhlen

Andreas Eschbach

www.blauer-engel.de/uz195
- ressourcenschonend und umweltfreundlich hergestellt
- emissionsarm gedruckt
- überwiegend aus Altpapier

MI6
Dieses Druckprodukt ist mit dem Blauen Engel ausgezeichnet

RECYCLED
Papier aus Recyclingmaterial
FSC® C110508
www.fsc.org

3. Auflage als Sonderausgabe im Arena-Taschenbuch 2022

Rottendorfer Straße 16, 97074 Würzburg

Dieses Werk wurde vermittelt durch die
Literarische Agentur Schlück GmbH, 30161 Hannover
Umschlaggestaltung: Frauke Schneider unter Verwendung eines
Fotos von © shutterstock (2)
Gesamtherstellung: Westermann Druck Zwickau GmbH
ISSN 0518-4002
ISBN 978-3-401-51000-2

Besuche uns unter:
www.arena-verlag.de
www.twitter.com/arenaverlag
www.facebook.com/arenaverlagfans

Inhalt

1 Raumschiffe über dem Mars

Zwei gewaltige Raumschiffe näherten sich dem Mars.

Es handelte sich um die beiden Transporter MAHATMA GANDHI und MARTIN LUTHER KING, zwei der größten Raumschiffe, die Menschen jemals gebaut hatten. Sie waren im Weltraum montiert worden und würden niemals die Oberfläche eines Planeten berühren. Für den Flug hierher hatten sie vier Monate gebraucht und die meiste Zeit über hatten die Menschen an Bord nur Leere ringsumher gesehen. Erst in den letzten Tagen war der Planet, den sie ansteuerten, sichtbar geworden. Als kleiner rotgelber Lichtfleck zuerst, aber inzwischen prangte auf dem Hauptbildschirm der Steuerzentrale eine gewaltige rostrote Kugel, deren südliche Hälfte zu einem großen Teil von gelblichen Schlieren überzogen war.

»Sind das Sandstürme?«, fragte der Kommandant der MARTIN LUTHER KING, Mahmoud Al Salahi, seine Navigatorin.

Die nickte. »Ja. Ungewöhnlich für diese Jahreszeit. Auf dem Mars ist gerade Frühling, da sind Stürme dieses Ausmaßes eher selten.«

»Aber sie kommen vor?«

»Ja. Sie kommen vor.«

Der Planet sah aus, als bestünde er aus Eisen und sei im Lauf der Jahrtausende verrostet. Dieser Eindruck war nicht ganz falsch: Die Oberfläche des Mars enthielt einen hohen Anteil an Eisenoxid, was tatsächlich nichts anderes war als Rost.

Eine schmale, von Pol zu Pol laufende Linie, die Hell und Dunkel voneinander trennte, wanderte über den Westrand der Valles Marineris hinweg: die Dämmerungszone. Dort, am Fuß des Tharsis-Massivs, lag die Marssiedlung, wo in diesem Augenblick die Sonne aufging. Eine schwache blasse Sonne in den Augen von Erdenmenschen freilich, da der Mars viel weiter von ihr entfernt war als die Erde.

Die Valles Marineris . . . Das riesige, weit verzweigte Geflecht tiefer Schluchten sah unglaublich eindrucksvoll aus, selbst aus dem Weltraum. Die Formation ähnelte dem Grand Canyon auf der Erde, war aber viel, viel größer. Sie umspannte fast ein Viertel des Planetenumfangs, und wenn man sie so in ihrer Gesamtheit sah, hatte man unwillkürlich den Eindruck, auf eine uralte, vernarbte, schreckliche Wunde zu schauen.

»Wir sollten diesen Anblick genießen«, meinte der Kommandant versonnen. »Im Grunde bleibt uns nicht viel anderes zu tun.«

Das war das Frustrierendste an ihrer Mission. Sie waren vor etwa vier Monaten aufgebrochen, würden knapp einen Monat auf dem Mars verbringen und der Rückflug würde noch einmal dreieinhalb Monate dauern. Fast ein Dreivierteljahr unterwegs – für nichts! Denn die Aufgabe, deretwegen sie gestartet waren, hatte sich inzwischen erübrigt.

Salahis Blick fiel auf den Mann am Orterpult, der sich, seine Instrumente studierend, am Kopf kratzte. Weiter nichts. Eine ganz normale Geste, zumindest hatte es den Anschein.

Man sagte Kommandant Salahi nach, er besäße einen sechsten Sinn. Manchmal schien er Ereignisse zu erahnen, bevor sie passierten, und es gab Leute, die ihn im Verdacht hatten, Gedanken lesen zu können.

»Jim«, fragte er, »was gibt es?«

Jim Weber, der Orter, fuhr herum, als hätte man ihn bei etwas Verbotenem ertappt. »Ähm ... wahrscheinlich nichts, Sir.«

»Wahrscheinlich ...?«

Der Mann seufzte. »Da waren bloß ein paar Radarsignale, die seltsam aussahen.«

»Können Sie das vielleicht ein bisschen genauer erklären?«, hakte Salahi nach. »Womöglich in Form einer Meldung? Sie wissen schon, so, wie sie es einem an der Weltraumakademie beibringen.«

Weber wurde rot. »Entschuldigen Sie, Sir.« Er räusperte sich. »Kommandant, melde, dass ich vor etwa einer Stunde Signale aufgefangen habe, die aussehen, als würden sich noch mindestens fünf weitere Raumschiffe dem Mars nähern.«

Alle Augen waren nun auf den Orter gerichtet.

»Interessant. Darf ich mal sehen?«, bat der Kommandant.

Ein paar Schaltungen, dann verschwand das Bild des Roten Planeten vom Hauptbildschirm und eine Aufzeichnung der Radarsignale lief ab.

»Das geht ungefähr zehn Minuten lang so, dann verschwinden die Echos wieder«, erklärte Jim Weber. »Wenn ich das Radar jetzt auf dieselbe Stelle ausrichte, ist nichts mehr zu sehen. Aber da, sehen Sie? Wie eine kleine Flotte.«

Salahi nickte nachdenklich. »Haben Sie Space Control informiert?«

»Ja. Die sagen, ihnen sei nichts bekannt.«

Salahi hatte nichts anderes erwartet. Die zentrale Raumüberwachung hätte es ihn wissen lassen, wenn weitere Schiffe losgeschickt worden wären.

»Meinen Sie, das sind Aliens, Sir?«, fragte der Orter und wischte sich einen Schweißtropfen von der Schläfe.

»Ist es nicht viel wahrscheinlicher, dass es sich um eine technische Fehlfunktion handelt?«

»Ach so.« Weber riss die Augen auf, als hätte er noch nie gehört, dass so etwas vorkam. »Na ja, wenn Sie so fragen ... Möglich ist alles.«

»Checken Sie alle Systeme gründlich durch. Wir haben ja Zeit. Und behalten Sie das Phänomen im Auge. Wenn Sie es noch einmal beobachten, informieren Sie mich.«

»Alles klar, Sir.«

Die Leute waren nervös. Das war nur zu verständlich. Die Ereignisse hatten sich förmlich überschlagen. Vor vier Monaten hatte man sie auf die Reise geschickt, mit dem unliebsamen Befehl, die seit dreißig Jahren existierende Marssiedlung aufzulösen und alle Siedler zur Erde zurückzubringen. Doch kaum waren sie gestartet und auf Reisegeschwindigkeit gewesen, hatte eine Sensationsmeldung die nächste gejagt. Auf dem Mars waren zwei blaue Türme entdeckt worden. Es hieß, die auf dem Mars lebenden Kinder hätten etwas damit zu tun gehabt. Es handelte sich eindeutig um künstliche Gebilde, mit anderen Worten, Hinterlassenschaften unbekannter, fremder Intelligenzen. Natürlich war ab diesem Zeitpunkt keine Rede mehr davon gewesen, die Siedlung aufzugeben, im Gegenteil. Nun, da bewiesen war, dass es außer den Menschen noch andere intelligente Wesen im Universum gab, galt es, alle Anstrengungen darauf zu richten, mehr über sie herauszufinden. Die Erde stand kopf seitdem. Man hatte sogar eines der neuen, mit Fusionsantrieb ausgerüsteten Raumschiffe losgeschickt: die BUZZ ALDRIN. Sie hatte ihre Expedition inzwischen überholt und war schon auf dem Mars eingetroffen, an Bord eine Ladung der besten Wissenschaftler der Föderation.

Sie dagegen hätten eigentlich umdrehen und wieder nach Hause fliegen können. Doch so etwas war bei interplanetaren Raumflügen nicht möglich, jedenfalls nicht beim derzeitigen Stand der Technik. Alle Flugmanöver waren präzise vorausberechnet, die Treibstoffvorräte genau eingeteilt. Wenn man einmal auf Kurs war, musste man ihm folgen und hatte nur noch minimale Steuerungsmöglichkeiten.

Deswegen hatten sie bis zum Mars weiterfliegen müssen, obwohl es dort für sie nun nichts mehr zu tun gab. Sie würden so leer zur Erde zurückkehren, wie sie gestartet waren.

Aber niemand an Bord war darüber wirklich traurig.

Nach den aufwühlenden Ereignissen der letzten Tage hatte das Leben in der Marssiedlung wieder Tritt gefasst. Ein ahnungsloser Beobachter hätte den Eindruck bekommen können, alles sei wie gehabt. Und doch schwangen der Schock und das Entsetzen über das, was passiert war, immer noch nach. Wer in den tief liegenden Gängen und Hallen der Siedlung unterwegs war, zuckte häufiger als sonst zusammen, wenn er irgendwo ein Geräusch hörte, das sich nicht gleich einordnen ließ. Die Unterhaltungen beim Essen in der Kantine verliefen ruhiger, gedämpfter, ernsthafter. Die Asiatische Station war zerstört worden. Jurij Glenkow, der für die Fusionsreaktoren zuständige Techniker, sowie Urs Pigrato, der erst kurz zuvor von der Erde eingetroffene Sohn des Erdstatthalters, waren nur knapp dem Tod entronnen. Mittlerweile hatten sich beide Gott sei Dank wieder erholt. Der Russe war schon nach zwei Tagen aus dem Krankenbett geflüchtet, in das Dr. De-Jones ihn gesteckt hatte. Urs blieb drei Tage auf der Krankenstation, ehe er so weit wiederhergestellt war, dass er sein normales Leben aufnehmen konnte. Was man eben so als normal bezeichnete auf dem Mars. Es war ein Leben, an das Urs sich noch längst nicht gewöhnt hatte.

»Ich habe nicht geahnt, dass es hier auf dem Mars so gefährlich sein würde«, hatte seine Mutter gesagt, als sie an einem der Abende nachdenklich an seinem Krankenbett saß. Sie war überaus besorgt gewesen, fast so, als gebe sie sich die Schuld an allem, was passiert war. »Ich meine, gut, dass es gewisse Risiken gibt ... das ist normal im Weltraum. Aber das, solche Anschläge ... diese Gewalt ...«

»Halb so wild«, sagte Urs daraufhin, aber seine Mutter schüttelte entschieden den Kopf. In ihren Augenwinkeln glitzerten Tränen oder bildete er sich das nur ein? Nach dem, was er erlebt hatte, konnte er manchmal immer noch nicht mit Sicherheit sagen, was wirklich war und was nicht.

»Nein, nein«, sagte sie leise, fast flüsternd, »wir müssen darüber nachdenken ... nicht jetzt, aber ich habe schon mit deinem Vater geredet ... wir müssen darüber nachdenken, ob es nicht doch besser ist, wenn wir wieder zur Erde zurückkehren. Vielleicht war es ein Fehler hierherzukommen. Ich würde die Familie gerne beisammenhaben, aber wenn es zu gefährlich ist ...«

Urs sah seine Mutter an, versuchte, sich das vorzustellen. »Du kannst doch nicht noch weitere sechs Jahre lang von Dad getrennt leben«, sagte er nach einer Weile. »Das ist ja eine Ewigkeit.«

Sie nickte bedächtig und sie musterte ihn aufmerksam dabei. Sie schien etwas sagen zu wollen, aber nicht recht zu wissen, wie.

»In deiner Schule – auf der Erde, meine ich«, begann sie schließlich zögernd, »in deiner Lerngruppe, da waren doch zwei Jungs, deren Eltern auf dem Mondobservatorium arbeiten, nicht wahr?«

Urs schluckte. »Ja. Danny und Patrick.« Die beiden lebten im Internat. Er ahnte auf einmal, worauf sie hinauswollte.

Aber Mutter hatte nicht weitergeredet, hatte ihn nur ernst und traurig angesehen und ihn dann umarmt. »Wir werden darüber reden, wenn du wieder gesund bist.«

Kurze Zeit später war er entlassen worden, doch das Thema Rückkehr kam nicht mehr auf. Urs dachte zwar ab und zu daran, aber obwohl er sich noch vor Kurzem nichts sehnlicher gewünscht hatte, als zur Erde zurückzukehren und sein altes Leben wieder aufzunehmen, war dieser Wunsch im Lauf der Ereignisse außer Sicht geraten. Vielleicht, weil das Leben hier auf dem Mars zwar anders war, aber – auf eine Weise, an die man sich erst gewöhnen musste – interessanter als das, was er kannte. Abenteuerlicher. Gefährlicher auch, das hatte er am eigenen Leib erlebt. Doch das würde ihm nicht wieder passieren. Man konnte lernen, auf sich aufzupassen.

Außerdem hatte er sich mit Ariana DeJones angefreundet. Und je öfter er mit ihr zusammen war, desto unwichtiger wurden die Erde und das, was hinter ihm lag.

Ach ja, und dann waren da noch die »Artefakte« . . . Urs träumte von ihnen. Er konnte sich nicht erklären, warum, aber sie tauchten mehrere Nächte hintereinander in seinen Träumen auf. Die Artefakte – und *das Leuchten* . . .

Auf den ersten Blick handelte es sich bei den Artefakten einfach um flache, glitzernde Steine, aus denen man hübschen Schmuck hätte machen können. Aber angeblich waren die blauen Türme mithilfe eines solchen Steins entdeckt worden. Und bislang hatte einzig das jüngere der Mädchen, Elinn Faggan, solche Steine gefunden.

Bis zu dem *Leuchten*, von dem Urs träumte . . .

Elinn nannte die Steine Artefakte. Das Wort Artefakt hieß: künstlich gemacht. Elinn glaubte, die Marsianer würden diese Gebilde herstellen, eigens für sie. Die Forscher sagten dagegen, es handele sich nur um verschmolzenes Silizium mit Beimengungen anderer Elemente, wodurch der schöne Glanz entstehe. Ansonsten gebe es keine Marsianer und habe auch nie welche gegeben, da der Mars nie höheres Leben hervorgebracht hatte. Auch die Türme in der Daedalia-Planum-Ebene mussten von Wesen stammen, die den Mars nur besucht hatten.

Doch dann hatte auch er *das Leuchten* gesehen . . .

Und nun besaßen sie zwei Artefakte, die sie niemandem zu zeigen wagten, weil es zu unglaublich war, was man darauf sah.

Auf dem einen stand, in großen, goldglänzenden Buchstaben, der Name ELINN.

Und auf dem anderen: URS.

Dieses Rätsel würden sie auf eigene Faust lösen müssen.

2 Geheimnisvolle Vorbereitungen

Carl Faggan war berühmt, seit er auf die Welt gekommen war. Der damalige Föderationspräsident Emilio Sanchez hatte seinerzeit eine Pressekonferenz einberufen, nur um vor laufenden Kameras – und vor schätzungsweise sieben Milliarden Zuschauern – die Geburt des ersten auf dem Planeten Mars geborenen Menschen zu verkünden. Carls Mutter besaß noch eine Aufzeichnung davon, wie der sympathische, stets lächelnde Mann ein Foto hochhielt und sagte: »Dreiundfünfzig Zentimeter. Dreitausendvierhundert Gramm. Eine normale Entbindung, Mutter und Kind sind wohlauf.«

Seither stand Carl in allen Nachschlagewerken, in denen man auch längste Flüsse, höchste Berge, teuerste Gemälde, älteste, dickste und kleinste Menschen fand und eben auch: *Erster auf einem anderen Planeten geborener Mensch: Carl Faggan, geboren am 4. August 2071 auf dem Mars; Sohn von James und Christine Faggan.*

Was für eine dämliche Art von Ruhm!

Trotzdem blieb es Carl nicht erspart, immer wieder zu seinen Vorlieben, Abneigungen, dem Leben auf dem Mars und so weiter befragt zu werden. Das erste kleine Interview hatte an seinem fünften Geburtstag stattgefunden. Einer der Siedler – ein Mann namens René Greiff, der inzwischen nicht mehr auf dem Mars lebte – hatte ihm ein paar Fragen gestellt und das Gespräch auf Video aufgezeichnet. Eines der großen Nachrichtennetzwerke auf der Erde hatte daraus eine halbstündige Reportage gemacht, die zu sehen Carl erspart geblieben war. Wie oft er seither Rede und Antwort gestanden hatte, per Mail, per Telefon oder persönlich, hätte er beim besten Willen nicht mehr sagen können.

Also sagte er »Ja, klar, kein Problem«, als Wim Van Leer, der Journalist, ihn um ein Interview bat.

»Passt dir morgen Nachmittag? Sagen wir, um zwei Uhr in der Mediathek?«

»Kann ich einrichten.«

Wim Van Leer hatte dünnes blondes, ewig ungekämmtes Haar und ein für sein Alter ungewöhnlich verwittertes Gesicht. Er war mit der BUZZ ALDRIN von der Erde gekommen und ein berühmter Journalist. Einer von denen, die in Krisengebiete gingen, Vulkanausbrüche aus nächster Nähe filmten und bis an die Zähne bewaffnete, irre aussehende Rebellenführer interviewten. Und jetzt ihn? Na ja. Warum nicht.

Doch obwohl der Termin nun ausgemacht war, dachte Van Leer nicht daran, wieder zu gehen. Stattdessen trat er ans Fenster des Schulungsraums, sah auf den Vorplatz hinab und fand offenbar höchst interessant, was da vor sich ging. Dabei ging gar nichts vor sich; nur ein paar Wartungsarbeiten an den Rovern oder so was.

Die Anwesenheit des Journalisten war lästig. Carl versuchte, ihn zu vertreiben, indem er sich demonstrativ auf die Lektion konzentrierte, die er auf dem Bildschirm hatte. Geografie. Afrika und seine Landschaften. Das interessierte ihn zwar gar nicht, war aber sowieso nur Tarnung. Bis zu dem

Augenblick, in dem Van Leer in den Schulraum geplatzt war, hatte Carl nämlich in den Dateien Professor Caphurnas gestöbert, dem großen Fachmann für Fragen außerirdischen Lebens. Heimlich und völlig verboten natürlich, aber Carl kannte die nötigen Tricks. Und er konnte es kaum erwarten, endlich damit weitermachen zu können.

»Stimmt es, dass wieder eine Expedition stattfinden soll?«, fragte Van Leer unvermittelt.

Carl sah hoch. »Eine Expedition? Keine Ahnung.«

»Ich habe so was gehört.«

»Man hat seit acht Jahren keine Expedition mehr durchgeführt,« sagte Carl. Die letzte war die Cydonia-Exkursion gewesen. Damals waren sein Vater und dessen Begleiter ums Leben gekommen. Sie waren mitsamt ihren Rovern in einen gigantischen Sandteufel geraten und spurlos verschwunden.

Van Leer nickte nachdenklich, den Blick unverwandt nach draußen gerichtet. »Ja, das ist eine lange Zeit.«

Er schwieg eine Weile, schien noch etwas sagen zu wollen, doch dann drehte er sich einfach nur vom Fenster weg und sagte: »Okay. Bis morgen?«

»Bis morgen«, nickte Carl.

Endlich. Carl schaltete erleichtert die Geografielektion weg und holte die Unterlagen zurück, die die Wissenschaftler von der Erde über ihre Untersuchung der »Artefakte« angelegt hatten.

Leider verstand er kaum die Hälfte davon. Es waren Texte voller Fremdwörter und die bizarren grafischen Darstellungen der Molekularanalyse sagten ihm auch nichts. Je länger er las, desto stärker wurde Carls Gefühl, dass ihm das alles keinen Schritt weiterhelfen würde.

Sie mussten das Rätsel der Artefakte alleine lösen. Bloß hatte Carl nicht den Hauch einer Idee, wie sie das anstellen sollten.

Über die Sache mit dem Interview machte er sich längst keine Gedanken mehr.

Ronny half Jurij Glenkow bei Umbauten an dem Rover, mit dem der Techniker seine Kontrollfahrten zu den Reaktoren machte.

»Unser guter Doktor würde mich am liebsten die ganze Woche ans Bett fesseln, nur weil mir ein bisschen schlecht geworden ist«, brummte der grauhaarige Russe, während er die Befestigungen von etwas festschraubte, das wie ein Bohrer aussah. »Aber in der Krankenstation liegen ist nichts für mich. Etwas unternehmen, das ist für mich die beste Medizin . . . Außerdem kann es so nicht weitergehen.«

»Was kann so nicht weitergehen?«, wollte Ronny wissen.

»Diese Störungen in der Leitung des südlichen Reaktors! Erst gestern – oder halt, nein, es war vorgestern –, jedenfalls, da war schon wieder ein Spannungsabfall. Enorm! So stark wie noch nie. Es wird immer schlimmer. Gerade so, als ob uns irgendjemand Strom abzapft.«

Ronny riss die Augen auf. »Heißt das, wir haben irgendwann nicht mehr genug Strom?«

Der Reaktortechniker wischte schmunzelnd ein paar Staubkörner von seinem Raumhelm. »Nein, nein. Strom haben wir mehr als genug. Die beiden Reaktoren könnten eine Million Menschen mit Energie versorgen, das ist nicht das Problem. Das Problem ist, dass wir nicht wissen, was los ist. Das kann so nicht bleiben.«

»Ach so«, sagte Ronny. Er verstand nicht ganz, was daran

so schlimm war, aber wenn Mister Glenkow es sagte, würde es schon stimmen.

Er musterte den Rover, der sich über ihnen erhob. Wenn Leute frisch von der Erde auf den Mars kamen, erschraken sie immer erst einmal, wie riesig diese Fahrzeuge waren, mit ihren gewaltigen Drahtreifen und der gläsernen Steuerkanzel vorne.

»Wie riesige Insekten, bloß auf Rädern«, meinten viele. Manchen fiel dann ein, dass er und Elinn und Carl und Ariana auf dem Mars aufgewachsen waren, und fragten: »Wisst ihr überhaupt, was Insekten sind?«

Die hielten einen echt für blöd. Klar wusste er, was Insekten waren. In den Treibhäusern wimmelte es davon. Bienen, Ameisen, alle möglichen Käfer und Mücken und so weiter. Manche Insekten waren notwendig, damit das Ökosystem der Siedlung funktionierte, andere hätte man lieber nicht auf dem Mars gehabt, aber sie waren eben versehentlich irgendwie eingeschleppt worden.

Mrs Dumelle, die die Oberaufsicht über die Gärten unter den Plastikkuppeln führte, hatte ihnen einmal erzählt, dass sie in der Marssiedlung mehr Insekten zu Gesicht bekamen als der normale Bewohner einer Stadt auf der Erde.

»Okay«, sagte Glenkow schließlich. Er rüttelte noch ein bisschen an der Befestigung, schien aber zufrieden zu sein. »Gehen wir rein und probieren wir es aus.«

An der Seite des Rovers war eine Schleuse, in die immer genau eine Person hineinpasste. Drinnen gab es atembare Luft, sodass sie ihre Helme abnehmen konnten.

Der bärtige Russe begann, an dem Messgerät zu hantieren, das am Steuerpult befestigt war.

Auf Ronnys Nachfragen erklärte er bereitwillig, was er

vorhatte: »Es ist ziemlich schwer, eine Störung in einer Leitung zu finden, wenn sie unregelmäßig auftritt.«

Er nickte zu seinem Datenpad hinüber, auf dessen Schirm eine Liste der Spannungsabfälle stand, mit Datum, Uhrzeit und der Höhe des Abfalls. Es war deutlich zu erkennen, dass jedes Mal mehr Energie verschwand. »Siehst du? Es gibt kein Muster. Man weiß nie, wann die nächste Störung auftritt. Und wir können auch nicht die ganze Leitung ausgraben, nur um sie zu kontrollieren. Die ist über zwei Kilometer lang.«

Ronny bemerkte, wie drei Gestalten in Raumanzügen aus der Hauptschleuse traten. Sie winkten herüber, aber die Helme spiegelten, sodass nicht zu erkennen war, wer in den Anzügen steckte. Er winkte trotzdem zurück.

»Ah, jetzt regt sich etwas«, rief Glenkow, immer noch mit seinem Apparat beschäftigt. »Das sieht gut aus.« Er warf den Motor an, ließ den Rover behutsam ein Stück vorwärtsrollen.

Auf einmal veränderte sich das bunte Muster auf dem Messschirm.

»Siehst du? Das ist das Stromkabel, das vom Modul 2 zur Beleuchtungsanlage führt. Es liegt einen Meter unter der Oberfläche, genauso tief wie die Leitungen zu den Reaktoren. Und wenn wir es beschädigen sollten, ist es nicht so schlimm. Wir können also mal probieren, ob das Ding funktioniert.« Glenkow tätschelte den Kasten vor sich. »Das haben die Messingenieure gebastelt. Die Antenne sendet Signale in den Boden, die von elektrischen Leitungen aufgefangen und zurückgeworfen werden. Und an denen orientiert sich der Bohrer.«

Er drückte auf einen Knopf und Ronny vernahm ein schrilles Sirren, das irgendwo unter seinen Füßen entstand.

Im nächsten Moment veränderte sich das Geräusch: Stahl fraß sich in Stein.

Die drei Gestalten draußen machten sich an dem Sammelsurium zu schaffen, das seit ewigen Zeiten zwischen den beiden äußeren Modulen lagerte und, in Plastikfolie verpackt, vor sich hin staubte. Sie manövrierten mit einem Rover umher, spannten Seile, zerrten Dinge hierhin und dahin und zogen schließlich etwas heraus, das aussah wie ein Tank. Es schien außerdem schwer zu sein, zumindest hinterließ es tiefe Schleifspuren im Boden.

»Und wozu soll das gut sein?«, fragte Ronny. »Wollen Sie die Leitung anbohren?«

»Nein, eben gerade nicht«, erklärte der Fusionstechniker. »Wenn alles richtig funktioniert, bleibt der Bohrkopf dicht vor dem Kabel stehen und bläst es mit Pressluft vollends frei. So wie jetzt, hörst du?«

Das Bohrgeräusch wurde leiser und man hörte ein durchdringendes Zischen.

»Und an die freigelegte Leitung kann ich dann ein Messgerät anschließen, das die ganze Zeit den Durchfluss misst und an das Überwachungssystem funkt. Das mache ich alle hundert Meter, und wenn der nächste Spannungsabfall kommt, lässt sich auf diese Weise genauer eingrenzen, wo es passiert. Hundert Meter, so viel kann man aufgraben, um nachzusehen.«

Die drei Gestalten waren dabei, die Plastikfolie herunterzuzerren. Zum Vorschein kam ein zylindrisches Gebilde mit Sichtluken und allerlei Halteösen, Handgriffen und angelegten Antennen. Es war sichtlich nicht mehr neu; die Oberfläche wies eine Menge Schrammen und Kratzer auf, die man selbst aus dieser Entfernung sah.

»Was machen die da?«, fragte Ronny. »Und was ist das eigentlich?«

Glenkow hob kurz den Kopf. »Das? Ein Kabinenaufbau.« Auf Ronnys erstaunten Blick hin fügte er hinzu: »Bei den beiden langen Rovern kann man die Ladefläche abmontieren und stattdessen dieses Ding draufsetzen.«

»Und wozu?«

»Das hat man früher für Expeditionen benutzt. Eine Kabine hat Platz für vier bis fünf Leute. Na ja, was heißt Platz – es ist eng dadrinnen, aber ein paar Wochen kann man es aushalten.«

»Heißt das, dass wieder eine Expedition stattfindet?« Das konnte sich Ronny gar nicht vorstellen. Man hatte mit den Expeditionen aufgehört, als er noch ein Kleinkind gewesen war; er kannte sie nur vom Hörensagen und von alten Videos.

»Wahrscheinlich checken sie nur durch, ob noch alles funktioniert. Oder sie wollen es zur Erde bringen. Vielleicht, wenn die ALDRIN demnächst zurückfliegt. Ah, wo wir gerade von Raumschiffen sprechen – siehst du? Da!« Glenkow zeigte hinauf, wo sich ein Lichtpunkt aus dem sanftgelben Firmament herabsenkte, grellweiß lodernd wie ein eingeschalteter Schneidbrenner. Das Shuttle. »Das werden die Leute von den Transportern sein. Die GANDHI und die KING. Die sind schon seit zwei Tagen in der Umlaufbahn; wird Zeit, dass sie uns mal besuchen.«

Ronny hatte seit der Ankunft der BUZZ ALDRIN vor knapp zwei Wochen genug Shuttles landen sehen, um von dem Anblick nur mäßig fasziniert zu sein. Es war etwas anderes, das plötzlich seinen Blick fesselte.

Diese Zahl da auf der Liste der Stromschwankungen, in der letzten Zeile . . .!

Er beugte sich vor und merkte sich den Namen des Dokuments und wo in der Datenbank es zu finden war.

In der Ferne, hinter dem Horizont, setzte das Shuttle auf. Das gleißende Licht erlosch und eine gewaltige Wolke aufgewirbelten Staubs stieg langsam himmelwärts.

3 Das Mäusenest

Ariana und ihr Vater wechselten sich meistens ab, wenn es darum ging, das Abendessen zuzubereiten. Heute Abend war Dad dran. Er bruzzelte etwas, das er »Sprossen-Pilz-Mischmasch« nannte und das früher Arianas Lieblingsgericht gewesen war. Sie deckte derweil den kleinen Tisch in der Küche.

»Du weißt, dass nächsten Montag die BUZZ ALDRIN zurück zur Erde startet?«, fragte Dad unvermittelt, heftig in der Pfanne rührend. »Oh, reich mir doch mal bitte das Chili-Gewürz.«

Ariana griff nach der Dose und schob sie ihm hin. »Und?«

»Danke. Was heißt ›Und?‹? Ich dachte, du wolltest mit?«

»Ich?«

Dad drehte die Gasflamme herunter und wandte sich der Aufgabe zu, zwei Eier in einer Schale zu verrühren. »Habe ich das nur geträumt? Letzter Stand unseres Gesprächs war, dass du zur Erde wolltest, um bei deiner Mutter zu wohnen und dort zur Schule zu gehen.«

»Ach so, ja«, machte Ariana unbehaglich. »Aber ich bin nicht dazu gekommen, Mom zu fragen, was sie davon hält.«

»Habe ich gemerkt«, nickte ihr Vater. »Deswegen habe ich sie gefragt.« Er rührte die Eier sorgfältig und höchst konzentriert, genau so, wie er auch seinen Beruf als hauptamtlicher Arzt der Marssiedlung ausübte. »Heute kam die Antwort-Mail.«

Ariana spürte ihre Hände feucht werden. »Und?«

»Deine Mutter ist einverstanden.«

»Echt?«

»Sie freut sich sogar. Schreibt sie zumindest.«

Ariana sah ihren Vater bestürzt an. Es stimmte, sie löcherte ihn seit Monaten deswegen, seit Jahren eigentlich, aber das war jetzt doch irgendwie ... Nächsten Montag? Da sollte sie – was? Mit einem Shuttle hoch ins All und an Bord eines Raumschiffes, zur Erde, mutterseelenallein? Okay, natürlich würden die Leute der Besatzung an Bord sein und einige andere Reisende, aber ... Der nächste Montag, das waren ja nur noch sieben Tage!

Es zischte, als Dad die Eier unter das gebratene Gemüse hob. »Deine Mutter hat sich schon erkundigt«, erklärte er, »und es ist alles kein Problem. Du kannst sofort an die Flagstaff High School gehen. Die soll gut sein, kleine Lerngruppen und so weiter. Nicht so klein, wie du es gewohnt bist, aber das wolltest du ja gerade, nicht wahr? Andere in deinem Alter kennenlernen.«

Ja schon ...« Das kam alles so plötzlich. So hatte sie sich das nicht vorgestellt. Überhaupt, da fiel ihr etwas ein ... »Aber was ist, wenn es mir nicht gefällt dort? Auf der Erde, meine ich?« Dad hatte selbst gesagt, dass die Plätze in den Raumschiffen, die Richtung Mars flogen, wegen der blauen Türme auf Jahre hinaus ausgebucht sein würden.

Dad hob die Pfanne vom Herd. »Ist alles geregelt.« Er fing an, das Sprossen-Pilz-Mischmasch auf die beiden Teller zu verteilen. »Und besser, als ich dachte. Die Raumfahrtbehörde wird dir einen Rückflugplatz fest zusagen. Das heißt, wann immer du es dir anders überlegst, kannst du das nächste Raumschiff nach Hause nehmen.«

»Ah. Gut.«

Sie setzten sich. Dad holte den Korb mit dem Fladenbrot. Den hatte sie selbst geflochten, als sie acht Jahre alt gewesen war. Den würde sie dalassen müssen.

»Du siehst nicht gerade begeistert aus«, meinte Vater.

»Das ist alles ziemlich . . . überraschend«, brachte Ariana mühsam heraus. Zur Erde! Das hieß, weg von zu Hause, weg von Dad, weg von Elinn, Ronny und Carl . . . und von . . .

»Du weißt ja, wie Raumschiffe sind. Sie müssen starten, wenn die Planeten im richtigen Winkel zueinanderstehen. Dass die ALDRIN nächsten Montag losfliegt, steht seit fast vier Monaten fest. Das würde ich nicht gerade als ›überraschend‹ bezeichnen.«

Ariana nickte. Sie stocherte mit der Gabel im Essen herum. Auf einmal hatte sie gar keinen Hunger mehr.

»Wegen der Reise selbst brauchst du dir übrigens keine Sorgen zu machen«, fuhr ihr Vater fort, während er ihre Gläser mit Wasser füllte. »Wenn die ALDRIN an McAuliffe Station andockt, wird jemand vom Raumhafendienst sich um dich kümmern, eine Frau . . . Wie hieß die noch gleich? . . . Weiß ich gerade nicht, aber ich habe den Namen aufgeschrieben; jedenfalls, sie setzt dich ins richtige Shuttle, zum Raumhafen Edwards Base in Arizona. Und dort wird dich deine Mutter abholen.«

Ariana legte die Gabel beiseite. »Ich glaube, ich will in Wirklichkeit gar nicht zur Erde.«

Dad kaute unbeeindruckt weiter, sah sie nur an. »Du

willst sagen«, meinte er schließlich, »dass wir die ganzen Diskussionen der letzten Jahre nur geführt haben, damit es nicht so still in der Wohnung ist?«

»Nein ...« Ariana sah sich Hilfe suchend um, aber natürlich war weder von dem braun gefliesten Küchenboden noch von den zartgelb verputzten Wänden irgendwelcher Beistand zu erwarten. Wie sollte sie das nur erklären? »Es ist nicht so. Es ist ... Die Dinge haben sich eben verändert.«

»Du hast es dir anders überlegt?«

»Ja.«

»Ich gebe zu bedenken, dass die Gelegenheit so günstig ist wie selten. Die ALDRIN braucht nur drei Monate zur Erde, mit dem neuen Fusionsantrieb. Du kannst es dir noch einmal überlegen und vier Wochen später mit der KING oder der GANDHI fliegen, die allerdings fast einen Monat länger brauchen, wenn ich recht informiert bin.« Dad nahm einen Schluck Wasser. »Danach ist dann erst mal wieder Pause. Da sind wir, ich glaube, über ein Jahr lang von der Erde aus nicht zu erreichen. Es sei denn, die Whitehead-Werften kriegen diesen superneuen, superschnellen Flitzer in Gang, was kaum noch jemand glaubt.«

»Ich bleibe auf dem Mars«, erklärte Ariana entschlossen. Was sollte sie auf der Erde, jetzt, wo ... Ach! Und außerdem: »Du hast selber gesagt, der Mars ist bis auf Weiteres der interessanteste Ort im ganzen Sonnensystem!« Sie richtete den Finger auf ihren Vater. »Deine Worte.«

Dad nickte. »Worauf du gesagt hast, dass dir die blauen Türme und so weiter nichts bringen, weil ihr Kinder da ohnehin nicht hindürftet. Was so auch nicht stimmt, anbei bemerkt. Ihr braucht bloß darum zu bitten, dann wird man euch schon hin und wieder mit zum Löwenkopf nehmen.«

Ariana blies die Backen auf. »Für eine Besichtigungstour! Zwei Stunden quer übers Gelände und dann im Mannschaftszelt sitzen und Kaffba trinken, bis das Flugboot zurückfliegt. Na danke.«

»Was erwartest du? Dass sie euch an den ersten Bauwerken fremder Intelligenzen, die wir je entdeckt haben, herumspielen lassen?«

»*Wir* haben die Dinger entdeckt, Dad. Carl, Elinn, Ronny und ich, deine Tochter, haben die blauen Türme gefunden. Nur zur Erinnerung.«

»Ihr seid darüber gestolpert, zugegeben. Aber das qualifiziert euch nicht, sie auch zu erforschen. Beim besten Willen nicht.«

Ariana stieß einen unwilligen Laut aus, packte ihre Gabel und stach damit auf das Essen ein. »Jedenfalls bleibe ich hier«, erklärte sie kauend.

Vater musterte sie. Sie hielt dem Blick stand.

»Ist es wegen Urs?«, fragte er schließlich.

»Wieso?« Ariana hob die Augenbrauen. »Was hat Urs damit zu tun?«

»Das frage ich mich eben. Ich frage mich, ob dein Entschluss, nun doch auf dem Mars zu bleiben, etwas damit zu tun haben könnte, dass seit Neuestem der gut aussehende Sohn unseres geschätzten Erdstatthalters hier lebt.«

»Quatsch.«

»Wenn du morgen erfahren solltest, dass Urs mit der ALDRIN wieder zur Erde zurückfliegt, wäre dir das also völlig egal? Das würde an deinem Entschluss nichts ändern?«

Ariana schob den nächsten Bissen nach und kaute heftig, um nicht antworten zu müssen.

»Ich frage nur«, fuhr ihr Vater fort. »Immerhin muss ich jetzt ein paar Arrangements rückgängig machen, und wenn ich das getan habe, kann ich nicht noch mal ankommen. Nicht mehr in diesem Jahr.«

Urs würde nicht zur Erde zurückkehren. Das hätte er ihr gesagt.

»Warte noch ein paar Tage«, bat Ariana.

Urs Pigrato fühlte sich etwas verloren unter all den Leuten, die auf einmal die Wohnung bevölkerten. Sie standen herum, redeten durcheinander und machten keinerlei Anstalten, an dem schön gedeckten Tisch Platz zu nehmen. Und ihn schien man überhaupt nicht zu bemerken.

Der Statthalter der Erdregierung auf dem Mars, Tom Pigrato, hatte zum Abendessen geladen. Mutters Idee natürlich, Vater wäre so etwas nie eingefallen. Sie hatten einen riesigen Tisch besorgt und in einem der großen, leeren Zimmer aufgebaut, von denen es in dieser Wohnung etliche gab. Für jemanden, der von der Erde kam, war es kaum zu fassen, wie verschwenderisch man hier auf dem Mars mit Platz umging.

Und das waren nun wohl alles irgendwie wichtige Leute. Die stämmige Frau mit der Lockenmähne, deren Namen Urs schon wieder vergessen hatte, war die Kommandantin der MAHATMA GANDHI. Sie unterhielt sich angeregt mit ihrem Kollegen von der BUZZ ALDRIN und einem großen, breitschultrigen Mann mit grauen Haaren, der in einem fort nickte. Den kannte Urs: Das war Dr. Spencer, der Chef der Marsforschung. Nur die Erforschung der blauen Türme am Löwenkopf lag in den Händen Professor Caphurnas, dem Spezialisten für außerirdisches Leben, dem Vater gerade erzählte, dass das hier mal sein Arbeitszimmer werden sollte.

Wie aus dem Nichts stand plötzlich ein hochgewachsener Mann mit einer scharfen Adlernase vor Urs und schüttelte ihm die Hand. »Du bist also Urs, der Sohn von Mister Pigrato?«

Urs schluckte überrascht. »Ähm . . . ja.«

»Du bist noch nicht so lange auf dem Mars, habe ich gehört?« Der Mann hatte eine dunkle, kehlige Stimme.

»Seit zwei Wochen«, nickte Urs. »Ungefähr.«

»Meine Frau und mein Sohn sind mit der BUZZ ALDRIN angekommen«, mischte sich Vater ein. Wo kam denn der jetzt auf einmal her? »Nach der Entdeckung der blauen Türme hat der Senator meinen Dienst auf dem Mars um sechs Jahre verlängert und so lange wollten wir dann doch nicht voneinander getrennt bleiben.«

»Verstehe«, nickte der Hochgewachsene. Vater nahm ihn beiseite: »Auf ein Wort, Kommandant Salahi . . .«

Urs sah ihnen verwundert nach, wie sie da in der Ecke standen und tuschelten. Das Einzige, was er noch verstand, war, dass Vater »keine Gerüchte aufkommen lassen« wollte. Was für Gerüchte?

Der Chinese mit dem schmalen, faltigen Gesicht war Yin Chi, bis vor Kurzem Leiter der Asiatischen Marsstation und seit deren Zerstörung zu Gast in der Marssiedlung. Er überreichte Mutter ein Geschenk, eine kleine Zeichnung, wie es aussah, und bedankte sich in blumigen Worten für die Einladung. »Es riecht einfach köstlich, muss ich sagen.«

Mutter strahlte. »Das ist die Basilikumsoße. Die wird hier auf dem Mars ganz anders, als ich das gewohnt bin, und sie schmeckt viel besser . . .« Sie betrachtete die Zeichnung. »Was ist das?«

Yin Chi lächelte zurückhaltend. »Ein eher missratener Versuch, die Schönheit des Mons Ascraeus im Stil der klassischen chinesischen Tuschmalerei einzufangen. Aber ich wollte nicht ohne ein Gastgeschenk kommen.«

»Missraten, wieso missraten?« Mutter schien wirklich beeindruckt zu sein. »Das ist wunderschön, Mister Yin. Vielen herzlichen Dank.«

Der betagte Chinese deutete eine Verbeugung an. »Der Dank ist zweifellos auf meiner Seite, Mrs Pigrato.«

Vater tauchte auf, schüttelte Yin Chi ebenfalls die Hand. »Ich wollte Ihnen noch sagen, dass es mich freut, dass Sie und Ihre Mitarbeiter beschlossen haben, auf dem Mars zu bleiben.«

Der Chinese neigte lächelnd den Kopf. »Nun, nicht alle, wie Sie wissen. Mister Lungs Gesundheitszustand hat sich in den letzten Monaten bedauerlicherweise so verschlechtert, dass ihm die Ärzte eine Rückkehr zur Erde angeraten haben. Und Mister Hsien kehrt auf eigenen Wunsch nach Hause zurück.«

Vater nickte. »Nun ja, das kommt vor. Meine Assistentin, Mrs MacGee, wird uns ebenfalls mit der ALDRIN verlassen.«

In diesem Augenblick war ein leises Klingeln aus der Küche zu vernehmen. Mutter legte das Bild hastig beiseite, klatschte in die Hände und rief in die Runde: »Ich darf bitten, dass sich alle setzen! Es wird höchste Zeit.«

Christine Faggan war müde, als sie in den Aufzug stieg, um noch einmal zur Oberen Station hochzufahren. Es war wieder einmal ein langer Tag gewesen, aber wenn nun nichts mehr dazwischenkam, würden sie mit den neuen Wohnungen bis zum Ende der nächsten Woche fertig sein.

Was für heute noch zu tun blieb, war, die Belüftung für den Bauabschnitt hochzuregeln. Es würde ein paar Tage dauern, bis die Feuchtigkeit und der Gestank des Innenausbaus verschwunden waren. Das hätte sie als stellvertretende Bauleiterin zwar auch jemand anderem auftragen können, aber es war ihr lieber, es selber zu tun.

Im Maschinenleitstand roch die Luft abgestanden, ausgerechnet. Oder bildete sie sich das ein? Sie nahm die notwendigen Schaltungen vor, eine Sache von Minuten. Dann rieb sie sich die Schläfen. So, endgültig Feierabend. Zeit, nach Hause zu gehen. Die Kinder warteten bestimmt schon.

Stattdessen trat sie an den schmalen Fensterschlitz, durch den man auf den Vorplatz hinausspähen konnte. Draußen war es längst dunkel, einzig das Licht der Sterne ließ Konturen erkennen. Die Umrisse der nahen Berge, die Kante des Ringwalls, der den Platz umschloss, die Rover . . .

Es durchzuckte sie wie ein elektrischer Schlag, als sie die beiden Rover sah. *James! James ist zurück! Er lebt . . .!*

Wieder die Gespenster der Vergangenheit. Sie wandte sich ab, holte Luft. Das war unmöglich. James war tot, seit acht Jahren. Sie hatte geglaubt, sich damit abgefunden zu haben.

Aber das da draußen waren Rover, wie man sie für Expeditionen verwendet hatte! Sie schaltete die Außenbeleuchtung ein, um sich zu vergewissern. Tatsächlich. Zwei Expeditionsfahrzeuge, komplett mit Kabinenaufbauten, angeflanschten Seilwinden und seitlichen Vorratstanks, standen vor der Schleuse 1, als solle es morgen losgehen.

Aber das ergab doch keinen Sinn! Man würde doch nicht jetzt, in dieser Situation, wo alle Aufmerksamkeit den blauen Türmen galt, den Hinterlassenschaften außerirdischer

Intelligenzen, wieder eine Expedition starten wie in alten Zeiten!

Alle lobten den Salat, der raffiniert angemacht war, mit gerösteten Tofustückchen, verschiedenen Sprossen und einer leckeren Soße. Mutter nahm das Lob lächelnd entgegen und fragte dann, wohl um das Tischgespräch in Gang zu bringen: »Dr. Spencer, ich habe gehört, dass Sie wieder eine richtiggehende Expedition planen; stimmt das?«

Der Wissenschaftler nickte kauend. »Ich gehe sogar davon aus, dass wir über das Stadium der Planung schon hinaus sind«, meinte er, nachdem er heruntergeschluckt hatte. »Meine Mitarbeiter haben heute angefangen, die Fahrzeuge auszurüsten. Zumindest hoffe ich, dass sie das getan haben.«

»Diese umgebauten Rover, die wir bei der Herfahrt vom Shuttle gesehen haben?«, fragte die Kommandantin der GANDHI, sich eine Locke aus der Stirn streichend.

Dr. Spencer lächelte. »Sie haben also tatsächlich angefangen. Danke für den Hinweis. Ich hatte keine Zeit, selber nachzusehen.«

»Aber warum eine Expedition? Und warum ausgerechnet jetzt?«, wollte Kommandant Salahi wissen. »Ich habe den Eindruck, dass hier bei Ihnen auf dem Mars auch ohne so ein Unternehmen gerade mehr als genug los ist.«

Dr. Spencer nickte. »Aus zwei Gründen. Erstens: Auch wenn sich zurzeit alles um die blauen Türme und so weiter dreht, gibt es doch unter uns Wissenschaftlern etliche, die dazu schlicht und einfach nichts beitragen können. Wir haben ja bis zum Eintreffen der Kollegen um Professor Caphurna« – er nickte dem Brasilianer zu – »getan, was wir konnten, aber weit hat uns das nicht gebracht. Es hat eben jeder sein Spezialgebiet und das unsrige ist nun einmal der Mars. Auch ohne Außerirdische bleiben noch genug ungelöste Fragen um den Roten Planeten und deshalb haben wir beschlossen, uns wieder dem zu widmen, wovon wir etwas verstehen.« Er pickte nach einem Tofustückchen.

»Sie sprachen von zwei Gründen. Was ist der zweite?«

»Er!« Dr. Spencer deutete mit der Gabel auf den Kommandanten der BUZZ ALDRIN, als wolle er ihn aufspießen. »Die ALDRIN hat einen Satelliten mit einem neuartigen Radarsystem ausgesetzt, der, seit sie angekommen ist, die Oberfläche des Mars abtastet.«

»Wir versuchen auf diese Weise, eventuell vorhandene weitere Bauwerke der Fremden aufzuspüren«, erklärte der Kommandant, ein kantig wirkender Mann mit millimeterkurz geschnittenem Haar.

»Was Sie aber stattdessen aufgespürt haben«, ergänzte Dr. Spencer triumphierend, »war das System der ›Mäusegänge‹.«

Urs bemerkte zu seiner Beruhigung, dass die meisten der Leute am Tisch genauso ratlos dreinblickten wie er.

»Was, bitte, sind Mäusegänge?«, fragte Mutter schließlich, als niemand sonst es tat.

»Ein areologisches Phänomen, das uns seit jeher Rätsel aufgibt«, erklärte der Wissenschaftler. Urs fiel wieder ein, dass das, was man auf der Erde Geologie nannte – die Wissenschaft vom Aufbau des Planeten – hier Areologie hieß, nach Ares, dem griechischen Namen für den Mars.

Dr. Spencer war also ein Areologe. »Es handelt sich um Röhren im Gestein, die bis zu einem Meter Durchmesser haben und manchmal geradlinig, manchmal in ziemlichen

Windungen verlaufen. So, als hätten sich gigantische Regenwürmer durch den Fels gefressen, ehe er fest geworden ist. Oder als hätten riesige Mäuse mit Diamantzähnen Gänge gebaut.«

»Im Untergrund der Siedlung gibt es auch ein paar von diesen Gängen«, sagte Vater missmutig. »Früher haben sich die Kinder dort ab und zu versteckt; ein Albtraum! Zum Glück sind die meisten von ihnen inzwischen zu groß dafür.«

»Die Mäusegänge bilden ein weitverzweigtes System, erweitern sich an manchen Stellen zu blasenartigen Höhlen und münden bisweilen auch an die Oberfläche«, fuhr Dr. Spencer fort. »Das war ein ziemliches Problem, als man die Siedlung baute. Es war unvermeidlich, etliche davon anzugraben, und auf einmal verlor man Unmengen von Luft, weil sich das Gangsystem damit füllte.«

Vater schüttelte den Kopf. »Man hätte die Gänge einfach an den betreffenden Stellen zuschäumen sollen.«

»Das wollte man nicht, es war ein interessantes Phänomen. Außerdem bieten einige der tieferen Mäusegänge einen bequemen Zugang zu den Eisreservoirs. Deswegen hat man Roboter in die Röhren geschickt, die sie weit außen abgedichtet haben. Das Netz der Mäusegänge, die mit der Siedlung verbunden sind, hat heute einen Radius von mindestens einem halben Kilometer.«

»Haben die Mäusegänge damit zu tun?«, fragte Mutter. »Mit dem Wasser unter der Oberfläche des Mars?«

Dr. Spencer schüttelte den Kopf. »Wir wissen schlicht nicht, wie sie entstanden sind. *Vermutlich vulkanisch*, steht in den Berichten, aber das ist eigentlich eine Verlegenheitsantwort. Das Wasser jedenfalls hat sie ganz bestimmt nicht geschaffen.« Er legte die Handflächen gegeneinander. »Jedenfalls, nun hat uns der neue Satellit eine Karte dieser Gangsysteme geliefert. Und zu unserer Überraschung sieht man darauf deutlich, dass so etwas wie ein Zentrum existiert, ein Ort, von dem die Mäusegänge auszugehen scheinen. Dieses »Mäusenest« wie wir es nennen, liegt in der Region Capri Chasma am östlichen Ausgang der Valles Marineris. Dort wollen wir hin und uns das ansehen. Und dass wir *jetzt* hinwollen, hat einen einfachen Grund: Es könnte sein, dass wir dort etwas finden, das wir zur Erde schicken müssen, damit es mit den richtigen Mitteln untersucht werden kann. Sie wissen alle, dass uns ärgerlicherweise wieder eine jener Perioden bevorsteht, in denen die Erde und der Mars so ungünstig zueinanderstehen, dass fast ein Jahr lang kein weiteres Raumschiff ankommen wird. Mit anderen Worten, wenn wir etwas finden sollten, wäre es gut, wenn wir es der MAHATMA GANDHI oder der MARTIN LUTHER KING mitgeben könnten.«

»Das wird trotzdem knapp«, wandte der Kommandant der KING ein. »Wir sind nicht mehr ganz vier Wochen da. Glauben Sie wirklich, dass Sie es in dieser Zeit schaffen? Sie brauchen doch mindestens zwei Wochen, nur um Ihr Ziel zu erreichen. Und dann haben Sie noch keinen Stein umgedreht.«

»Zwei Wochen wäre gut. Wir rechnen mit sechzehn Tagen.«

»Sechzehn Tage? Ein ganz schön strammes Programm. Sie werden jeden Tag vom frühen Morgen bis Sonnenuntergang fahren müssen, um das zu schaffen«, ließ sich Yin Chi vernehmen.

»Genau so werden wir es machen«, antwortete Dr. Spencer.

»Also. Macht hin und zurück zweiunddreißig Tage. Das reicht nicht«, rechnete Kommandant Salahi nach.

Urs wunderte sich, dass niemand die Frage stellte, die ihm die naheliegendste zu sein schien. Schließlich beugte er sich vor und hob die Hand. »Entschuldigen Sie«, sagte er in eine kurze Gesprächspause hinein.

Alle sahen ihn an. Als wäre er bis jetzt unsichtbar gewesen und plötzlich aus dem Nichts aufgetaucht.

»Dr. Spencer, warum eine Expedition mit Rovern? Warum fliegen Sie nicht einfach mit den Flugbooten zu der Stelle, die Sie interessiert?«

Jetzt ging ein amüsiertes Lächeln um den Tisch. Sie warfen einander Blicke zu, als hätte er etwas reichlich Dummes gesagt. Egal.

Dr. Spencer rückte das Besteck um seinen Teller herum zurecht, während er antwortete. »Urs, die Stelle, die uns interessiert, liegt Luftlinie etwas über dreitausend Kilometer entfernt. Die Reichweite der Flugboote beträgt knapp fünftausend Kilometer, aber da sie ja immer wieder zur Siedlung zurückfliegen müssen, kann man damit keinen Punkt erreichen, der mehr als zweieinhalbtausend Kilometer entfernt liegt. Jedenfalls nicht ohne großen Aufwand.«

»Und der Löwenkopf . . .?«

»Bis dahin sind es nur etwas über zweitausend Kilometer. Es reicht gerade. Aber wenn ein Flugboot bis zum Mäusenest fliegen würde, käme es nicht mehr zurück. Deswegen müssen wir fahren.« Er wandte sich lächelnd an Kommandant Salahi. »Wenn wir aber etwas finden sollten, das zur Erde muss, brauchen wir damit nicht den ganzen Weg zurückzufahren. Es reicht, wenn wir es bis in die Reichweite der Flugboote bringen. Und sollte es zeitlich knapp werden, gäbe es noch die Möglichkeit, mit dem Shuttle zu landen. Das Shuttle kann jeden Punkt des Planeten erreichen.«

»Aber mit einem irren Aufwand an Treibstoff«, sagte die Kommandantin der GANDHI.

»Wie gesagt, nur im Notfall.«

Mutter stand auf, um die leer gegessenen Salatteller abzuräumen, und bedeutete Urs mit einem Blick, ihr zu helfen. »Lassen Sie, wir machen das«, sagte sie, als der Kommandant der ALDRIN aufstehen wollte.

Kurz bevor Urs mit seinem Stapel Teller aus dem Zimmer ging, sah er noch, wie der Chinese sich räusperte und zu Wort meldete.

4 Kein Pilot für das Marsflugzeug

Während Christine Faggan aus der Oberen Station hinabfuhr in die tief im Fels gelegene Siedlung, war ihr, als habe eine geheimnisvolle Kraft sie in die Vergangenheit versetzt. Schrieb man wirklich das Jahr 2087? Sie ging durch die stillen Gänge und konnte es kaum glauben. Es hatte sich so wenig verändert in all der Zeit, während der acht langen Jahre, seit James . . .

Seit James in den Rover gestiegen und fortgefahren war, um nicht mehr zurückzukommen.

Erst als sie die Wohnungstür aufschloss, die Stimmen ihrer Kinder hörte und den Duft eines warmen Abendessens roch, verschwand das Gefühl.

»Ich bin da!«, rief sie mit einer Fröhlichkeit, zu der sie sich zwingen musste. Sie betrachtete sich im Spiegel, während sie ihre Schuhe auszog. Nein, man sah ihr nichts an.

Elinn und Carl hatten ein Abendessen aus der Kantine besorgt, sie sah es an den Thermoboxen. Ein flüchtiger Impuls schlechten Gewissens, nicht selber gekocht zu haben . . . Aber es ging nicht anders zurzeit. Nicht, ehe die Wohnungen für die neuen Siedler fertig waren.

»Hi, Mom!«, rief Elinn. Himmel, sah das Kind wieder struppig aus!

»Hi, Schatz«, sagte Christine Faggan und fuhr ihrer Tochter durch die rostrote Lockenpracht. »Ich glaube, es wird Zeit, dass ich mal wieder einen Termin bei Vivian ausmache, was? Demnächst verwechselt man dich mit einem Staubwedel.« Vivian Young war Versorgungstechnikerin, betätigte sich aber nebenher als Friseurin.

Elinn duckte sich weg und schlang die Arme um ihren Kopf. »Es gefällt mir so, wie es ist.«

»Darüber reden wir noch.« Sie lüftete den Deckel der Boxen. »Was gibt es denn? Pizza? Sagt mal, fällt euch auf, dass wir dreimal die Woche Pizza haben?«

»Elinn und ich konnten uns auf keins der anderen Gerichte einigen«, erklärte Carl mit der unschuldigsten Miene der Welt.

»Ach wirklich?« Sie konnte sich lebhaft vorstellen, wie das abgelaufen war. Wenigstens hatten sie daran gedacht, auch einen Salat mitzubringen. »Also schön, lasst uns essen! Spät genug ist es.«

Gedeckt hatten die beiden schon, sie brauchte sich nur hinzusetzen. Und es tat gut, endlich etwas Warmes in den Bauch zu bekommen, selbst wenn es zum dritten Mal in dieser Woche Pizza war.

Doch dann betrachtete sie Carl von der Seite und erschrak auf einmal, wie stark er seinem Vater zu ähneln begann. Wieso war ihr das nicht schon längst aufgefallen?

»Erstaunlich«, hörte Urs den Kommandanten der MARTIN LUTHER KING ausrufen, als er die ersten Teller mit Mutters Lasagne hereinbrachte. »Ein Flugzeug auf dem Mars? Man denkt gar nicht, dass das funktionieren kann, so dünn, wie die Atmosphäre ist. Ich meine, verglichen mit der Erde herrscht hier doch fast Vakuum.«

»Es ist aus einem Stratosphärengleiter entwickelt worden, der vor etwa fünfzig Jahren auf der Erde im Einsatz war, ebenfalls für wissenschaftliche Zwecke«, erklärte Yin Chi. »Er hatte Solarzellen auf den Flügeln, die die Energie für den Antrieb lieferten, und konnte so beliebig lange in der Luft bleiben, oft monatelang. Hier auf dem Mars geht das natürlich nicht, dazu ist das Licht zu schwach. Aber das Marsflugzeug kann, vollgetankt und mit einer automatischen Steuerung versehen, den Planeten einmal vollständig umrunden. Es wäre das ideale Hilfsmittel, um mögliche weitere Bauten wie die blauen Türme ausfindig zu machen, weil es die Tarnschirme unterfliegen kann.«

Urs fing einen mahnenden Blick seiner Mutter auf, sich mit den Tellern zu beeilen. Er stellte die Teller vor die Gäste hin, ohne Yin Chi aus den Augen zu lassen.

»Das Katapult für das Marsflugzeug hat die Zerstörung der Station überstanden«, fuhr der Chinese fort. »Auch das Auffangnetz ist unversehrt. Und ich bin überzeugt, dass die Steuerung ebenfalls funktionieren wird, wenn man sie ein bisschen reinigt und durchprüft.«

»Klingt ganz wie eine gute Idee«, nickte die Kommandantin.

»Ist es auch, bloß hat sie einen Haken«, erklärte Vater. »Das Marsflugzeug liegt nämlich immer noch am Löwenkopf im Daedalia Planum. Um es für so eine Mission ausrüsten und vor allem starten zu können, müsste man es aber zum Katapult zurückschaffen, und das ist ein größeres Problem, als Sie glauben.«

Die Frau warf ihre dunkle Lockenmähne zurück. »In der Tat, ich verstehe nicht, was daran so schwierig sein soll. Es ist ein Flugzeug, oder? Also kann es fliegen.«

»Fliegen, ja. Aber nicht starten. Die automatische Steuerung funktioniert erst, wenn es in der Luft ist . . .«

Urs huschte hinaus in die Küche, nahm rasch die letzten beiden Teller und machte, dass er zurück an den Tisch kam.

». . . unter ein Flugboot zu hängen, aber der Triebwerksstrahl würde es schlicht verbrennen oder zumindest schwer beschädigen«, fuhr Vater fort zu erklären. »Und es mithilfe von Rovern zu transportieren, über zweitausend Kilometer . . . na ja. Wenn Sie mal gesehen hätten, wie groß dieses Ding ist, würden Sie das auch für unmöglich halten.«

Kommandant Salahi nickte in Mutters Richtung. »Ihre Lasagne schmeckt übrigens einfach großartig, Mrs Pigrato«, erklärte er ernst. »Ich muss mich noch einmal für die Einladung bedanken.«

Alle anderen beeilten sich ebenfalls, zum Ausdruck zu bringen, wie hervorragend es ihnen schmeckte. Danach war das Thema Marsflugzeug erst mal vergessen und das Gespräch wandte sich Themen zu, die hauptsächlich um die aktuelle Politik auf der Erde kreisten. Langweilig! Da blieb nur, die Ohren auf Durchzug zu stellen und sich aufs Essen zu konzentrieren.

Er dachte an Ariana. Sie war so völlig anders als die Mädchen, die er kannte. Sie trug keine trendigen Klamotten, sondern wie alle Marsbewohner nur diese langweiligen grauen Overalls. Auch ihre Haare waren nicht gestylt und wurden höchstens von einer Spange zusammengehalten. Und doch fand er sie hübsch. Ausgesprochen hübsch sogar. Irgendwie war es auch seltsam, mit ihr zusammen zu sein. Irritierend. Meistens, wenn sie gemeinsam im Kraftraum waren, redeten sie mehr, als zu trainieren. Sie hatte erzählt, dass sie

Kampfsport machte, Unterricht nahm bei einem Ju-Jutsu-Lehrer, der ebenfalls auf dem Mars lebte. Sie hatte versprochen, ihn mal mitzunehmen; das stellte er sich interessant vor – Ju-Jutsu bei niedriger Marsschwerkraft. Und einmal waren sie zusammen draußen gewesen, an der Marsoberfläche, waren in Raumanzügen herumgestiefelt.

Das war alles.

Sie schien gerne mit ihm zu reden, aber sie . . . machte nichts daraus. Die Mädchen auf der Erde, die hätten ihm schon längst zu verstehen gegeben, was sie erwarteten. Ob man sie nach einer Verabredung fragen konnte.

Andererseits, was hatte das hier für einen Sinn? Man lief sich sowieso die ganze Zeit über den Weg; so riesig war die Marssiedlung nun auch wieder nicht. Es gab den Wohnbereich, die Werkstätten und die Labors. Das war es im Wesentlichen. Alles lief auf dem Gang zusammen, der großspurig »Main Street« genannt wurde und der zur Plaza führte. Außerdem gab es noch die Obere Station und in einem Krater hinter der Marssiedlung lagen unter den Druckkuppeln die Gärten. Ende. Kein Kino, kein Virtueller Raum, keine *Magnet Scooter*-Bahnen, kein Tanzdom . . . Für solche Dinge hatten die Marssiedler auch gar keine Zeit. Mehr oder weniger arbeiteten alle von früh bis spät. Die Kinder, die hier aufgewachsen waren, schienen das sogar völlig normal zu finden!

Und nun redete ihm seine Mutter plötzlich wegen Ariana ins Gewissen. Er solle sie *anständig behandeln.*

»Was soll das denn heißen?«, hatte Urs gefragt.

»Sie ist völlig anders aufgewachsen als die Mädchen an deiner Schule«, kam als Antwort, zusammen mit einem verweisenden Blick von der Sorte, die anzeigte, dass es seinem mütterlichen Elternteil bitterernst war. »Wenn du ihr wehtust, kriegst du es mit mir zu tun.«

»Wieso sollte ich ihr wehtun?«

»Ich glaube, sie ist in dich verliebt, und du könntest in Versuchung kommen, das auszunutzen.«

»Quatsch, sie ist doch nicht in mich verliebt. Wir reden nur ab und zu miteinander. Und sie zeigt mir Sachen, die man hier wissen muss; zum Beispiel, wie man die Raumanzüge richtig anlegt.«

»Vielleicht ist sie in dich verliebt, zeigt es aber nicht so wie die Mädchen, die du kennst. Du bist der erste fremde Junge in ihrem Alter, den sie trifft, denk daran. Sie kennt die ganzen Spielregeln überhaupt nicht.«

An dieses Gespräch musste Urs seither immer wieder denken, jetzt gerade auch. Zu Hause, also auf der Erde, war er eine Zeit lang mit einem Mädchen gegangen, aber eher, weil man das eben so machte. Mehr um zu beweisen, dass man es konnte. Dass man gefragt war.

Das schien hier überhaupt keine Rolle zu spielen. Ariana zumindest schien kein Interesse an einem festen Freund zu haben. Oder doch? Er konnte ihr Verhalten nicht deuten. Mal war sie unnahbar, dann wirkte sie wieder verletzlich.

Ganz schön schwierig alles.

5 Wer zapft den Strom an?

Ronny war – wie meistens – als Erster im Schulungsraum. Er hatte den Schirm kaum eingeschaltet, als Elinn und Carl ankamen. »Ich muss euch was zeigen«, sagte Ronny.

»Lass mich raten«, meinte Carl. »Ein neuer Flugzeugtyp.« Der Flugsimulator war Ronnys absolutes Hobby; mithilfe dieses Programms hatte er sich das Fliegen so gut beigebracht, dass er imstande gewesen war, das Marsflugzeug zu fliegen. Ohne ihn wären die blauen Türme nie entdeckt worden.

»Nein, was anderes.« Ronny rief die allgemeine Datenbank auf, dort die Stationsdaten und im Bereich Energie die Protokolle der Störfälle. Alles kein Problem, das waren Daten, auf die jeder Zugriff hatte. Elinn und Carl sahen ihm verwundert über die Schulter.

Es polterte an der Tür: Urs kam herein, dicht gefolgt von Ariana, die den kürzesten Weg hatte und trotzdem fast immer als Letzte eintraf. »Seit wann interessiert ihr euch für Flugzeuge?«, wollte sie wissen, als sie die drei um Ronnys Schirm herumstehen sah.

»Es geht angeblich um was anderes«, sagte Carl.

Außer fliegen trauten sie ihm wohl überhaupt nichts zu? Ronny holte die Liste der Spannungsabfälle in der Südleitung auf den Schirm. »Hier. Das habe ich gestern Nachmittag bei Mister Glenkow gesehen.« Er sah Urs und Ariana an. »Wann habt ihr das Artefakt gefunden?«

»Am Samstag«, antwortete Urs.

»Klar, aber um wie viel Uhr?«

Die beiden sahen einander an, bliesen die Backen auf und zuckten mit den Achseln. »Keine Ahnung. Nachmittags irgendwann.«

»Ihr habt um vier Uhr herum angerufen und dann haben wir uns bei Elinn getroffen«, erinnerte sich Ronny und zeigte auf die letzte Zeile der Liste. »Und der Spannungsabfall war um fünfzehn Uhr dreißig.« 15:32 bis 15:41 stand da, wenn man es genau nahm.

»Ruf einfach das Schleusenlog auf«, riet Carl. In jeder Schleuse war ein Detektor angebracht, der registrierte, wer die Station wann verließ oder zurückkam. Das tat er über den Identifikations-Chip, der in jedem Raumanzug eingebaut war. Außerdem prüfte die Anlage, welchen Kommunikator man bei sich trug.

Elinn beugte sich über Ronnys Schulter und studierte die Angaben auf dem Schirm Zeile für Zeile. »Das ist interessant«, murmelte sie. »Kannst du mir die Liste in mein Postfach kopieren?«

»Eins nach dem anderen«, ächzte Ronny. Liste an Elinn schicken. Schleusenlog aufrufen. Na also, da stand es: *Out 14:07 Ariana DeJones, Urs Pigrato.* Und ein paar Einträge weiter unten: *In 16:24 Ariana DeJones, Urs Pigrato.*

»Könnte hinhauen«, meinte Ariana nachdenklich. »Von der Jefferson-Schlucht zurück in die Station braucht man etwa vierzig Minuten. Und wir haben mehr oder weniger sofort umgedreht, als wir das Artefakt hatten.«

»Und was heißt das?«, fragte Urs.

»Vielleicht überhaupt nichts«, sagte Carl. »Könnte genauso gut Zufall sein.«

Elinn schüttelte den Kopf, dass ihre rostroten Locken flogen. »Das ist kein Zufall.«

»Sondern?«, wollte ihr Bruder wissen.

Sie stierte einen Moment nachdenklich vor sich hin, dann sagte sie: »Ich bin mir noch nicht ganz sicher. Ich muss da erst was nachprüfen. Am besten, wir treffen uns heute Nachmittag im Versteck.«

»Ich habe heute Nachmittag ein Interview mit Van Leer«, sagte Carl. »Das dauert bestimmt bis um vier Uhr.«

»Vier ist in Ordnung«, meinte Elinn.

»Was ist denn da draußen los?«, rief Ariana in diesem Moment. Sie hatte sich gerade setzen wollen und dabei war ihr Blick hinaus auf den Vorplatz gefallen.

Im Nu drängelten sich alle neben ihr am Fenster. Schräg unterhalb des Schulungsraums, zwischen den Modulen 3 und 4 und nur halb zu sehen, standen zwei umgerüstete Rover. Drei Leute in Raumanzügen waren eben dabei, mithilfe des Lastenkrans von Modul 4 einen metallischen Zylinder an einem davon zu montieren.

»Das sind Kabinenaufbauten«, erklärte Ronny. »Damit rüstet man Rover für Expeditionen aus.« Als die anderen ihn daraufhin halb verwundert, halb zweifelnd ansahen, fügte er hinzu: »Hat mir Mister Glenkow erzählt.«

»Die werden ja wohl kaum ausgerechnet jetzt eine Expedition losschicken«, meinte Carl.

»Doch«, ließ sich da zur allgemeinen Überraschung Urs vernehmen. »Am Donnerstag soll sie starten, Richtung Osten.«

Das brachte ihm die skeptischen Blicke der anderen ein,

doch er setzte sich vor seinen Schirm, als hätte er nichts bemerkt, und erzählte, was er gehört hatte.

»Durch die Valles Marineris?«, fragte Carl nach.

Urs nickte. »Ja. Das ist dieses große Tal am Äquator, nicht wahr?«

»Das ist nicht einfach ein großes Tal. Das ist ein viertausendfünfhundert Kilometer langer Canyon, der längste, den man kennt, und er besteht aus mehreren Tälern.«

Ronny sah Urs unwillig die Stirn runzeln. Ehrlich, was spielte sich Carl auch so auf?

»Von mir aus«, sagte der Junge von der Erde. »Obwohl dieser Doktor Spencer nur was von dreitausend Kilometern gesagt hat, die er zurücklegen will.«

»Klar«, meinte Ariana. »Er kalkuliert die Strecke natürlich von der Siedlung aus.«

»Was sind das eigentlich, ›Mäusegänge‹?«, wollte Urs wissen. »Ich kann mir darunter überhaupt nichts –«

In diesem Moment erklang ein Signalton aus den Lautsprechern und gleich darauf die gleichmütige, synthetische Stimme von AI-20, der Künstlichen Intelligenz der Siedlung. »Ich registriere, dass ihr zwar seit über einer halben Stunde im Schulungsraum seid, bis jetzt aber keines der Unterrichtsmodule aufgerufen habt. Da ihr zurzeit ausnahmslos mit eurem Lernpensum im Rückstand seid, wäre es angebracht, eine entschlossenere Arbeitshaltung an den Tag zu legen. Ich möchte ungern eure Eltern informieren müssen.«

»Sklaventreiber«, murrte Carl.

»Ich bin doch fast gar nicht im Rückstand«, maulte Elinn.

Aber sie nahmen alle folgsam ihre Plätze ein. Als Ronny das Unterrichtsprogramm aufrief, schlug es ihm als Erstes Übungen in englischer Grammatik vor. Er ächzte.

Ariana musste ihren Schirm erst einschalten. »Ich zeig dir morgen mal so einen Mäusegang«, versprach sie Urs.

Der Junge von der Erde starrte immer noch den Lautsprecher an der Decke an. »Hat das Ding tatsächlich ›ungern‹ gesagt?«

Niemand beachtete den Rover, der sehr, sehr langsam über den Platz vor der Oberen Station rollte, die Ausfahrt passierte und dann, immer noch praktisch im Schritttempo, Richtung Süden fuhr.

An Bord war Jurij Glenkow. Wäre jemand bei ihm gewesen, hätte er sich gewundert, warum der grauhaarige Russe in einem fort den Kopf schüttelte. Hätte er außerdem Russisch verstanden, hätte er gehört, wie der Fusionstechniker in seiner Muttersprache immer wieder sagte: »Das wird so nichts. Nie im Leben.«

Auf dem leeren Sitz neben sich hatte er eine große Karte liegen, die die nähere Umgebung der Siedlung zeigte. Eine Linie war mit roter Farbe nachgezogen: der komplizierte Verlauf der Leitung zum südlichen Reaktor. Obwohl die Distanz in Luftlinie nur 1,2 Kilometer betrug, war die dicht unter der Oberfläche verlegte Stromleitung insgesamt fast doppelt so lang.

Der Techniker murmelte einen russischen Fluch, als er hörte, wie die tief angebrachte Antenne wieder einmal gegen einen Stein stieß. Er setzte ein Stück zurück, räumte den Felsbrocken, der kaum größer war als ein Fußball, mit dem Greifarm aus dem Weg und rollte behutsam wieder an.

»Das wird so nichts«, schimpfte er dabei. »Auf diese Weise brauche ich ein halbes Jahr!«

6 Das Interview

In der Mediathek herrschte um diese Tageszeit Stille. Der große Fernsehschirm, auf dem die Siedler manchmal Sendungen von der Erde verfolgten, stand stumm in der Ecke und der Journalist saß auf einem der abgeschabten Sessel davor. Er nickte Carl grüßend zu und bedeutete ihm, Platz zu nehmen.

Carl setzte sich ihm gegenüber. Er hatte eine Kamera erwartet, zumindest einen Rekorder. Aber Van Leer hatte lediglich Schreibblock und Stift neben sich liegen.

»Wundert dich das?«, fragte er.

»Irgendwie schon.«

Der Journalist klopfte mit der Hand leicht auf seinen Block. »Die ganzen technischen Spielsachen sind gut und schön, aber die beste Methode ist das hier. Etwas zu schreiben, Ruhe und viel Zeit.« Er musterte Carl. »Ich hoffe, du hast Zeit?«

Eigentlich nicht. Er war in Gedanken bereits in ihrem Versteck, fragte sich, was Elinn ausgeheckt haben mochte. Andererseits hatte er immer noch keine Ahnung, wie sie das mit den Artefakten angehen sollten, und so war es ihm doch nicht unlieb, erst das Interview zu erledigen. Vielleicht kam ihm dabei ja eine Idee.

Der Journalist schlug seinen Block auf und kritzelte das Datum in eine Ecke des Blattes. »Wie kommst du eigentlich mit Urs klar?«

»Mit Urs?« Was war denn das für eine Frage?

»Ja.«

»Geht so. Wieso fragen Sie mich das?«

»Weil es mich interessiert«, sagte Van Leer. Er lehnte sich zurück, malte auf seinem Block herum und erklärte: »Du musst wissen, dass ich alle Interviews gelesen oder gesehen habe, die es mit dir gibt. Das sind eine ganze Menge, an die zweihundert. Und die meisten sind von, entschuldige, strohdummen Leuten geführt worden, die dir immer wieder dieselben langweiligen, strohdummen Fragen gestellt haben.« Er sah hoch. »Was ich will, ist, dir *neue* Fragen zu stellen. Dich kennenzulernen. Und zwar den *wirklichen* Carl Faggan.«

Carl schluckte unbehaglich. »Ah ja?« Irgendwie lief das anders, als er erwartet hatte.

Ronny staunte nicht schlecht, als er im Versteck ankam und sah, was Elinn dort in der Zwischenzeit aufgebaut hatte.

»Ich habe alle Artefakte so angeordnet, dass man auf einen Blick sieht, wann ich sie gefunden habe«, erklärte sie.

An einer Wand des lang gestreckten Aufenthaltsraums verlief eine Konsole, auf der früher Geräte und Schränke befestigt gewesen waren. Die hatte man aber schon vor langer Zeit abmontiert, sodass jetzt nur noch eine Art schmales, zehn Meter langes Regalbrett aus Aluminium übrig war. Auf dem hatte Elinn die Artefakte verteilt. Neben jedem klebte ein Stück Papier mit dem Datum des Fundes.

»Ich habe sie maßstabsgerecht hingelegt«, fuhr Elinn fort.

»Drei Meter entsprechen einem Erdjahr. Auf diese Weise reicht die Wand gerade, weil das erste Artefakt vor drei Jahren und einem Monat aufgetaucht ist.«

»Und du kannst dich noch an jedes einzelne erinnern? Wann du es gefunden hast und so?«, staunte Ronny.

Elinn hob ihr Pad. »Ich habe es in mein Tagebuch geschrieben. Ich schreibe gerne Dinge auf, weißt du? Nach einer Weile merkt man, dass man viel vergisst. Aber wenn man es nachlesen kann, fällt einem meistens alles wieder ein.«

Sie marschierte an den Anfang ihrer Ausstellung zurück. »Es ist interessant, die Artefakte nebeneinander zu sehen. Siehst du, die allerersten hier sind winzig klein und sie haben nur verwaschene Muster.« Sie ging ein paar Schritte weiter. »Ein halbes Jahr später tauchen die ersten mit Schriftzeichen auf. Und jedes ist ein bisschen größer als das vorhergehende.«

»Als ob die Marsianer erst geübt hätten, wie man sie macht«, meinte Ronny.

»Vielleicht haben sie das ja.«

Ronny deutete auf eine Stelle, die nach dem Maßstab etwas mehr als ein Jahr in der Vergangenheit lag. »Ab hier werden sie größer.« Er studierte die perlmuttartig schimmernden Flächen. »Und es tauchen die ersten Zeichnungen auf. Du hast recht, das ist wirklich interessant.«

Elinn schaltete ihr Pad ein.

»Das Interessanteste«, sagte sie dabei, »kommt erst noch.«

»Urs?« Carl sah nachdenklich ins Leere. »Na ja, was soll ich über ihn sagen? Ich kenne ihn ja kaum. Schließlich ist er gerade mal zwei Wochen hier.«

»Zwei Wochen, in denen viel passiert ist.«

»Ja.« Und? Was erwartete Van Leer, dass er dazu sagte? Der Journalist hatte das doch alles selber miterlebt.

Van Leer studierte das hintere Ende seines Stifts, als gäbe es dort sagenhaft interessante Dinge zu entdecken. »Weißt du, was ich mich frage, ist Folgendes: Da leben vier Kinder auf dem Mars, kennen sich von frühester Kindheit an, halten zusammen wie Pech und Schwefel, schon weil ihnen gar nichts anderes übrig bleibt, und dann kommt plötzlich ein Neuer dazu . . . Was bedeutet das? Was passiert da in der Gruppe?«

»Hmm«, machte Carl ratlos.

»Oder lass mich so herum fragen: Der Anführer warst bisher du. Weil du der Älteste bist. Nun ist aber Urs praktisch genauso alt wie du. Fühlst du dich dadurch, sagen wir mal, *bedroht?*«

Carl verzog das Gesicht: »Das Problem war, dass Urs der Sohn von Mister Pigrato ist, der uns das Leben schwer gemacht hat, seit er hier ist. Bei jeder Gelegenheit hat er erklärt, dass Kinder auf dem Mars nichts verloren hätten. Und dann lässt er auf einmal seine Familie nachkommen – seltsam, oder?«

Van Leer nickte verstehend. »Ihr wart misstrauisch?«

»Das wären Sie auch gewesen an unserer Stelle.«

»Hmm. Wahrscheinlich.« Er kritzelte etwas auf seinen Block. »Und dann?«

Carl zuckte mit den Schultern. »Dann hat sich herausgestellt, dass Urs doch nicht so übel ist. Und jetzt muss man sehen, wie das wird.« Außerdem hatte Elinn ein Artefakt mit seinem *Namen* gefunden. Ausgerechnet! Aber das würde er diesem neugierigen Menschen natürlich nicht auf die Nase binden.

Van Leer nickte. »Gut, belassen wir es einstweilen dabei. Anderes Thema.«

Nun sollte er also das Versteck der Marskinder zu sehen bekommen. Urs war ein wenig mulmig zumute. War das ein Vertrauensbeweis? Oder musste er sich Gedanken darüber machen, warum sie ihn nicht schon viel früher dahin mitgenommen hatten?

Vater hätte zu gerne gewusst, wo sich dieses Versteck befand, das wusste Urs. Aber er würde nicht für ihn spionieren. Dass Dad zufällig der von der Erdregierung beauftragte Verwalter der Marssiedlung war, war nicht sein Problem.

Ariana marschierte voran. Es ging durch den alten Wohntrakt, der am Ende der Main Street anfing, und dann immer weiter, bis die Namensschilder an den bunt lackierten Türen aufhörten und bald darauf auch die Türen nicht mehr bunt lackiert waren. Hier roch es muffig, schon auf dem Gang und erst recht, als Ariana eine der Stahltüren öffnete. Kälte wehte ihnen entgegen, ein Geruch von Staub und Moder, und es hallte, als Ariana einen Schritt ins Dunkel machte und nach dem Lichtschalter griff.

Das Licht, das anging, war zu schwach, um den lang gestreckten Raum dahinter wirklich zu erhellen. Überall standen Regale: schief aus Stahlblech zusammengeschraubt, lackiert manche, rostig etliche, und alle waren sie vollgestopft mit ... *Zeug.*

Das meiste vermochte Urs überhaupt nicht zu identifizieren. Irgendwelche Behälter, Schachteln, Dosen, Plastikboxen. Ölige Motoren, Flaschen aus Glas, die seltsam uneben wirkten, wie selbst gemacht. Was sie vermutlich auch waren. Leer die meisten, andere mit undefinierbaren dunklen Flüssigkeiten gefüllt. Geräte aller Art, viele davon kaputt, aufgeschraubt ins Regal gestopft, verschwanden sie allmählich unter rötlichem Staub. Irgendwelche Dinge aus Stoff lagen da, kaputtes Spielzeug, Holztrümmer, schief gesägte Bretter, defektes Werkzeug ...

»Ihr werft wohl nichts weg, was?«

Ariana sah ihn nur verwundert an. »Natürlich nicht. Man weiß doch nie, wann man etwas wieder brauchen kann.«

Logisch, sie hatten ja Platz ohne Ende auf dem Mars. Das war mehr oder weniger das Einzige, was es hier im Überfluss gab. Und schließlich hatte alles Geld gekostet, falls es von der Erde hertransportiert worden war. Oder Mühe, falls sie es selber gemacht hatten.

»Das war früher unser Lieblingsspielplatz«, erzählte Ariana.

»Tatsächlich?«, murmelte Urs. Ihm wäre es zunächst mal schon viel zu kalt hier gewesen, ganz davon abgesehen, dass der Raum reichlich unheimlich war.

Weiter hinten gab es weniger Regale, dafür drängten sich dort Maschinen aller Art, eingestaubt, zugedeckt und düster.

Vor einem alten, unansehnlichen Wandschrank blieb Ariana stehen. »Die Kombination lautet 2-0-5-5«, sagte sie und tippte die Zahlen auf der sauber glänzenden Tastatur des Schlosses ein.

»Das Jahr, in dem die Marssiedlung gegründet wurde«, erkannte Urs.

»Genau.« Sie lächelte. »Und dort gehen wir jetzt hin.«

»Wohin?«

»In die allererste Marssiedlung«, erklärte Ariana rätselhaft und öffnete die Schranktür weit.

7 Was wird die Zukunft bringen?

»Das sagst du immer«, meinte Van Leer, als es um Carls Zukunftspläne ging. »Dass du Planetenforscher werden willst.« Carl nickte. Das war endlich vertrautes Terrain. »Ich finde es blöd, bloß wegen der Umstände meiner Geburt berühmt zu sein. Dafür kann ich schließlich nichts. Wennschon, dann möchte ich für etwas berühmt sein, das ich selber geleistet habe, am liebsten –«

Van Leer setzte wieder dieses unangenehme, schlaue Lächeln auf und unterbrach: »Entschuldige, Carl, aber das ist jetzt so eine Antwort, die ich fast wortwörtlich aus mindestens drei Dutzend Interviews kenne. Das brauchen wir nicht noch einmal abzuspulen, okay?«

Carl stutzte. Er hatte keine Ahnung, worauf Van Leer hinauswollte. »Okay«, sagte er.

»Du willst also später Planetenforscher werden, richtig?«

»Ja.«

»Davon merkt man bloß nichts.«

Carl blinzelte verwirrt. »Wovon?«

»Du *sagst* das zwar. Aber du *tust* nichts, was in diese Richtung geht.«

War der Mann ein bisschen blöd oder was?

»Was sollte ich denn tun? Ich bin doch noch in der Ausbildung. Erst muss ich den Schulabschluss haben, dann muss ich etwas Geeignetes studieren und dann ...«

»Deine Schwester Elinn denkt nicht so kompliziert. Sie forscht jetzt schon.«

»Elinn?«

Van Leer blätterte in seinem Block zurück. »Ich habe neulich mit Professor Caphurna gesprochen und er hat mir erzählt, dass Elinn ihn ziemlich in Verlegenheit gebracht hat.« Er fand die entsprechende Stelle in den Notizen. »Der Professor war der Auffassung, dass die Muster auf den Steinen, die deine Schwester Artefakte nennt, durch Zufall entstanden sind. Doch Elinn hat ihn offenbar vor ein paar Tagen aufgesucht und ihm mithilfe von rotem und weißem Sand und einem Plastikbecher vorgeführt, dass beim zufälligen Mischen zwar Muster entstehen können, aber nicht die *Art* von Mustern, wie man sie auf den Artefakten findet.« Der Journalist grinste. »Ich glaube, sie hat ihn damit gehörig beeindruckt.«

Carl verzog das Gesicht. Er kannte das Experiment, das sich Elinn ausgedacht hatte. »Das ist ja wohl etwas anderes.«

»Inwiefern?«

»Ich will auf fremde Planeten gehen und sie erkunden. Da wird man mich erst mitnehmen, wenn ich studiert habe.«

Van Leer hob die Augenbrauen. »Carl – du *bist* bereits auf einem fremden Planeten. Und wenn mich nicht alles täuscht, gibt es hier noch jede Menge zu erkunden.«

Carl atmete überrascht ein. Was sollten diese Sticheleien? Er hätte gern etwas erwidert, aber ihm fiel kein kluger Spruch ein.

»Ich habe dich beobachtet, Carl. Und ich habe nicht den Eindruck, dass du dich besonders für den Mars interessierst.« Er zeigte zur Decke, ungefähr in Richtung der Oberen Station. »Gestern bist du im Schulungsraum gesessen, während draußen Vorbereitungen für die nächste Expedition im Gange waren. Aber dich hat das nicht sonderlich interessiert. Die erste Expedition seit über acht Jahren! Wenn wirklich ein Planetenforscher in dir steckt, hätte das Thema Nummer eins sein müssen, oder?«

Carl fühlte sich auf einmal in die Enge getrieben und fragte sich, warum eigentlich. Er war diesem Mann doch keine Rechenschaft schuldig!

»Vielleicht interessiert es mich ja nicht, weil ich nicht dabei sein kann?«, gab er zurück, heftiger als beabsichtigt.

»*Würdest* du denn gerne dabei sein?«

»Klar. Aber man würde mich nicht mitnehmen.«

»Bist du sicher? Hast du schon mal gefragt?«

Carl sah den Journalisten finster an. »Das muss ich nicht. Das weiß ich auch so. Wir dürfen ja nicht mal in die Nähe der blauen Türme, obwohl wir sie entdeckt haben.«

»Hast du nun gefragt oder nicht?«

So ein blöder Kerl! Carl rieb sich den Arm. »Nein«, gab er schließlich zu.

Die Rückwand des Schranks fehlte. Man sah die blanke Ziegelmauer. Und mittendrin ein schmales Druckschott, richtig museumsreif, mit einem Handrad in der Mitte.

»Das ist der Eingang zu eurem Versteck?«, staunte Urs. Dafür sah es allerdings beeindruckend aus.

Ariana trat in den Schrank und drehte an dem Rad. Ohne einen Laut schwang das Schott auf. »Komm«, sagte sie. »Wir müssen die Schranktür von innen zuziehen.«

Das war ja unglaublich. Hinter dem Schott begann ein

schmaler, gemauerter Gang, von einer mageren Röhre so schwach erleuchtet, dass nicht zu erkennen war, wohin er führte. »Du willst mir nicht im Ernst erzählen, dass ihr das hier alles selber gebaut habt?«, fragte Urs verblüfft.

Ariana schloss den Schrank und anschließend das Schott von innen und grinste ihn dann frech an. »Klar. Sogar die Ziegel haben wir selber gebacken.« Im nächsten Moment lachte sie hell auf. »Nein, Quatsch, das war alles schon da. Wir haben es bloß entdeckt. Das Einzige, was wir hier gemacht haben, war, eine Beleuchtung zu installieren.«

»Entdeckt? Was heißt entdeckt? Wie kann man so was entdecken?«

Sie bedeutete ihm vorauszugehen. »Der Gang führt in die sogenannte *alte Station*, die Unterkunft, in der die Leute der ersten großen Marsexpedition gelebt haben.«

Urs fiel die Kinnlade runter. »Diese Treibstofftanks, die die im Boden vergraben haben? Die *gibt* es noch?«

»Du hast schon davon gehört?«

»Schon davon gehört? Du bist gut. Ich habe eine Schularbeit darüber schreiben müssen.«

Es war ... galaktisch. Der Gang machte zwei Kurven bis zu einem zweiten Schott und dann betraten sie tatsächlich die *alte Station*, die legendäre erste Behausung auf dem Mars. Urs hatte natürlich Bilder davon gesehen – wer hatte das nicht?–, aber wirklich und wahrhaftig in ihr herumzulaufen, das war schon etwas anderes. Da, der schmale Mittelgang. Auf den Fotos hingen hier alte Raumanzüge. Die Haken waren noch zu sehen. Links und rechts ging es in Räume unterschiedlichster Größe. Die alten Stühle! Und die Wände alle nach außen gewölbt, aus geriffeltem, blankem Stahl, und der Boden aus kunststoffbeschichtetem Lochblech ...

»Ich wusste nicht, dass es die Station noch gibt«, meinte er verblüfft. »Uns hat man erzählt, sie sei abgebaut worden, als man die eigentliche Siedlung errichtet hat.«

Ariana nickte. »Ja, das hat man uns auch erzählt. Aber du siehst ja, dass es nicht stimmt.«

Aus einem der Nebenräume waren helle Stimmen zu hören, dann tauchten Elinn und Ronny auf. »Hi«, sagte Elinn und Ronny rief aufgereget: »Sie hat was entdeckt! Was Irres!«

Van Leer lächelte dünn. »Als das Shuttle gelandet ist, mit dem ich gekommen bin«, sagte er leise, »wurde einer der Rover, die die Passagiere und die Ladung abholten, von Ronny gefahren. Das habe ich doch richtig beobachtet?«

Worauf wollte er jetzt wieder hinaus? »Ja«, nickte Carl. »Er fährt meistens mit raus, wenn ein Shuttle landet.«

»Weißt du zufällig, wie alt Ronny war, als er das erste Mal geholfen hat, um ein Orbitalshuttle zu entladen?«

Carl spürte den Impuls, einfach aufzustehen und zu gehen. Was musste er sich hier verhören lassen? »Zehn, glaube ich.« Das stimmte nur halb. Schon mit acht war Ronny mit hinausgefahren, aber eben nicht alleine.

»Hattest du jemals das Gefühl, dass Ronny zu jung dafür ist?«

»Zu jung?«

»Auf der Erde dürfte er höchstens ein Fahrrad fahren. Kein Lastenfahrzeug, von Flugzeugen ganz zu schweigen.«

»Wir sind aber nicht auf der Erde«, erwiderte Carl sofort und hätte sich im selben Moment die Zunge abbeißen können.

»Stimmt.« Van Leer kritzelte ein paar Zeilen auf seinen

Block. »Ist mir auch schon aufgefallen. Hier auf dem Mars akzeptiert man es, dass ein Zehnjähriger tonnenschwere Rover fährt und Güter transportiert, die Millionen wert sind. Weil man ihn kennt und weiß, was er draufhat. Und natürlich, weil man jede helfende Hand brauchen kann.« Der Journalist musterte Carl. »Und da hältst du es für von vornherein ausgeschlossen, dass man dich auf eine Expedition mitnehmen würde?«

Carl hatte das Gefühl, in die Ecke manövriert worden zu sein. »Gut, vielleicht haben Sie recht. So habe ich mir das noch nie überlegt.«

»Offensichtlich.« Er legte seinen Block beiseite, rieb sich das Kinn und sah Carl nachdenklich an. »Könnte es sein, dass du dir etwas vormachst mit diesem ›Ich will Planetenforscher werden, wenn ich mal groß bin‹?«

Carl schüttelte den Kopf. »Davon träume ich schon, seit ich denken kann.«

»Mag sein. Aber mit Träumen ist es so eine Sache. Du bist in einer Familie von Forschern aufgewachsen. Die ganze Marssiedlung ist im Grunde ein einziges Forschungsprojekt. Du kennst nichts anderes.« Er schüttelte den Kopf. »Weißt du, ich wollte immer Journalist werden; ebenfalls seit ich denken kann. Aber im Unterschied zu dir habe ich von Anfang an etwas *gemacht*. Als Zehnjähriger bin ich mit dem Rekorder meines Vaters losmarschiert und habe Leute bei uns im Ort interviewt. Als ich elf war, überspülte eine Sturmflut den Waddendamm, hinter dem wir wohnten; das halbe Dorf stand unter Wasser und ich bin mit der Kamera losgezogen, um eine Reportage zu machen. Mit zwölf hatte ich meine eigene Nachrichtenseite im Textnetz. Als ich dreizehn war, hat das erste Magazin angefragt, ob sie einen Artikel von mir übernehmen dürften. Und nicht irgendeines, sondern *Zhiang News*, damals das größte chinesische Programm!«

Carl hörte schweigend zu und überlegte, was er vorweisen, was er dagegenhalten konnte. Aber ihm fiel nichts ein. Im Grunde war er einfach immer nur mit den anderen zusammen gewesen und sie hatten alles Mögliche angestellt. Wenn man Van Leer zuhörte, kam es einem vor wie Zeitverschwendung.

Der Journalist lehnte sich bequem zurück. »Einer der ersten Prominenten, den ich interviewt habe, war Yules Whitehead. Damals war er noch nicht der reichste Mann der Welt. Damals war er bloß ein cleverer junger Physiker, der das entscheidende Problem der Kernfusion gelöst hatte – und der schlau genug gewesen war, seine Idee rechtzeitig zu patentieren.«

»Das Patent ist längst abgelaufen«, warf Carl ein.

»Ja, aber es war zwanzig Jahre lang gültig und hat ihm Milliarden eingebracht, den Grundstock seines heutigen Vermögens. Heute besitzt Whitehead Firmen in aller Welt und die halbe Raumfahrtindustrie dazu, lebt auf einer Raumstation, finanziert spaßeshalber Musikschulen in Südamerika, Ausgrabungen in Zentralafrika und was weiß ich noch alles – aber angefangen hat es mit dem Fusionsreaktor.« Der Journalist legte sinnend die Hände zusammen. »Und weißt du, was er mir damals erzählt hat?«

»Dass er schon immer reich werden wollte?«

»Nein. Dass er schon als Fünfjähriger allen Leuten verkündet hat, er werde eines Tages ein Raumschiff mit Fusionsantrieb bauen.« Van Leer lachte auf. »Unglaublich, oder? Genau das, was er heute macht. Sein Vater fand das übrigens überhaupt nicht witzig. Der war Anwalt, ein berühmter sogar, und der einzige Sohn sollte natürlich später die Kanzlei übernehmen. Yules Whitehead war wahrscheinlich der erste Schüler, der jemals Ärger zu Hause bekommen hat, weil seine Noten in Physik zu *gut* waren! Er musste Physikbücher heimlich lesen, nachts unter der Bettdecke. Seine physikalischen Experimente hat er bei einem Freund im Keller durchgeführt. Und als er an die Universität ging, hat er zwei Fächer gleichzeitig studiert, von denen jedes einzelne schon anstrengend genug gewesen wäre: Jura, damit sein Vater ihm nicht den Geldhahn zudrehte, und nebenbei heimlich Physik. Das hat er ganze drei Jahre lang durchgehalten, bis er seine erste Erfindung machte und selber Geld verdiente.«

»Und durch das Jurastudium wusste er, wie das mit Patenten geht?«

Van Leer lächelte. »Ganz genau. So war auch das zu etwas gut.«

Ein eigentümlicher Moment der Stille entstand. Kein Laut war zu hören, nicht einmal ein Knacken in der Wand oder Schritte draußen auf der Main Street . . . Als stünde die Zeit still.

»Wozu erzählen Sie mir das alles, Mister Van Leer?«, fragte Carl schließlich.

Der Journalist nickte sinnend. »Warum erzähle ich dir das? Vielleicht, weil ich gern wissen möchte, wer du bist. Wirklich, meine ich.« Er rieb sich wieder das Kinn. »Stell dir vor, du machst das alles. Du schließt die Schule ab und gehst zur Erde, um zu studieren, Mineralogie oder Exobiologie oder so etwas. Dann nimmst du in zehn, zwölf Jahren an deiner ersten Exkursion teil. Wenn du dann feststellst, dass es dir überhaupt nicht gefällt – was dann?«

»Wieso sollte es mir nicht gefallen?«, fragte Carl zurück, aber irgendwie fehlte seiner Stimme die Kraft.

»Keine Ahnung. Hast du denn eine Vorstellung davon, was man eigentlich *macht*, wenn man einen Planeten erforscht?«

Carl sah den Mann mit den ungebändigten blonden Haaren bestürzt an. Das hatte er sich in der Tat noch nie überlegt. »Na ja«, meinte er, »das wird darauf ankommen, denke ich . . .«

»Du denkst? Das heißt, du weißt es nicht. Du weißt nicht, ob man Steine sammelt, durch ein Mikroskop schaut, irgendwelche Geräte in den Boden gräbt oder mit Chemikalien hantiert?«

Carl überlegte. »Mein Vater hat Bodenproben entnommen und unter dem Mikroskop untersucht. Er war eigentlich Archäologe, hat aber als Mineraloge gearbeitet.«

»Und du? Hast *du* jemals Bodenproben entnommen? Wenigstens im Spiel?«

Carl schüttelte den Kopf.

»Dann denk noch mal darüber nach«, empfahl ihm Wim Van Leer. »Wenn einer Schwimmer werden will, dann muss er zunächst einmal schwimmen. Nicht erst Bücher über Wasser lesen. Nicht erst einen Abschluss in Strömungslehre machen. Nein – vor allem anderen muss er ins Wasser, und wenn er das nicht tut, ist alles nur Gerede.« Er lachte auf. »Zugegeben, das ist ein schlechtes Beispiel, solange die Marssiedlung es noch nicht zu einem eigenen Schwimmbad gebracht hat. Aber ich denke, du verstehst, was ich meine.« Er sah auf die Uhr. »Für heute reicht es, glaube ich. Ich werde übrigens nicht schon mit der ALDRIN zurückfliegen, sondern erst mit der MARTIN LUTHER KING; wir werden also vielleicht noch Gelegenheit haben, dieses interessante Thema zu vertiefen.« Er steckte seinen Schreibstift ein und klappte den Block zusammen. »Falls du nicht kneifen willst, heißt das.«

»Ich kneife nicht«, knurrte Carl missgestimmt.

Wim Van Leer lächelte rätselhaft. »Umso besser.«

8 Ein plötzlicher Entschluss

Carl war nach dem Interview schlecht gelaunt. Er ärgerte sich über sich selbst, weil ihm keine besseren Antworten eingefallen waren, aber auch über den Journalisten, der ihm so zugesetzt hatte. Ihn regelrecht in die Enge getrieben hatte! Warum eigentlich? Was hatte er ihm denn getan?

Das auch noch fortzusetzen, dazu hatte Carl ja schon mal überhaupt keine Lust. Blöd, dass er quasi bereits zugestimmt hatte, dass er darauf hereingefallen war, als Van Leer sozusagen an seine Ehre appelliert hatte. Mist, Mist, Mist. Er musste sich das noch mal durch den Kopf gehen lassen, vielleicht gab es ja doch noch eine Möglichkeit, sich da herauszuwinden.

Und als er im Versteck ankam, war da auch noch dieses fremde Gesicht. Urs Pigrato. Gut, es hatte sich gezeigt, dass er gar nicht so übel war. Sein Vater spielte den bissigen Stellvertreter der Erdregierung auf dem Mars, aber dafür konnte Urs schließlich nichts. Carl nickte ihm zu, hätte ihm auch gern zugelächelt, doch das wollte irgendwie nicht gelingen.

Er sah sich an, was Elinn entlang der Wandkonsole im Aufenthaltsraum aufgebaut hatte. Eine Zeitleiste der Artefakte, maßstabsgetreu, übersichtlich, beeindruckend. Carls Miene gefror. Hatte Van Leer am Ende doch recht? Das hier war ohne Zweifel eine wissenschaftliche Arbeit. Eine einfache Idee, aber man musste darauf kommen. Seine kleine Schwester war darauf gekommen, ganz allein, und er nicht. Der große, kluge Bruder, der immer das Gefühl hatte, für die ganze Welt mitdenken zu müssen.

Er ging die Konsole mehrmals auf und ab. Kein Zweifel. »Die Artefakte werden tatsächlich immer größer und sie verändern ihr Aussehen. Eindeutig. Toll.«

Sie schien von seinem Lob nicht übermäßig beeindruckt. Noch etwas, das nicht mehr so war wie bisher.

Stattdessen marschierte sie zu einem Punkt entlang der Konsole, der nach dem Maßstab ungefähr anderthalb Jahre in der Vergangenheit lag. »Ab diesem Zeitpunkt«, erklärte sie, »werden die Artefakte deutlich größer. Das hier ist das erste, das so groß ist wie ein Handteller, und alle, die danach kommen, sind mindestens genauso groß. Die davor sind alle kaum größer als ein Daumennagel.«

Carl nickte. Eines der kleinen Artefakte fehlte. An seiner Stelle lag ein Foto auf der Konsole. Das Original hatte Professor Caphurna einer Molekularanalyse unterzogen. Das war ein Verfahren, bei dem der betreffende Gegenstand nach und nach in seine Atome zerlegt, mit anderen Worten, restlos zerstört wurde.

Doch das Rätsel der Artefakte hatte man damit auch nicht lösen können.

Elinn hob das erste große Artefakt hoch. »An dem Tag, als ich dieses Stück gefunden habe«, fuhr sie fort, »sind zum ersten Mal Störungen in der Leitung zum Südreaktor aufgetreten.«

Carl hatte Mühe, seine Kinnlade daran zu hindern, einfach herunterzuklappen. »Was? Bist du sicher?«

Seine Schwester strich sich das ungebärdige Lockenhaar aus der Stirn und hielt ihr Datenpad hoch. »Ronny ist auf die Liste gestoßen,die das System angelegt hat. Am Anfang waren die Störungen klein und selten, aber sie sind bald häufiger aufgetreten und wurden immer stärker. Vor einem halben Jahr hat AI-20 Mister Glenkow informiert und vor vier Monaten hat man angefangen, nach der Ursache zu suchen. Ich habe die Daten genau verglichen. Es hat mehr Störungen gegeben als Artefakte, aber ab hier ist es jedes Mal, wenn mich das *Leuchten* zu einem Artefakt geführt hat, auch zu einem Spannungsabfall in der Leitung gekommen.«

Irgendwann im Verlauf der Diskussion, die darauf folgte, hatte Ronny das Gefühl, dass sie sich im Kreis drehten. Dass es einen Zusammenhang zwischen den Artefakten und der Stromversorgung der Siedlung gab, war offensichtlich. Aber was hieß das? Sie hatten schlicht keine Ahnung. Nur wollte das keiner zugeben.

»Die Marsianer«, sagte Carl und korrigierte sich gleich darauf, »oder wer auch immer . . . Auf alle Fälle will jemand mit uns Kontakt aufnehmen. Deshalb die neuesten Artefakte mit den Namen. Wir haben es vielleicht mit einer Lebensform zu tun, die erst lernen musste, dass unsere Namen für uns besonders wichtig sind, wer weiß?«

Nicken reihum. Sie saßen auf den alten, unbequemen Stühlen aus hartem Plastik, die mit dem Lochblech des Bodens verschraubt waren. Die Belüftung machte ein Geräusch, das wie Keuchen klang. Sie waren alle daran gewöhnt, nur Urs nicht, der sich immer wieder nervös umsah. »Und sie zapfen die Energie der Siedlung an, um größere

Artefakte erzeugen zu können«, überlegte Carl weiter. »Die Frage ist, wie sie das machen.«

Ronny sah auf. Das war endlich mal ein Thema, zu dem er etwas sagen konnte! »Mister Glenkow installiert gerade Messgeräte entlang der Leitung, um die Störquelle zu finden. Ich habe ihm gestern geholfen, einen Spezialbohrer an seinen Rover zu montieren.«

»Vielleicht sollten wir versuchen, uns da zu beteiligen. Auf diese Weise wären wir auf dem Laufenden«, meinte Carl und sah Ronny an. »Du zum Beispiel könntest ihn begleiten. Das hast du ja schon öfter gemacht.«

»Oder ich«, schlug Urs vor. Er hob die Hände, als ihn alle überrascht ansahen. »Wir haben uns ein bisschen angefreundet. Ich glaube, wenn ich ihn frage, nimmt er mich ohne Weiteres mit.«

Carl nickte. »Gut. Dann mach das!« Ronny hatte den Eindruck, dass er sich dazu zwingen musste. Man hatte immer noch das Gefühl, Carl wäre es am liebsten gewesen, Urs hätte sich in Luft aufgelöst.

»Und wir anderen«, fuhr er fort, »sollten öfter rausgehen. Elinn, du vor allem, weil du bisher praktisch alle Artefakte gefunden hast. Aber wer weiß, vielleicht hat sich das inzwischen geändert. Ich denke, am besten geht jeder von uns so oft wie möglich nach draußen. In der Siedlung können sie uns jedenfalls nicht erreichen; das steht fest.«

»Was ist mit Professor Caphurna?«, fragte Ariana. »Sollten wir den nicht einweihen?«

»Und ihm was sagen? Dass wir marsianische Artefakte gefunden haben, auf denen unsere *Namen* stehen?« Carl schüttelte den Kopf. »Dann denkt er, dass wir ihm einen Streich spielen wollen, jede Wette.«

»Aber wenn es nun mal so ist?«

»Wenn die Marsianer Kontakt mit Professor Caphurna aufnehmen wollen, dann sollen sie ihm auch ein Artefakt hinlegen«, meinte Carl. »Gelegenheit genug haben sie ja. Schließlich lässt er eine ganze Ladung Roboter da draußen rumtuckern, die jeden einzelnen Stein umdrehen und nachschauen, ob er glitzert.«

Ronny lachte glucksend auf. »Die sehen übrigens total doof aus«, platzte es aus ihm heraus. »Ich hab die neulich gesehen, wie sie den Nordhang abgesucht haben. Wie Küchenmaschinen auf Beinen.«

Sie sahen ihn wieder alle nur an mit diesem Blick, als wunderten sie sich, dass er sprechen konnte. Schon seltsam, irgendwie begriffen sie seine Witze nie. Bis auf Elinn, manchmal jedenfalls.

»Im Gegenteil«, sagte Carl, »wir sollten besser nur durch unsere eigene Schleuse rausgehen. Sodass keine Logeinträge entstehen.«

»Ihr habt eine eigene Schleuse?«, wunderte sich Urs.

Ariana erklärte es ihm. »Am anderen Ende der alten Station. Wir nennen sie Südschleuse. Bei der muss man noch alles von Hand machen, Türen verriegeln, Luftpumpen ein- und ausschalten und so weiter.«

»Aber sie hat keinen Scanner«, erriet Urs.

»Genau. So was war damals überflüssig.« Die erste Gruppe, die in dieser Station längere Zeit auf dem Mars gelebt hatte, hatte nur aus vier Männern und vier Frauen bestanden.

Elinn räusperte sich. »Ich finde das unnötig, Carl.«

»Genau!« Ronny pflichtete ihr heftig bei. »Das ist doch total umständlich. Da müssen wir die Raumanzüge jedes Mal nach oben bringen zum Aufladen und nachher wieder herunter, ohne dass es einer merkt.«

Carl runzelte unwillig die Stirn. »Na und? Das haben wir schon öfter gemacht.«

»Aber nicht jeden Tag«, widersprach Ronny. »Und damals war in der Siedlung auch nicht so viel los.«

»Trotzdem«, beharrte Carl.

Ronny maulte. Er sah Elinn die Stirn furchen. Ariana sah auch finster drein.

Nur Urs nicht. Der beugte sich vor, sah kurz hoch, begann, seinen rechten Handteller zu massieren, und meinte leise: »Entschuldige, Carl, dass ich mich einmische, aber ich finde es nicht richtig, dass in einer Gruppe einer so etwas allein bestimmt. Darüber kann man doch reden und gemeinsam zu einem Entschluss kommen, oder?« Er sah in die Runde. »Jedenfalls bin ich das von der Erde so gewöhnt.«

Ronny sah, wie Carls Gesicht sich verfinsterte, aber ehe er etwas erwidern konnte, meinte Ariana: »Das fände ich auch besser, muss ich sagen.«

Toll! Höchste Zeit, dass nicht immer alle machten, was Carl beschloss.

Der sah in die Runde, kratzte sich am Kopf und fragte: »Okay, ist noch jemand außer mir dafür, heimlich rauszugehen?«

Schweigen im Krater. Seine Schwester machte ein unglückliches Gesicht, aber das war es. Ariana und Urs wechselten einen Blick, doch was der zu heißen hatte? Keine Ahnung.

»Also schön«, sagte Carl. »Dann macht es eben jeder so, wie er will.«

Auf dem Nachhauseweg ging Carl schneller, als angebracht gewesen wäre; Elinn kam kaum mit. Sie war so aufgedreht und guter Laune, wie er schlecht drauf war, plapperte in einem fort, wollte wissen, was er von ihren Entdeckungen hielt, und er sagte: »Toll. Wirklich. Wirklich gut.« Er versuchte, nett zu ihr zu sein und sie zu loben, aber es funktionierte nicht, weil ihn eine fürchterliche dunkle Wolke von Missmut und Ärger umhüllte und umkrallte und zum Platzen bringen wollte.

Natürlich merkte sie schließlich doch, dass etwas nicht stimmte. »Carl? Was ist denn los?«

Er blieb so ruckartig stehen, dass sie regelrecht zusammenzuckte.

»Sag mal, könntest du das Abendessen heute alleine holen? Du kannst auch aussuchen, was du magst.«

Sie sah ihn mit ihren großen, unergründlich schwarzen Augen an. »Ja, klar.«

»Ich muss noch was erledigen. Dringend.«

Dann marschierte er los, ging hinab in den Labortrakt, öffnete Türen, fragte nach Doktor Spencer, bedankte sich für Auskünfte, eilte weiter, machte andere Türen auf, winkte ab, wenn ihm jemand dessen Kom-Nummer geben wollte. »Ich muss ihn persönlich sprechen.«

Dabei war er sich die ganze Zeit bewusst, dass er im Bann jener blindwütigen Entschlossenheit handelte, die man den Faggans nachsagte und die er bei Elinn schon oft bemerkt hatte, bei sich selber dagegen noch nie. Aber nach dem, was er über seinen Vater wusste, lag das tatsächlich in der Familie. Ein Ziel, ein Vorhaben konnte sich im Kopf eines Faggan so unverrückbar festsetzen, dass Himmel und Hölle ihn nicht mehr davon abzuhalten vermochten, es zu erreichen.

Deswegen lebte die Familie Faggan heute auf dem Mars. Deswegen hatte man seinen Vater einst zur Erde geschickt, damit er für das Siedlungsprojekt warb.

Er fand Doktor Spencer schließlich im Kartenraum, wo er mit ein paar Leuten, von denen Carl nicht alle kannte, über großen Karten der Valles Marineris saß. Offenbar ging es um die Fahrtroute.

»Hallo, Carl.« Der kräftige, grauhaarige Mann schien sich nicht gestört zu fühlen. »Was gibt es?«

Carl schluckte. Er hatte sich alles zurechtgelegt, hatte, während er durch die Gänge gelaufen war, in Gedanken bereits mit Doktor Spencer gestritten, Forderungen gestellt, Gegenargumente entkräftet und sich durchgesetzt. Aber nun war alles weg. Sein Kopf war leer, als habe ihm jemand den Strom abgeschaltet.

Er zögerte. Brachte es kaum heraus. »Diese Expedition, die Sie planen . . .«

Es war so verrückt. Und wie sie ihn ansahen! Gleich würden sie lachen, alle, wie sie dasaßen. Aber er hatte davon angefangen, nun musste er es auch zu Ende bringen.

»Meinen Sie, es ginge, dass ich daran teilnehme?«

Zu seiner Verblüffung riss Doktor Spencer die Augen auf und rief: »Was? Ja, dich schickt der Himmel!« Er wies auf den mit Unterlagen übersäten Kartentisch. »Gerade haben wir über der Liste der Techniker gebrütet. Wir brauchen nämlich dringend noch jemanden für einfachere Arbeiten, Katalogisieren, dies und das. Bis jetzt haben wir nur die Minimalbesatzung, acht Leute, und Brent Chapman, der eigentlich mitkommen sollte, wird nun doch nicht abkömmlich sein, weil die am Löwenkopf gerade ein neues Experiment installieren. Aber du . . .? Das wäre natürlich die Lösung.«

Carl wusste nicht, was er sagen sollte. Er kam sich vor wie jemand, der mächtig Anlauf nimmt, um eine Tür einzurennen, und sie sperrangelweit offen vorfindet.

Im Hintergrund hüstelte ein Mann, der frisch von der Erde gekommen sein musste, denn Carl kannte ihn nicht. »Entschuldigen Sie, Doktor«, sagte er mit kehliger Stimme, »aber ist er dafür nicht ein bisschen jung?«

Spencer wandte sich ihm nur halb zu, bedachte ihn mit einem nachsichtigen Blick und erwiderte: »Mein lieber Jennings, dieser junge Mann hat gemeinsam mit den anderen Marskindern die blauen Türme entdeckt. Ohne ihn wären Sie nicht hier und ich würde gerade für den Rückflug zur Erde packen, anstatt eine Expedition zu planen.«

Dann drehte er sich wieder zu Carl, streckte ihm die Hand hin und sagte: »Also, von mir aus bist du an Bord. Übermorgen geht es los, neun Uhr oben in der Station.«

Carl hatte das Gefühl zu träumen. Aber er schlug ein.

»Wir werden an die vierzig Tage unterwegs sein. Du brauchst aber nur für anderthalb Wochen zu packen; wir richten zwei Versorgungspunkte ein. Ach ja ...«, fiel Doktor Spencer dann noch ein, »deine Mutter muss natürlich einverstanden sein.«

9 Schmerzhafte Erinnerungen

»Nein, nein, nein! Auf gar keinen Fall!«

So hatte Carl seine Mutter überhaupt noch nie erlebt. Sie schien am Rand eines Nervenzusammenbruchs zu stehen. Sie war aufgesprungen, als er angefangen hatte, von der Expedition zu erzählen, ging seither heftig atmend in der Küche auf und ab, fuhr sich unentwegt mit den Händen durch die Haare und sagte wieder und wieder: »Nein, auf keinen Fall.«

Carl sah zu Elinn hinüber. Sie saß hinter ihrem Teller wie erstarrt, mit großen, entsetzten Augen. Der intensive Duft des Abendessens – es gab Nudeln mit Lauch und gerösteten Pilzen – erfüllte die Küche, aber es schien jetzt, als mische sich ein anderer Geruch dazu: nackte Panik.

»Was ist mit der Schule?«, stieß Mutter hervor, nachdem sie sich einigermaßen beruhigt hatte. »Da bist du im Rückstand, oder? Da kannst du doch nicht vier Wochen auf Expedition gehen; wie stellst du dir das vor?«

»Ja, stimmt, ich bin ein bisschen hinterher«, sagte Carl leise. »Aber das kann ich immer noch aufholen. Das war schon wesentlich schlimmer . . .«

Das war nicht ihre wirkliche Sorge, das war nur vorgeschoben. Sie hörte ihm auch überhaupt nicht zu. Stattdessen schien sie in eine andere Welt, in eine andere Zeit zu starren, rieb sich den Hals, die Oberarme und schüttelte den Kopf, in einem fort . . .

Carl versuchte es noch einmal. »Ich kann dir erklären, warum ich –«

»Erklären?« Sie sah ihn wild an. »Dein Vater hat mir auch alles erklärt und dann ist er fortgegangen und dann war er tot!«

Niemand schien mehr zu atmen.

Das also war es. Carl spürte, wie etwas in ihm nachgab, kapitulierte. Er verstand sie. Er würde nicht mitgehen auf diese Expedition. Seine Mutter würde es nicht verkraften.

Doktor DeJones las sich leise den Text des Artikels vor, an dem er gerade arbeitete. Da fehlte noch etwas . . . »KI«, sagte er, »ich brauche vor dem drittletzten Absatz eine Tabelle.«

Ein leerer Tabellenrahmen erschien an der angegebenen Stelle.

»Als Inhalt die letztjährigen Messungen des Kalziumgehaltes im Blut, und zwar gruppiert nach Lebensalter die Durchschnittswerte sowie Minimal- und Maximalwert ... Moment!« Sein Kommunikator piepste. »Ja, DeJones?«

Es war Ariana.»Ich wollte dir bloß Bescheid sagen, dass es ein bisschen später werden wird mit dem Abendessen. Ich habe vergessen, die Kichererbsen rechtzeitig aufzusetzen.«

»Ah ja?« DeJones spähte betroffen nach der Uhr. War es schon so spät? In der Tat. Peinlich, das hatte er gar nicht bemerkt. »Okay, wann soll ich kommen?«

»Wie wär's in einer Stunde? Dann müsste ich mich auch mit dem Gemüseschneiden nicht so hetzen.«

Mit anderen Worten, seine Tochter hatte die Abendessenszeit ebenfalls verpennt. Lag wohl in der Familie.

»Kein Problem«, lächelte er. »Ich habe hier sowieso noch etwas, das ich gerne fertig machen möchte.«

»Also . . . ach Mist, jetzt kocht der Topf über!« Es krachte, als Ariana ihren Kommunikator hastig beiseitelegte, dann hörte man im Hintergrund das Klappern von Topfdeckeln. Dr. DeJones schaltete sein Gerät grinsend ab und widmete sich wieder seinem Artikel.

Inzwischen prangte eine ellenlange Liste auf dem Schirm.

»KI?«

»Ich höre«, sagte die gleichmütige Stimme von AI-20.

»Habe ich Lebensalter gesagt? Ich meinte natürlich die Dauer des Aufenthalts auf dem Mars.«

»Das ergibt auch viel mehr Sinn«, antwortete die Künstliche Intelligenz. Die Tabelle auf dem Schirm verkürzte sich auf eine handliche Größe.

»Gut. Die Bezeichnung soll lauten . . .«

In diesem Moment erklang das Signal, das anzeigte, dass jemand die Medizinische Station betreten hatte. Dr. DeJones runzelte die Stirn. Wer kam denn noch so spät? Ein Notfall? »Wir machen später weiter.« Er stand auf und ging nach vorn.

Es war Cory MacGee, die Assistentin Pigratos. Mit hochgezogenen Schultern wartete sie vor dem Empfangstresen und sah aus, als wäre sie lieber woanders gewesen.

»Mrs MacGee?« Er reichte ihr die Hand. »Wie kann ich Ihnen helfen?«

Sie kaute auf ihrer Unterlippe herum und ihr Händedruck war nervös und vorsichtig. »Ich, ähm, werde am Montag mit der ALDRIN zur Erde zurück starten und . . .«

Er nickte verstehend. »Und Sie haben festgestellt, dass Ihnen noch eine wichtige Untersuchung fehlt.«

»Nein, das ist es nicht. Ich …« Sie holte tief Luft. »Ich bin gekommen, um Sie um Entschuldigung zu bitten.«

Das verschlug Dr. DeJones erst einmal die Sprache. Er sah sie an, musterte ihr sorgenvolles Gesicht, das von glattem, kurzem blondem Haar umrahmt wurde. Sie war nicht so jung, wie sie wirkte; aus der Nähe sah man die ersten Falten um die Augen und die Mundwinkel. Aber es waren sympathische Falten, die Spuren von Lachen und Heiterkeit. Ihre augenblickliche Bedrücktheit passte nicht dazu.

»Entschuldigung?«, wiederholte er langsam. »Aber um Himmels willen, wofür denn?«

»Damals, kurz vor Neujahr … also ich meine, vor dem Marsneujahr … da bin ich mit Kopfschmerzen zu Ihnen gekommen. Sie haben mich untersucht, gründlich, aber nichts gefunden. Erinnern Sie sich?«

DeJones nickte. »Ja.«

»Das war gelogen. Ich hatte keine Kopfschmerzen.« Sie sprach jetzt schnell, so, als könne sie es kaum erwarten loszuwerden, was sie zu sagen hatte. »Pigrato hatte mich geschickt. Ich sollte Sie daran hindern, bei dem Gespräch zwischen dem Senator und Mrs Faggan dabei zu sein. Damit er sie dazu bringen konnte, den Vertrag zu unterschreiben und so die Auflösung der Siedlung endlich durchzusetzen.«

DeJones hob die Augenbrauen. Vielmehr, er spürte, wie sie sich fast von selbst hoben. »Ach, so war das!«

»Dafür wollte ich Sie um Entschuldigung bitten«, sagte Cory MacGee. »Es war ein Befehl, aber ich hätte ihn nicht befolgen dürfen. Es war falsch und ich hätte das wissen müssen. Im Grunde habe ich es gewusst, geahnt zumindest … Wahrscheinlich lässt es mir deswegen keine Ruhe.«

Sie hatte schöne Augen. Klare graugrüne Pupillen. Es tat DeJones weh, sie so bekümmert dreinblicken zu sehen.

Er seufzte. »Wissen Sie, als Arzt ist man es gewöhnt, dass Menschen zu einem kommen und über Beschwerden klagen, die sie gar nicht haben. Meistens, weil sie irgendeine schwachsinnige Bescheinigung brauchen. Also, was mich betrifft, brauchen Sie sich keine Sorgen zu machen; ich nehme Ihre Entschuldigung an.« Er sah sie so erleichtert aufatmen, dass es ihm schwerfiel, hinzuzufügen: »Aber eigentlich ist es doch eher Mrs Faggan, die Sie um Verzeihung bit-ten müssten, oder?«

Der Schatten kehrte auf ihr Gesicht zurück. »Mhm. Ja. Eigentlich schon.«

Sie wusste es. Natürlich wusste sie es. Und es war mit Händen zu greifen, dass ihr das schwererfiel als alles andere. Ob sie zu ihm gekommen war in der Hoffnung, sich so auf leichtere Weise befreien zu können von dem, was ihr auf der Seele lag?

»Ich begleite Sie, wenn Sie wollen.«

Er hatte sie unwillkürlich am Arm gefasst, leicht nur, aber sie ließ es geschehen. Sie nickte nur dankbar. »Ja. Bitte.«

Er wies zur Tür. »Um diese Zeit wird sie zu Hause sein. Gehen wir.«

Die müde Sonne versank eben hinter dem breiten Kegel des Ascraeus Mons, als Jurij Glenkow mit dem Rover zurück auf den Vorplatz rollte. Fahle Dämmerung legte sich über die Station, als er ausstieg. Am Himmel, der in diesen Minuten aussah wie eine Kuppel aus kaffeebraunem Glas, erschienen immer mehr Sterne. Glenkow beugte sich unter den Rover und fasste nach dem Bohrer. Wie er es sich gedacht hatte:

Die Aufhängung war abgebrochen. Er musste irgendeinen Stein gerammt haben, den er nicht rechtzeitig gesehen hatte.

Es war nicht schlimm, nur ärgerlich. Er würde die gebrochenen Streben morgen früh einfach wieder festschweißen.

Nachdem er sich drinnen im Schleusenvorraum seines Raumanzugs entledigt hatte, lief ihm Roger Knight über den Weg. Der Techniker ging ihm manchmal bei schwierigen Arbeiten an den Reaktoren zur Hand.

»Hallo, Jurij«, sagte er. »Was ist mit dir? Du siehst erschöpft aus.«

Glenkow schüttelte den Kopf. »Es ist nur mehr Arbeit, als ich gedacht habe. Ich weiß auch nicht, warum ich mir mit diesen blöden Leitungsstörungen überhaupt so viel Mühe gebe. Vielleicht sollte ich es einfach lassen.«

Sie hatten offenbar zum denkbar falschen Zeitpunkt geklingelt. Oder genau zum richtigen, je nachdem. Mrs Faggan war in Tränen aufgelöst, die beiden Kinder standen verdattert in der Küche herum und man konnte die Angst, die in der Luft hing, förmlich mit Händen greifen.

»Was ist denn los?«, fragte DeJones und im nächsten Moment redeten alle durcheinander, sodass er mit den Armen fuchteln und laut werden musste, um sie zu bremsen.

Und nach einigem Nachhaken verstand er schließlich, worum es ging.

Mrs Faggan lehnte am Küchenbord, die Arme so fest verschränkt, dass man sie zittern sah, und erklärte: »So eine Expedition ist viel zu gefährlich für einen Fünfzehnjährigen. Schluss, aus, amen.«

Dies schien der Abend der heftigen Gefühle zu sein. DeJones unterdrückte das Seufzen, das in ihm aufstieg. Dafür war nicht der Moment. Stattdessen sagte er sanft: »Mrs Faggan, wir muten unseren Kindern dadurch, dass wir auf dem Mars leben, ohnehin schon viel Gefahr zu. Auf eine Expedition kommt es da nicht mehr an.«

Ihre Augen funkelten. »Das ist ja wohl etwas anderes.«

Der Arzt konnte die Dämonen förmlich sehen, die sie befallen hatten. Es waren uralte Dämonen, entstanden aus einem Schmerz, der mehr gewesen war, als sie hatte verkraften können. Der Tod ihres Mannes auf der Cydonia-Expedition, natürlich. Es lag auf der Hand, dass diese Erinnerung durch Carls Pläne wachgerufen wurde.

Er wandte sich an Cory MacGee. »Wir verschieben das besser, glaube ich«, meinte er leise. Sie nickte bleich. Zu den Kindern sagte er: »Und euch möchte ich auch bitten, mich einen Moment mit eurer Mutter alleine zu lassen.«

Sie gingen, alle drei.

Nachdem sich die Küchentür geschlossen hatte, wartete DeJones einen Moment, bis sich die Aufregung ein wenig gelegt hatte, zumindest seine eigene. Dann sagte er: »Ich habe den Eindruck, dass Sie zittern, Mrs Faggan.«

Sie nickte nur kurz. »Das wird schon wieder.«

»Davon bin ich überzeugt. Sie sind eine starke Frau.«

»Das muss ich ja auch sein.«

Er musterte sie. Ihre Tochter Elinn hatte viel von ihren Gesichtszügen geerbt, die blasse, sommersprossenübersäte Haut, die schmale Nase, die feenhaft anmutenden hohen Wangenknochen. Nur die Augen waren anders; wo die Tochter dunkel und rätselhaft schien, wirkte die Mutter geradezu erschreckend verletzlich.

Trotzdem sagte er, aus einem plötzlichen Impuls heraus: »Sie verbieten Carl, auf diese Expedition mitzugehen, weil

Sie in Wirklichkeit Ihrem Mann sagen wollen, geh nicht. Oder?«

Sie sah ihn voller Entsetzen an, ein Blick, der im nächsten Moment in Tränen ertrank.

Dann nickte sie schluchzend. »Ja. Es ist alles . . . als ob es erst gestern gewesen wäre. Ich dachte, ich sei darüber hinweg, aber . . . Auch noch eines der Kinder zu verlieren, das könnte ich nicht ertragen.«

Sie ließ es zu, dass er sie an den Tisch führte, und dort saßen sie dann, bis ihr Schluchzen nachließ.

»Sie haben Angst«, sagte DeJones.

»Ja.«

Er warf einen Blick auf die gemauerten Wände, die sie umgaben, auf die von hinten erleuchtete Nische, die ein bisschen an ein Fenster erinnerte und mit der fast jedes Zimmer in der Marssiedlung ausgestattet war. »Die Angst ist ein uralter Begleiter der Menschen. Unsere Vorfahren saßen in Höhlen und haben sich vor der übermächtigen Welt draußen gefürchtet. Und nun sitzen wir hier auch wieder in einer Art Höhle, auch wenn wir sie selber gebaut haben, und wissen uns umgeben von einer Welt, die wir nicht beherrschen.«

Sie nahm ein frisches Taschentuch und schnäuzte sich nickend.

»Trotzdem dürfen wir uns von der Angst nicht beherrschen lassen. Ihre Angst um Carl ist größer als angemessen wäre, weil sich die Trauer um Ihren Mann hineinmischt.«

Er konnte sehen, dass sie tief innen selbst wusste, dass es so war. Dass er recht hatte mit dem, was er sagte.

»Aber es ist doch gefährlich«, sagte sie trotzdem.

»Nicht gefährlicher als alles, was wir sonst so tun. Weitaus ungefährlicher als ein Raumflug, beispielsweise. Objektiv gesehen ist das Risiko sogar ziemlich gering. Die Rover sind erprobte, zuverlässige Fahrzeuge und der größte Teil der Fahrt wird sich innerhalb des Aktionsradius der Flugboote abspielen. Die hatten wir damals zu Zeiten der Cydonia-Expedition noch nicht und das ist ein entscheidender Unterschied. Im Notfall, zum Beispiel, wenn es notwendig wäre, medizinische Hilfe zu bringen, können wir die Expedition zu jedem Zeitpunkt erreichen. Es wäre ein bisschen umständlich, das betreffende Flugboot zurückzubringen – das andere müsste Treibstoff heranschaffen und so weiter –, aber es ginge. Und solange die Raumschiffe noch in der Umlaufbahn sind, kann im äußersten Notfall das Shuttle landen; jeder Punkt der Marsoberfläche ist damit innerhalb einer Stunde erreichbar.« War es das, worum es ging? Nein. Etwas anderes war viel entscheidender und es war wichtig, es auszusprechen, sie daran zu erinnern. »Ihr Sohn, Mrs Faggan, ist ein kluger Junge und er hat immer wunderbar auf seine kleine Schwester aufgepasst, solange es nötig war. Erinnern Sie sich? Wenige Geschwister kommen so gut miteinander aus und das verdanken die beiden dem Mars. Es sind Marskinder, Mrs Faggan. Sie kommen auf diesem Planeten zurecht, besser als wir alle. Sie brauchen sich keine Sorgen zu machen.«

Sie sagte nichts. Ihre Hände hielten das feuchte Taschentuch umfangen und ihr Blick ging ins Leere. DeJones wartete.

Noch nie waren Carl Minuten so endlos vorgekommen. Cory MacGee war gegangen und seither saßen Elinn und er auf dem Sofa. Seine Schwester hatte sich an ihn geschmiegt, was sie seit Jahren nicht mehr getan hatte, und so warteten sie in dem großen, stillen Raum.

Endlich hörte man die Küchentür und dann kamen sie herein, Mutter und Doktor DeJones. Mutter hatte geweint, hatte rot geränderte Augen und ein verquollenes Gesicht, aber sie versuchte, sich nichts anmerken zu lassen.

»Also, Carl«, sagte sie mit beinahe heiterer Stimme, »ich habe es mir überlegt. Wenn du unbedingt möchtest, dann geh mit.«

Carl war unbehaglich zumute. Er hätte gern gewusst, was sich in der Küche abgespielt hatte. »Ehrlich?«, fragte er.

Mutter nickte, versuchte ein Lächeln, aber das sah eher so aus, als schlucke sie einen schmerzhaft großen Kloß die Kehle hinunter. »Du musst eben versprechen wiederzukommen, wohlbehalten und in einem Stück.«

Das klang so zittrig, so entsetzlich tapfer, dass Carl auf einmal gar nicht mehr so unbedingt auf diese Expedition mitwollte. Aber da war Doktor DeJones, der einen Schritt hinter Mutter stand und ihm einen mahnenden Blick zuwarf. *Sag jetzt nichts!*, bedeutete dieser Blick. *Geh einfach!*

Also nickte Carl. »Versprochen.«

10 Die Entscheidung fällt

Ronny war schwer beeindruckt, als Carl am nächsten Morgen erzählte, dass er mitging auf die Expedition von Doktor Spencer.

Galaktisch! Eines Tages würde er das auch machen. Am besten als Fahrer. Er würde seinen Rover noch in die wildesten und entlegensten Gebiete steuern, über Schluchten und Felshänge hinweg . . .

»Vier Wochen zusammen mit vier anderen Leuten in so einem Ding hausen?« Ariana war sichtlich angewidert. »Nein danke. Da weiß ich Angenehmeres.«

Wie auf Kommando schauten alle aus den Fenstern, hinab auf den Vorplatz, wo mitten auf dem rostroten, zerfurchten Boden die beiden Expeditionsfahrzeuge bereitstanden. So umgerüstet wirkten die Rover völlig ungewohnt. Die Steuerkanzel ging nun in eine Kabine über, die nach allen Seiten weit über die Räder hinausragte. Damit sahen die Fahrzeuge groß und schwerfällig aus, fast wie stählerne Schildkröten. Niemand wäre auf die Idee gekommen, damit um die Wette zu fahren.

»Da muss man durch. Aber das ist eine Chance, die so schnell nicht wiederkommt. Und wenn man Planetenforscher werden will, so wie ich«, erklärte Carl auf die Art, die

Ronny manchmal nicht an ihm leiden konnte, »dann kann man nicht früh genug anfangen.«

Das leuchtete Ronny allerdings ein. »So, wie ich Pilot werden will und auch schon früh angefangen habe, am Simulator zu üben!«, rief er.

»Genau«, nickte Carl ihm zu. Es schien fast so etwas wie Anerkennung in seinem Blick zu liegen.

Ariana runzelte die Stirn, sodass sich die für sie typische Falte rechts der Nasenwurzel bildete. »Und die Artefakte? Die sind jetzt auf einmal doch nicht mehr so weltbewegend?«

Carl hob abwehrend die Hände. »Das ist Elinns Projekt.«

Elinn nickte hoheitsvoll. »Ja. Ich glaube, es ist wichtig, dass Carl auf diese Expedition mitgeht.«

Ronny betrachtete sie nachdenklich. Sie sagte immer solche Sachen und er fragte sich jedes Mal, woher sie so was wissen konnte. Denn oft behielt sie am Ende ja recht.

Beim Mittagsimbiss in der Kantine platzte der schöne Traum. Carls Kommunikator ging, als sie sich gerade mit den Tabletts an den Tisch setzten, und er hatte schon so ein ungutes Gefühl, als er den Anruf annahm.

Es war Doktor Spencer. »Carl, ich fürchte, das wird doch nichts. Pigrato ist dagegen, dass du mitfährst. Ich versuche nachher noch einmal, ihn umzustimmen, aber ich habe offen gestanden wenig Hoffnung. Du kennst ihn ja.«

»Ja«, nickte Carl. »Ich verstehe.«

Er sagte es den anderen. Sie schauten betroffen drein und versuchten, ihn zu trösten. Er merkte, wie sie es vermieden, dabei auf Pigrato zu schimpfen, wie sie es früher getan hätten. Da nun dessen Sohn mit am Tisch saß, verbot sich das natürlich.

Doch seltsamerweise war Carl beinahe erleichtert. Ja, wenn er ganz ehrlich war, war ihm zuletzt doch eher mulmig geworden bei dem Gedanken an die Expedition. Daran, was ihn auf dem langen Weg durch die Einöde erwarten mochte. Und genau genommen, war es schon ein ziemlich spontaner, unüberlegter Entschluss gewesen, nicht wahr? Aus derartigen Entscheidungen entstand nichts Gutes, das wusste man ja.

Aber so konnte ihm niemand vorwerfen, dass er es nicht zumindest versucht hatte. Van Leer schon gar nicht!

»Lasst gut sein«, sagte er schließlich. »Man muss auch Rückschläge wegstecken können. Wichtig ist, dass man sich nicht entmutigen lässt.«

Beim Abendessen überlegte Urs die ganze Zeit, wie er es sagen sollte, ohne dass Vater es in den falschen Hals kriegen würde. Schließlich, beim Nachtisch, sagte er: »Ich hätte es übrigens gut gefunden, wenn Carl auf diese Expedition mitgegangen wäre.«

Seine Eltern sahen ihn überrascht an. »Wieso das denn?«, wollte Vater wissen.

Das hatte er sich den ganzen Abend über sorgfältig zurechtgelegt. »Na, schließlich will Carl Planetenforscher werden und da ist es doch nur logisch, dass er auf diesem Gebiet ausgebildet wird. Und mir hätte es vielleicht auch geholfen«, fügte er leise hinzu.

»Wie meinst du das«, fragte seine Mutter.

»Ich glaube, dass es mir geholfen hätte, mich in die Gruppe einzufinden. So, wie es jetzt ist, dominiert Carl alles. Er ist der Boss. Die vier sind wie Geschwister und ich bin der Außenseiter. Das merken die gar nicht, so eingespielt, wie die sind, aber wenn nichts passiert, dass dies alles mal ein bisschen durcheinanderbringt, habe ich keine Chance.«

Mutter nickte verstehend. »Du denkst, wenn Carl ein paar Wochen lang nicht da ist, kann sich ein anderes Verhältnis zwischen dir und den anderen entwickeln?«

»Kinder haben auf einer wissenschaftlichen Expedition nichts zu suchen«, knurrte Vater und kratzte mit seinem Löffel in der Schale, als wolle er die Glasur mitessen. »Das ist nun mal so. Ich bin sicher, dass ich dazu auch entsprechende Vorschriften finde, wenn ich danach suchen würde.«

»Du mit deinen Vorschriften!«, sagte Mutter.

»Marciela, ich bin Beamter der Föderation, ich kann nicht einfach ...« In diesem Augenblick piepste sein Kommunikator. Er unterbrach sich, stieß ein »Fängt das jetzt wieder an?« hervor und angelte das Gerät aus seiner Hosentasche. »Ja, Pigrato? Ah, Van Leer. Na, ich hoffe, Sie haben einen verdammt guten Grund, mich in diesem unpassenden Augenblick zu stören!«

Pigrato erwartete den Journalisten in seinem Arbeitszimmer. Wie immer sah das dünne blonde Haar Van Leers aus, als wehe draußen in den stillen Gängen der Marssiedlung ein Sturmwind. Heute trug der Mann von der Erde eine graue Jacke mit zahllosen Taschen und derbe Stiefel, was ihm ein seltsam martialisches Aussehen verlieh. Pigrato wies einladend auf den Sessel auf der anderen Seite seines Schreibtisches.

»Bitte. Worum geht es?«

»Habe ich Ihnen eigentlich schon einmal von meinen Reportagen aus Krisengebieten erzählt?«, fragte Van Leer, als er sich gesetzt hatte. Er deutete auf Pigratos Datenpad, ein flaches, für marsianische Verhältnisse ungewöhnlich luxuriöses Gerät. »Ich habe Ihnen ein paar Texte und Filmausschnitte übertragen, so, wie sie seinerzeit in den Medien erschienen sind. Erinnern Sie sich an den Giftgasunfall von Taschkent? Ich war damals vor Ort und habe geholfen die letzten Eingeschlossenen zu evakuieren. Das hieß, zehn Tage lang mit einer Gasmaske herumzulaufen und der Gewissheit, tot umzufallen, wenn ich sie auch nur einen Spalt weit lüfte. Während der bolivianischen Rebellion bin ich über Santa Cruz de la Sierra mit dem Fallschirm abgesprungen, um General Javier zu interviewen. Und als in Shanghai die Pest ausbrach . . .«

»Sind Sie gekommen, um mir zu erzählen, was für ein toller Typ Sie sind?«, unterbrach Pigrato ihn.

Van Leer schüttelte den Kopf. »Nein. Ich wollte Ihnen nur klarmachen, dass ich mit Gefahren umgehen kann.« Er lehnte sich zurück und lächelte sanft. »Ich habe nämlich einen Vorschlag zu machen.«

Der Anruf Doktor Spencers kam, als Carl gerade ins Bett gehen wollte.

»Pack deine Sachen!«, dröhnte ihm die begeisterte Stimme des Areologen aus dem Kommunikator ins Ohr. »Du kommst mit! Pigrato hat es sich anders überlegt.«

»Was?«, entfuhr es Carl. »Ehrlich?« Er spürte, wie sein Herz anfing, heftiger zu schlagen. Er hätte sich freuen sollen und er freute sich auch, aber noch stärker war die Angst, die ihn plötzlich befiel. *Nun muss ich doch mit!*, schoss ihm durch den Kopf. Jetzt gab es kein Entrinnen mehr, keine Ausrede, kein Zurück.

»Ja. Ich weiß nicht, ob du das mitbekommen hast, aber dieser Journalist aus Europa, Van Leer, wird die Expedition auch begleiten. Er hat mit Pigrato gesprochen und ihm versprochen, dass er auf dich aufpasst. Das hat wohl den Ausschlag gegeben.«

»Auf mich aufpasst?« Das war ein schlechter Scherz, oder? Er brauchte doch keinen Aufpasser, alles was recht war!

»Van Leer hat mir übrigens aufgetragen, dich zu grüßen«, fuhr Spencer fort. »Ich soll dir sagen, er freut sich, dass du dabei bist.«

11 Der Aufbruch der Expedition

Der Morgen des Aufbruchs war aufregend, trotz allem. Carl hatte das Gefühl, dass sich die komplette Besatzung der Siedlung in der Oberen Station versammelt hatte, um bei den letzten Vorbereitungen zuzuschauen, ihnen auf die Schultern zu klopfen und alles Gute zu wünschen oder einfach nur im Weg herumzustehen. Wirklich wahr, ein Gedränge und Geschiebe und Gequassele in allen Gängen ... Hätte nur gefehlt, dass eine Kapelle aufmarschiert wäre und jeder ein Fähnchen geschwenkt hätte!

Endlich gelangte er in den Schleusenvorraum und konnte seinen Raumanzug anziehen.

Jemand, der schon einen trug, nahm ihm die Tasche mit seinem Gepäck ab und erklärte: »Das bringe ich an Bord.« Und weg war er.

Dann tauchte Van Leer neben ihm auf und grinste schief. »Na, so eine Überraschung!«, sagte er, in einem Ton, aus dem Carl nicht recht schlau wurde. Verspottete er ihn? Vermutlich. Er begnügte sich damit, einfach zu nicken und sich nicht weiter damit aufzuhalten. Irgendwie war es jetzt auch egal; sollte der Journalist doch denken, was er wollte.

Man reichte ihnen andere Rückentornister, schwerere: Recyclingsysteme. Auf einer Expedition konnte man mit

Raumanzügen, die man alle paar Stunden mit Sauerstoff und Energie aufladen musste, nichts anfangen.

»Sie müssen den Schalter am Gürtel umstellen, hier«, erklärte jemand Van Leer. »Von E auf R. R wie Recycling.«

»Okay«, nickte Van Leer und tat wie geheißen. »Und wofür steht E?«

Die Umstehenden zuckten mit den Schultern. Carl hatte sich das auch schon öfter gefragt, aber irgendwie schien es in Vergessenheit geraten zu sein.

Ein anderer Techniker schraubte eine Kamera an seinen Raumhelm, und ehe Carl ihn aufsetzte, umarmte und küsste ihn seine Mutter, vor allen Leuten, was Carl ein bisschen peinlich war. »Viel Spaß, mein Forscher«, sagte sie und strubbelte ihm die Haare. Es klang aufmunternd, aber in ihren Augen schimmerte immer noch Angst.

Na ja, er würde schon auf sich aufpassen. So dramatisch war das heutzutage alles nicht mehr.

Endlich, der Schleusendurchgang. All das Gebrabbel und Füßescharren verstummte mit dem Zufahren der inneren Schleusentür. Draußen warteten die Rover. Wow, sahen die beeindruckend aus! Groß und schwer, wie riesige, gepanzerte Kriechtiere. Die Antennen standen hoch aufgerichtet, der Himmel darüber war so klar, wie man es sich nur wünschen konnte.

»Carl, du bist im Team 1«, sagte jemand und wies auf das entsprechende Fahrzeug.

Team 1? Das klang gut. Carl sah sich nach Van Leer um, aber der wurde zum anderen Fahrzeug dirigiert. Ha!

Die Kabinenaufbauten besaßen auf der rechten Seite eine eigene Schleuse, die etwas größer war als die unterhalb der Fahrerkabine – allerdings musste man eine schmale Stahlleiter hinaufturnen, um sie zu betreten. Kein Problem. Carl winkte noch einmal zu den Fenstern der Station, die im Licht der Morgensonne spiegelten, sodass er nur Schemen dahinter erkennen konnte, dann schob er sich durch die Außenluke und betätigte den Schalter.

Sein erster Eindruck vom Inneren der Kabine war überwältigende Enge. Okay, man hatte schon von außen vermuten können, dass sich hier drinnen nicht gerade ein Tanzsaal verbarg, aber eine derartige Gedrängtheit hatte er nun doch nicht erwartet. Hier sollten sie es zu fünft wochenlang aushalten? Das konnte ja was werden!

Er nahm den Helm ab. Immerhin, die Luft roch frisch. Die Frage war, wie lange das so bleiben würde.

Er sah sich um. Der hintere Teil der Kabine war offenbar so etwas wie der Wohnbereich, hier gab es Sitzbänke, einen Tisch und ein Waschbecken in der Wand und über der Sitzbank an der hinteren Wand ließen sich drei Liegen herunterklappen. Platzangst durfte man auf diesen Betten allerdings nicht haben und einen dicken Bauch besser auch nicht. Aber wieso nur drei; wo schliefen die Übrigen? Carl fiel ein, dass sich die beiden Sitze in der Steuerkanzel eines Rovers flach legen ließen; das war offensichtlich nicht nur als Notbehelf vorgesehen.

Der vordere Teil der Kabine machte eher den Eindruck eines wissenschaftlichen Arbeitsplatzes. Rechts und links des Ganges, der nach vorn in die Kanzel führte, waren Instrumente aller Art installiert, ach ja, und auch eine Miniküche: ein Kühlschrank, ein Mikrowellenherd und die kleinste Spülmaschine, die Carl je gesehen hatte.

Auf der Suche nach einem Schrank für die Raumanzüge öffnete Carl eine schmale Tür, hinter der sich eine atemberaubend enge Toilette verbarg. Offenbar war vorgesehen, dass nur Schlangenmenschen an Exkursionen wie dieser teilnahmen. Das konnte ja was werden!

»Suchst du den Kleiderschrank?«, ließ sich eine Stimme von vorn vernehmen. Es war Doktor Spencer, der sich zusammen mit einem Mann, von dem Carl nur den Rücken sah, schon in der Kanzel aufhielt.

»Ja«, antwortete Carl. »Irgendwas, wo man den Anzug hintun kann.«

»Unter die Sitzbänke«, kam die Antwort. »Die kann man hochklappen.«

Tatsächlich, da war Stauraum. Carl streifte seinen Raumanzug ab und legte ihn zusammengefaltet in ein freies Fach, das sich als gerade groß genug für den Anzug und das Recyclinggerät erwies.

»Komm nach vorn!«, rief Spencer. »Du darfst auf den Beifahrersitz, wenn es losgeht.«

»Ehrlich?« Die Schleuse fing wieder an zu zischen, der nächste Mitfahrer kam. Carl wartete nicht ab – ohne Zweifel würde er die übrigen Teilnehmer der Expedition noch gut genug kennenlernen –, sondern ging nach vorn in die Kanzel. Dr. Spencer räumte den Beifahrersitz. Am Steuer saß ein junger Mann, dessen Rücken ein wenig verkrümmt zu sein schien, der aber nichtsdestotrotz strahlte wie ein Honigkuchenpferd. Carl hatte ihn einmal flüchtig gesehen, kannte aber nicht einmal seinen Namen. Es war einer der Leute, die vor zwei Wochen mit der BUZZ ALDRIN von der Erde gekommen waren.

»Timothy Grissom«, stellte er sich vor. »Aber du kannst mich Tim nennen.«

»Tim ist auch Areologe«, erklärte Dr. Spencer, »vor allem

aber hat er eine Spezialausbildung für diese Art von Expeditionsfahrzeugen.«

»Wofür braucht man da eine Spezialausbildung?«, entfuhr es Carl.

Tim Grissom lachte hell auf. »Es ist nicht jeder mit diesen Dingern aufgewachsen, weißt du?«

Carl sah auf, als Dr. Spencer ihm die Hand auf die Schulter legte und flachste: »Wenn es uns zu schwierig wird, lassen wir dich fahren, okay?«

»Hallo zusammen!«, kam von hinten eine helle Stimme. Eine Frau mit kurzen braunen Haaren und geröteten Pausbacken steckte den Kopf in die Kabine. »Hallo, Carl. Schön, dass du mitkommst.«

»Hallo, Mrs Hillman«, erwiderte Carl. Olivia Hillman gehörte zu den letzten Siedlern, die auf dem Mars angekommen waren, ehe man das Siedlungsprogramm gestoppt hatte. Fast zehn Jahre war das her. Sie machte irgendetwas im Bereich Mineralogie, soweit er wusste.

Auch das letzte Mitglied des Teams kannte er: Rajiv Shyamal. Der Physiker stammte aus Südindien und strahlte, wo er ging und stand, stets würdevolle Ruhe aus.

Dr. Spencer beugte sich vor und drückte eine Taste an einem Funkgerät, das, wie Carl bemerkte, nicht zur normalen Ausrüstung eines Rovers gehörte. »Hier Team 1, Spencer. Team 2, wie sieht es aus? Wir sind vollzählig und abmarschbereit.«

»Team 2, Akira. Wir warten nur auf euch.«

Ein Lächeln huschte über das Gesicht des wissenschaftlichen Leiters. »Na dann – Motoren starten!«

Tim Grissom presste den Anlasserknopf tief in die Fassung. In dem Moment, in dem Carl das vertraute Singen der

Gasturbinen vernahm, stieg unvermittelt ein Gefühl atemberaubender Freude in ihm auf. Wovor um alles in der Welt hatte er sich eigentlich gefürchtet? Das würde ein großartiges Abenteuer werden, dessen war er sich auf einmal sicher. Mehr noch, er spürte mit jeder Faser seines Körpers, dass er *genau hierher*gehörte, dass er der geborene Planetenforscher war, dass er immer recht gehabt hatte mit seinem Traum. Ha! Van Leer würde Augen machen.

»Yippie!«, jauchzte er, als sich der schwere Rover knirschend in Bewegung setzte. Die anderen lachten, aber egal, das war ihm jetzt kein bisschen peinlich.

Die Wohnung des Arztes lag nicht unten auf der Ebene der Siedlung, sondern unter dem Kraterhügel, der die Obere Station umgab. Ein kurzer, etwas ansteigender Gang führte direkt zur Schleuse 3 und zum Landegestell der Flugboote. Die Überlegung war seinerzeit gewesen, dass der hauptamtliche Arzt der Siedlung im Notfall so schnell wie möglich zu den Fahrzeugen gelangen sollte – ein Denkfehler, wie sich gezeigt hatte, da er sich tagsüber in der Regel unten in der Medizinischen Station aufhielt.

Aber heute zumindest hatte Dr. DeJones nur ein paar Schritte benötigt, um mitten im Geschehen zu sein.

Es hatte etwas von einer riesigen Stehparty ohne Getränke. Alle redeten durcheinander, jeder hatte eine Meinung zu der Expedition und die armen Forscher bekamen jede Menge unerbetener Ratschläge mit auf den Weg, während sie sich mühsam zu ihren Raumanzügen durchkämpften. Am Löwenkopf konnte heute Morgen unmöglich noch irgendjemand sein, oder? Das sah hier nach einer Vollversammlung aus, wenn ihn nicht alles täuschte.

Einen Moment lang sah er Cory MacGee im Gespräch mit Mrs Faggan, so vertraut, als seien die beiden seit Jahren die besten Freundinnen. Dann schob sich ein breiter Rücken dazwischen, und als die Sicht wieder frei war, waren auch die Frauen verschwunden.

Suchten sich wahrscheinlich auch einen Platz am Fenster. Das war gar nicht so leicht. Wo immer er hinkam, standen alle schon dicht an dicht vor den Scheiben. Sogar die sonst kaum genutzte Aussichtskuppel in Modul 1 war bevölkert, aber hier fand er noch einen brauchbaren Platz.

Alles johlte, als die Rover angelassen wurden und die heißen Abgase aus der Turbine flimmerten. Als die Fahrzeuge ganz langsam anfuhren, fingen viele sogar an zu klatschen, gerade so, als könne man das draußen hören, was ja nun ganz bestimmt nicht der Fall war. Oder war am Ende eine Funkverbindung geschaltet? Wagen 2 ließ jedenfalls übermütig seine Antennen kreisen, als er dem ersten Fahrzeug durch die Ausfahrt folgte.

»Ich wollte, ich könnte mitfahren«, sagte jemand neben DeJones, und als er sich verwundert umdrehte, war es Cory MacGee, die neben ihm stand.

»Wirklich?«, fragte er.

Sie nickte wehmütig. »Ja. Jetzt, wo mein Rückflug so kurz bevorsteht, wird mir bewusst, wie wenig ich eigentlich vom Mars gesehen habe. Ich hätte die letzten zwei Jahre auch in einem Büro auf der Erde sitzen können; das hätte nicht viel Unterschied gemacht.«

DeJones nickte und wünschte sich, etwas Kluges darauf sagen zu können, aber es fiel ihm nichts ein. Wie meistens, wenn man etwas Kluges sagen wollte.

»Ich wollte mich übrigens bedanken, dass Sie mit mir zu

Christine ... ich meine, zu Mrs Faggan gegangen sind«, fuhr sie leise fort, während draußen die beiden Fahrzeuge außer Sicht gerieten und die ersten Zuschauer schon die Wendeltreppe hinabstiegen. »Auch wenn es ein ungünstiger Zeitpunkt war. Ich bin gestern Abend noch einmal bei ihr gewesen und wir haben lange geredet. Es war gut. Es war wirklich ... gut.« Sie seufzte. »Ich wollte, ich hätte früher den Mut dazu gefunden. Daran mangelt es immer, wenn man mit seinem Leben unzufrieden ist, nicht wahr? Am Mut.«

DeJones überlegte, ob man das in dieser Allgemeingültigkeit sagen konnte. Er dachte an seinen eigenen Entschluss, zum Mars auszuwandern, an ein Dutzend anderer Dinge, die sein Leben ausmachten, und brachte schließlich doch nur ein vages »Da ist was dran« zuwege.

Sie lächelte ihn an. »Wie auch immer, ich fürchte, ich muss trotz allem noch ein bisschen was arbeiten. Einen schönen Tag noch.«

»Ihnen auch.«

Damit ging sie. Er sah ihr nach und fragte sich, wann er eigentlich seine Schlagfertigkeit eingebüßt hatte.

Nach kurzer Zeit hatten sie den Bereich rund um die Siedlung, wo Carl jeden Stein und jedes Loch kannte, hinter sich gelassen. Sie fuhren in einigem Abstand an Jurij Glenkow vorbei, einer kleinen weißen Gestalt neben einem großen weißen Rover, die ihnen mit weit ausgebreiteten Armen zuwinkte, umrundeten das schwierig zu befahrende Kratergebiet und zogen dann in östlicher Richtung davon, hinein in die Endlosigkeit einer scheinbar ewig gleichen Landschaft aus Steinen, Geröll und sanftem Auf und Ab rotbraunen Bodens.

Van Leer meldete sich per Funk. »Doktor Spencer, ich bin hellauf begeistert«, erfüllte seine Stimme das Cockpit. »Danke, dass Sie mich unnützen Esser mit an Bord genommen haben. Es ist jetzt schon ein Erlebnis, das mir unvergesslich bleiben wird.«

»Freut mich zu hören«, gab Dr. Spencer lächelnd zurück. »Und warten Sie es ab, wir werden schon Wege finden, wie Sie sich nützlich machen können!«

»Ist das eine Drohung oder ein Versprechen?«

»Nennen Sie es vorläufig eine Ahnung.«

Es ließ sich nicht länger vermeiden, auf die Toilette zu gehen. Mit einer gemurmelten Entschuldigung erhob sich Carl von seinem Sitz, drückte sich an Dr. Spencer vorbei, umrundete Rajiv Shyamal, der einen Klappstuhl mitten in dem schmalen Gang aufgebaut hatte und in aller Seelenruhe irgendwelche Messinstrumente justierte, und fädelte sich schließlich in die Toilettenkabine ein.

Es war rasend eng; bei jeder Bewegung stieß man mit irgendeinem Körperteil gegen Widerstand. Den Aufschriften auf den diversen Hebeln und Schaltern nach zu urteilen, konnte man den Toilettensitz in die Wand einklappen und die Kabine dann als Dusche verwenden. Man durfte bloß nicht darauf bestehen, sich groß dabei umdrehen zu wollen.

Aber als er nach seiner Rückkehr in die Steuerkanzel eine entsprechende Bemerkung machte, meinte Tim Grissom nur: »Ach, weißt du, ich habe drei Monate an Bord der ALDRIN überstanden und da war alles noch enger. Ich denke, wir werden uns schon daran gewöhnen.«

Die nächsten zwanzig Kilometer sinnierte Carl über etwas nach, das Urs Pigrato einmal erwähnt hatte: Dass sie hier auf dem Mars einen ganz anderen Umgang mit Platz gewöhnt waren als die Menschen auf der Erde. Urs fand sein Zimmer allen Ernstes *zu groß!*

Später wollte Olivia Hillman auch mal vorne sitzen. Carl räumte den Beifahrersitz und machte sich hinten auf die Suche nach seiner Tasche, die er schließlich in einem kleinen Fach in der Wand neben den Liegen entdeckte. Wie es aussah, hatte man für ihn die oberste Liege als Schlafplatz vorgesehen. Nicht schlecht.

Dr. Spencer kam ebenfalls nach hinten geschlendert. »Wir liegen gut in der Zeit«, sagte er zu Rajiv Shyamal. »Im Moment haben wir sogar ein wenig Vorsprung.«

»Gut«, nickte der Physiker bedächtig.

Das Lebensmittellager befand sich ziemlich weit unten, im untersten ausgebauten Kellergeschoss, das nur noch so weit geheizt wurde, dass die Leitungen nicht einfroren. Entsprechend kalt war es. Urs atmete weiße Wolken aus, während Ariana von den Mäusegängen erzählte.

»Das war früher für uns der wichtigste Gang überhaupt – er führt von einer Ecke des Lebensmittellagers aus schräg nach oben und kommt in einem der hinteren Abstellräume wieder heraus. Auf die Weise konnten wir jederzeit ins Lager krabbeln und uns mit Süßigkeiten versorgen – eingelegte Beeren, getrocknete Früchte, Zuckerstangen und so weiter.«

Sie erreichten eine breite, zweiflügelige Tür. »Hier war früher natürlich abgeschlossen«, erklärte Ariana, während sie einen Türflügel aufzog. »Sonst hätten wir uns die Mühe ja sparen können.«

»Und heute?«

»Heute haben wir das da.« Sie deutete auf eine Scannereinrichtung neben der Tür. »Das ist fast genauso unüberwindlich. Allerdings machen unsere Eltern inzwischen nicht mehr bei jedem Stück Zucker einen Riesenaufstand.« Urs nickte verstehend. Der Scanner registrierte zweifellos automatisch, was an Lebensmitteln eingelagert und wieder entnommen wurde, so ähnlich, wie das auf der Erde in den Supermärkten gehandhabt wurde.

»Natürlich sind sie uns damals auch auf die Schliche gekommen«, fuhr Ariana fort, während sie zwischen hohen, soliden Regalen voller Dosen, Säcken und Vorratsboxen dahinmarschierten. »Daraufhin hat man eine Metallplatte über das Loch geschraubt.« Sie erreichten das Ende des Lagers und da war sie: eine etwa anderthalb auf anderthalb Meter große metallene Platte, die mitten auf die nackte Ziegelwand geschraubt war.

Ariana grinste. »Ronny hat uns gerettet. Seine Mutter arbeitet im Versorgungsbereich und eines Tages hat er sie hierher begleitet und heimlich die Schrauben aufgedreht. Später, als niemand mehr im Lager war, sind wir dann hergekrochen, haben die Platte rausgedrückt und die Befestigung so geändert, dass man sie jederzeit abnehmen kann.« Sie zog die Platte mit einem Ruck von der Wand und zeigte ihm die Federklammern, die sie in Wirklichkeit am Platz hielten. Die Schrauben waren abgesägt und nur noch Attrappe. »Siehst du? Das hat nie jemand bemerkt.«

Urs ließ sich in die Hocke nieder, um das, was ja nun wohl der »Mäusegang« war, aus der Nähe zu betrachten. »Du meine Güte«, murmelte er und betastete die eiskalten Wände des engen, kreisrunden Lochs, das in dunkle Tiefen führte und aussah, als habe sich ein felsfressender Riesenwurm einen Weg gebahnt. »Da seid ihr durchgekrochen?«

»Ja. Ganz schön unheimlich, was?« Ariana zeigte in die Richtung, in die die Röhre sanft aufwärtsführte. »Da geht es hinter der Wand des Lagers vorbei und hoch zu den Abstellräumen. In der anderen Richtung kommt nach vielleicht fünfzig, sechzig Metern eine Kaverne. Das ist wie eine große Blase im Gestein, von der noch ein paar andere Gänge abgehen. Das war früher unser Geheimversteck. Heute passen wir nicht mehr durch. Schade, denn in der Kaverne muss noch einiges Spielzeug von früher liegen.«

»Ihr habt dadrin gespielt? Das ist doch furchtbar kalt.«

Sie sah ihn an, als verstünde sie nicht genau, was das Wort *kalt* bedeutete. »Das war toll! Wir hatten eine Batterielampe und Decken und Bastmatten. Es gab zwei Gänge, die steil nach oben führten bis zu einer Abdichtung; die ist man hochgestiegen, so weit es ging, dann hat man sich die Bastmatte untergelegt und huiii . . . Das ging ab, sage ich dir.« Sie lachte auf. »Und natürlich war das alles völlig und total verboten.«

»Das glaube ich sofort«, nickte Urs und befühlte die kalte, unglaublich glatte Innenwand des Mäusegangs.

So hockten sie vor dem dunklen Loch in der Wand eines riesigen, kalten Höhlenraumes und auf einmal senkte sich Schweigen auf sie herab. Urs wurde sich mit einem Schlag dessen bewusst, dass sie beide ganz allein waren, dass es weit und breit niemanden sonst gab und dass sie so dicht nebeneinanderhockten, dass sie sich beinahe berührten. Er hielt den Atem an und es kam ihm so vor, als habe auch Ariana aufgehört zu atmen. Als warte sie auf irgendetwas. Er wusste bloß nicht, worauf. Er hatte das Gefühl, dass es an ihm war, etwas zu tun – bloß was? Ob er sie küssen sollte? Die Mädchen auf der Erde, die hätten ihm in einem solchen

Moment längst ein Zeichen gegeben. Henrik hatte ihm das einmal genau erklärt. Henrik, mit dem er vor noch gar nicht allzu langer Zeit gemeinsam für die *Magnet Scooter*-Turniere trainiert hatte. Er erinnerte sich im Moment bloß nicht mehr, was genau Henrik ihm erklärt hatte. Es hatte irgendetwas damit zu tun, ob ein Mädchen einem das Gesicht zuneigte, ihre Lippen, ob die sich leicht öffneten oder nicht ... Das war alles gar nicht so einfach, eine Wissenschaft für sich.

Aber Ariana tat einfach gar nichts. Reglos, wie zu Stein erstarrt, schaute sie vor sich hin. Er musterte sie verstohlen. Man hätte glauben können, jemand habe sie hypnotisiert. Vielleicht war sie einfach nur in Erinnerungen an ihre glückliche Kindheit in kalten Mauselöchern versunken, wer konnte das wissen? Auf jeden Fall wagte er nicht, sich zu rühren.

Und dann war es vorbei. Von einem Moment zum anderen. Sie sagte etwas, erhob sich, klemmte die Platte wieder an Ort und Stelle. War da wirklich etwas gewesen, ein Moment, in dem er sie vielleicht hätte küssen können, oder hatte er sich das nur eingebildet? Die Erinnerung daran kam ihm völlig unwirklich vor, obwohl der Augenblick erst Sekunden her war.

Und doch war er vorbei wie nie gewesen.

12 Die Anfänge

Nachmittags ging Ronny zusammen mit Elinn »auf Patrouille«, wie sie es nannten.

Elinn hatte immer viel von dem *Leuchten* erzählt, das sie zu den Artefakten geführt hatte, aber früher hatte Ronny, wenn er ehrlich war, nie so genau hingehört. Das schien immer etwas gewesen zu sein, was Elinn allein gehört hatte und ihn nichts anging.

Außerdem hatte er ihr auch nicht so richtig geglaubt. Na ja. Das hatte eigentlich niemand. Jeder war mehr oder weniger davon ausgegangen, dass sie sich das alles nur einbildete. Warum sie diese Artefakte fand und niemand sonst . . . darüber hatte man nicht wirklich nachgedacht.

Immerhin: Es war ja auch niemand so viel wie Elinn draußen auf dem Mars herumgestromert.

Aber nun hatten Urs und Ariana das Leuchten auch gesehen, und sogar ein Artefakt hatten sie gefunden. Also war es doch nicht mehr allein Elinn vorbehalten, und seit Ronny das wusste, interessierte es ihn auch.

»Ganz am Anfang war es nur so etwas wie ein Glimmen«, erzählte Elinn bereitwillig, als er sie fragte. »Als würde irgendwo eine Glasscheibe spiegeln und das gespiegelte Licht auf ein paar Steine fallen. Die ersten Male habe ich gar nicht verstanden, dass das Licht etwas mit den Artefakten zu tun hat.«

Sie wanderten in Richtung der fernen Bergkegel des Tharsis-Massivs. Heute war es so klar, dass man dahinter den Olympus Mons sehen konnte: Wie eine gewaltige Blase aus Stein wölbte er sich in den Marshimmel; der höchste und ausladendste Berg des gesamten Sonnensystems.

»Aber dann ist das Leuchten immer intensiver geworden. Ein helles bläuliches Licht, das von überall her kommt, das durch einen durchgeht, das ...« Sie schüttelte den Kopf. »Ich kann das gar nicht beschreiben. Es ist nicht einfach wie normales Licht. Es ist, als ob man es mit dem ganzen Körper sehen würde, verstehst du? Und dann vergisst man alles um sich herum, man *muss* ihm einfach nachgehen ...«

»Galaktisch«, nickte Ronny beeindruckt. Doch, das wollte er auch gern mal erleben, wie das war.

Sie hatten einen großen Felsklotz aus braunem, ungewöhnlich porösem Stein erreicht, der auf einer Anhöhe lag und der »Stanley Stone« hieß. So hatte der Held einer Comicserie geheißen, die vor Jahren ausgestrahlt worden war und die sie damals jede Woche angeschaut hatten; ein hüpfender Stein, der allerhand Abenteuer erlebte. Eigentlich war es eine ziemlich blöde Serie gewesen, wenn Ronny heute darüber nachdachte, aber egal, nun hieß der Felsbrocken eben so.

Als sie sich umdrehten und zur Station zurückblickten, sahen sie eine andere Art Leuchten: Den Flammenschweif eines der Flugboote, das sich auf das Landegestell herabsenkte. Außerdem fuhren gerade zwei Rover los in Richtung des Shuttle-Startplatzes, vollbeladen mit Space-Containern in den üblichen quietschbunten Farben: Neongrün, Babyrosa, Giftgelb, Feuerrot und so weiter.

»Heute ist zu viel los«, stellte Elinn fest. »Das Leuchten kommt bloß, wenn alles ruhig ist.«

Jurij Glenkow stand ratlos vor einem tiefen Bohrloch. Es war tiefer als die anderen, die er heute schon gemacht hatte – ihm war vor Schreck das Herz in die Hose gerutscht, als der Bohrer, ohne anzuhalten, bis zum Anschlag in den Boden gegangen war. Im ersten Moment hatte er befürchtet, das Stromkabel durchtrennt zu haben, aber nein, er konnte die Werte über den Kommunikator abrufen, die Südleitung war nach wie vor intakt.

Bloß – wo war sie, die Südleitung? Er stand vor dem Loch und da war kein Kabel. In ungefähr einem Meter Tiefe hätte es im Regolit liegen müssen, knapp unterarmdick. Tat es aber nicht.

Der Fusionstechniker betrachtete verwundert den Verlauf der dreieckigen weißen Metallfahnen, die den Leitungsverlauf an der Oberfläche markierten und die auf diesem Abschnitt ziemlich schnurgerade im Boden steckten, alle fünfzehn Meter eine. Es war unlogisch. Wo sollte die Leitung sonst sein?

Er kehrte in den Rover zurück, studierte noch einmal den Lageplan, fragte seine exakte Position ab. Sie stimmte genau, bis auf den Meter.

Rätselhaft.

Es war die erste Rast, mitten im Niemandsland, allein auf weiter Ebene. Die Abenddämmerung senkte sich herab wie ein großer dunkler Schatten und es war nicht ratsam, im Dunkeln weiterzufahren. Dazu war der Boden in den letzten paar Stunden zu rissig und uneben geworden.

Also hielten sie an, einfach so. Es gab weit und breit keine Erhebung und keine Felswand, in deren Schutz sie sich hätten stellen können. Eine flache, nur von kleinen Steinen übersäte Ebene erstreckte sich in alle Richtungen bis zum Horizont.

Der zweite Rover manövrierte, das Kopfende in die entgegengesetzte Richtung weisend, so heran, dass sich die beiden Schleusen direkt miteinander koppeln ließen. Auf diese Weise konnte man bequem von einem in das andere Fahrzeug umsteigen. Was dazu führte, dass sich auf einmal alle in der Kabine von Wagen 1 drängten.

Immerhin bekam Carl bei der Gelegenheit auch die übrigen Teilnehmer der Expedition zu Gesicht. Sie waren nur zu viert, Van Leer eingeschlossen. Von den anderen drei kannte Carl zwei: Der eine war der Biologe Akira Ushijima, der japanische Vorfahren hatte, selber allerdings aus Australien stammte. Er war ein Teddybär von einem Mann, dick und gemütlich, der die Angewohnheit hatte, beim Reden unentwegt die Haare seines dünnen Kinnbarts zu zwirbeln, und Carl fragte sich unwillkürlich, wie er mit der Toilette zurechtkommen wollte. Der andere hieß Manuel Librero, von dem Carl wenig wusste: Er war schweigsam und schaute immer nachdenklich drein, und soweit er verstand, war er Botaniker.

Den dritten sah er heute zum ersten Mal: ein unrasierter, Mann, der wenig sagte, aber gleich anbot, sich um das Abendessen zu kümmern. Auf seinem Overall stand *Townsend* und die anderen nannten ihn Keith, also war das wohl sein Name. Und er war als Techniker dabei.

Es dauerte nicht lange, bis die ersten Fertiggerichte aus dem Ofen kamen. Carl hatte nicht gewusst, dass die Kantine der Siedlung auch so etwas herstellte; es handelte sich um Beutel mit Schnappverschlüssen, die man nur aus dem Kühlfach nehmen und in der Mikrowelle erwärmen musste. Dann war es nur noch eine Bewegung, die dieser Keith Townsend beherrschte, als hätte er sie monatelang geübt: Schnappverschluss auf, Inhalt auf einen Teller gleiten lassen, Beutel in den Ausguss, fertig.

Im Nu waren die beiden miteinander verbundenen Kabinen von leckeren Düften erfüllt. Und gerade als der erste Teller vor Olivia Hillman hingestellt wurde, fiepte Carls Kommunikator.

Es war Mutter, natürlich. Wie es ihm gehe?

Er erzählte also, dass sie heute über vierhundert Kilometer geschafft und bereits die ersten Ausläufer der Tithoniae Fossae erreicht hatten. »Und jetzt gibt es gleich was zu essen.«

»Na, so was«, sagte Mutter, »bei uns auch.« Sie klang ruhig, eigentlich wie immer.

Aus dem Hintergrund hörte er Elinn krähen: »Sag ihm, dass wir Pizza haben!«

»Ja, ich kann's bald nicht mehr sehen«, grummelte Mutter. »Deine Schwester ist unmöglich. Ein Glück, dass wir diese Woche mit dem Ausbau der Wohneinheiten fertig werden und ich dann wieder selber kochen kann.«

Ein Teller landete vor Carl. »Mom, ich muss aufhören, mein Essen steht auf dem Tisch. Ich kann euch leider nicht genau sagen, was es ist, nur dass es gut riecht.«

»Gut, dann lass es dir schmecken. Und schlaf gut da draußen!«

Carl verabschiedete sich und schaltete lächelnd ab. Jemand reichte ihm das Besteck. Alle redeten durcheinander und das Essen schmeckte großartig. Alles war großartig.

Ariana hatte zum Abendessen eine überbackene Gemüsepfanne gemacht und dazu eine scharfe weiße Soße, ein neues Rezept. Sie hatte es in der allgemeinen Datenbank als Neueintrag entdeckt. Es stammte von Urs' Mutter, die in den paar Wochen seit ihrer Ankunft für mehr kulinarische Neuerungen gesorgt hatte, als die Siedlung in den letzten fünf Jahren erlebt hatte.

»Lecker«, lobte Dad. »Was ist da noch für ein Gewürz drin? Pfefferminz, kann das sein?«

»Ja. Cool, oder?«

»Ungewöhnlich auf jeden Fall. Aber gut. Das ess ich gern noch öfter.« Dad kaute ausgiebig und scharrte ein wenig mit der Gabel im Teller, wie immer, wenn er zu einem unangenehmen Thema wechseln musste. »Sag mal, hast du übrigens zufällig eine Mail von deiner Mutter bekommen?«

Ariana spürte ihre Schultern wie von selber herabsinken. »Nein.«

»Aber ich. Sie ist ziemlich sauer, dass du jetzt doch nicht kommst.«

»Mhm.«

»Ich finde, du solltest ihr schreiben und ihr das selber erklären. Das ist das Mindeste.«

»Okay.«

Ariana hatte keine Ahnung, was sie schreiben sollte. Das würde wieder so eine ewige Geschichte, etwas, das sie von Tag zu Tag vor sich herschob und das auf diese Weise immer monströser und undurchführbarer wurde.

Dr. DeJones betrachtete seine Tochter aus den Augenwinkeln, während diese mit bedrücktem Gesichtsausdruck in ihrem Essen stocherte, Stücke von Zucchini und Zwiebel aufspießte und in die weiße Soße tunkte, als müsse sie die erst ertränken. Im Grunde seines Herzens war er froh, dass sie beschlossen hatte zu bleiben, und der Grund dafür war ihm fast egal. Die Aussicht, sie in wenigen Tagen zum Shuttle zu begleiten und zu verabschieden, um sie vermutlich erst als erwachsene Frau wiederzusehen, hatte ihm in den letzten Wochen zunehmend auf der Seele gelegen.

Zugleich machte es ihm Sorgen. Ariana verlor mehr und mehr den Kontakt zu ihrer Mutter, was freilich nicht an ihr lag, zumindest nicht alleine. Ein Aufenthalt auf der Erde wäre auf alle Fälle eine Chance gewesen, diese Beziehung wieder aufleben zu lassen.

Davon abgesehen stellte sich, da die Kinder stets größer wurden und bald erwachsen sein würden, immer drängender die Frage, wie es weitergehen sollte mit ihnen. Erst neulich hatte er sich mit Mr Penderton darüber unterhalten, Ronnys Vater. Auf einem Mars, dessen Besiedlung stagnierte, gab es eigentlich keine ernsthafte Zukunft für die Kinder. Auf der Erde wiederum wären sie Fremdlinge, gar nicht zu reden davon, dass Elinn Faggan einen Lungendefekt hatte, der ihr den dauerhaften Aufenthalt auf der Erde unmöglich machte.

Es war ein Problem, das sich langsam anschlich, so verführerisch langsam, dass man es immer leicht beiseiteschieben konnte. Aber einfach abzuwarten, würde es nicht lösen, das stand fest . . .

»Wie habt ihr euch eigentlich kennengelernt?«, unterbrach Ariana seine Gedanken.

»Wie bitte?«

»Du und Mom, meine ich.«

Er blinzelte. »Wieso?«

»Es interessiert mich halt.«

Ach so. Jetzt auf einmal. Er konnte sich schon denken, womit ihr plötzliches Interesse an diesem Thema zu tun hatte.

»Auf einem medizinischen Kongress«, erzählte er also und nahm sich noch etwas von der Soße, die wirklich bemerkenswert gut schmeckte. »In Boston. Deine Mutter hat dort einen Vortrag über Raumfahrtmedizin gehalten, der mich ziemlich beeindruckt hat.« Auch ihre Erscheinung hatte ihn beeindruckt – selbstbewusst, klug und von lebendiger Schönheit. Er sah immer noch die smaragdfarbenen Ohrringe, die betörend mit ihrer dunklen Haut kontrastiert hatten, deren Ton Ariana zum Teil geerbt hatte. »Ich habe damals an einer sportmedizinischen Klinik gearbeitet, war aber ziemlich unzufrieden. Ich hatte schon erwogen umzusatteln und der Vortrag deiner Mutter hat mich auf die Idee gebracht, dass Raumfahrtmedizin das Richtige für mich sein könnte. Ich habe sie danach angesprochen und na ja . . . da hat es dann eben gefunkt.«

»Wie ist das? Wenn es funkt, meine ich?«

Sie betrachtete das Kartoffelstück auf ihrer Gabel, als hätte sie noch nie eines gesehen. Er sollte wohl nicht merken, wie sehr sie diese Frage interessierte.

»Wenn es funkt?« Himmel, wie erklärte man das? Es wäre Dr. DeJones fast lieber gewesen, sie hätte ihn zum Thema Empfängnisverhütung oder dergleichen befragt. Obwohl – andererseits auch nicht . . . Das war alles überhaupt nicht einfach. »Also, wenn es zwischen zwei Menschen funkt . . . das ist, wie soll ich sagen? Man fühlt sich zueinander hingezogen. Man möchte die ganze Zeit mit dem anderen zusammen sein. Man . . .«

»Das nennt man dann verliebt sein, oder?«

»Ja. Genau.«

»Hmm.«

Was hatte das nun wieder zu besagen?

»Und dann?«, fragte Ariana weiter. »Dann seid ihr auf den Mars umgesiedelt?«

»Nein, nein, erst mal musste ich ja meine Ausbildung machen.« Eigenartig, er hätte wetten können, dass ihre Fragen etwas mit diesem Urs zu tun hatten. Aber nun sah es ganz so aus, als interessiere sie sich doch ernsthaft für die Vorgeschichte ihrer Eltern. Was ihm nicht unlieb war; da wusste er wenigstens, was er erzählen konnte, und es war sowieso höchste Zeit, dass Ariana diese Dinge erfuhr. »Wir haben erst einmal geheiratet und dann in Boston gelebt, in der Nähe ihrer Eltern, und beide am Raumfahrtmedizinischen Institut gearbeitet – sie als Ärztin, ich zuerst als Praktikant und dann ebenfalls als Arzt. Das war, als Sanchez Präsident wurde, eine aufregende Zeit. Damals existierte schon eine kleine Marsstation aber man diskutierte heftig über die Zukunft der Raumfahrt und ungefähr ein Jahr nach meinem Abschluss startete schließlich das Projekt, den Mars ernsthaft zu besiedeln. Da wurden tolle Pläne veröffentlicht, wie das alles einmal werden sollte. Wenn es danach gegangen wäre, hätten wir heute hunderttausend Einwohner und längst die erste Stadt unter einer Schutzkuppel an der Oberfläche errichtet – das wurde damals alles schon fertig konzipiert und kalkuliert. Heute liegen die Pläne wahrscheinlich in irgendeiner Schublade, aber seinerzeit suchte man die ersten Ehepaare, die Kinder auf dem Mars aufziehen wollten. Wir haben uns gemeldet, genau wie, ich weiß nicht, ein paar hunderttausend andere. Und aus irgendwelchen Gründen wurden wir ausgesucht.«

»Wahrscheinlich, weil ihr beide Ärzte wart.«

»Möglich. Jedenfalls gab es einen ziemlichen Rummel mit Fernsehen und so weiter; ich war froh, als wir endlich im Raumschiff zum Mars saßen und das hinter uns lassen konnten. Es war für uns beide der erste Raumflug und er war einfach schrecklich.«

»Echt? Obwohl ihr Raumfahrtmediziner wart?«

»Ja. Peinlich, oder? Aber dafür war es auf dem Mars dann umso schöner. Diese Atmosphäre von Aufbruch, von Neuanfang, dieses Gefühl, eine ganze Welt gewinnen zu können, das werde ich nie vergessen. Das war großartig.«

Endlich lächelte sie wieder. »Aber die Faggans sind euch dann doch zuvorgekommen.«

»Ja, um ein halbes Jahr gleich. Aber die beiden waren schon auf dem Mars, James Faggan war damals der Leiter der wissenschaftlichen Forschung.« Er musste auch lächeln bei den Gedanken an diese Zeit. »Uns war das egal, weißt du? Du warst ein wunderschönes Baby. Und ich war der glücklichste Vater im ganzen Sonnensystem.«

Ariana schöpfte ihnen nachdenklich den Rest der Gemüsepfanne auf die Teller. »Und Mom?«

»Tja. Sie war es nicht. Glücklich, meine ich.« Anfangs hatten sie sich noch gegenseitig eingeredet, dass es eine Frage der Zeit war, dass sie sich schon eingewöhnen würde, dass es nur eine Phase war, wie sie viele Neuankömmlinge auf dem Mars durchmachten, gefolgt von einer Phase der Depression, die viele Mütter nach einer Geburt erlebten. Vielleicht wäre noch etwas zu retten gewesen, wenn sie sich damals schon der Wahrheit gestellt hätten. Aber sie hatten es sich beide in den Kopf gesetzt, das durchzuziehen . . . »Deine Mutter ist hier nie richtig heimisch geworden. Als du sechs warst, hat sie es nicht mehr ausgehalten und ist zur Erde zurückgekehrt.«

»Und warum allein?«

»Weil sie es auch mit mir nicht mehr ausgehalten hat, fürchte ich.« Das hatte er seiner Tochter gegenüber noch nie in dieser Deutlichkeit ausgesprochen. Und es tat immer noch weh, wenn er daran dachte. »Das kommt vor. Es ist nicht schön, ganz und gar nicht, aber manchmal ist eine Beziehung nur eine Phase im Leben. Man wünscht sich, es wäre nicht so, aber es kommt oft anders, als man es sich wünscht.«

Ariana nickte sinnend, ebenfalls in Erinnerungen befangen. »Ich weiß noch, wie ihr mich gefragt habt. Ob ich bei dir bleiben oder mit Mom gehen will.«

DeJones musste unwillkürlich auflachen, als ihm das wieder einfiel. »Deine Mutter war völlig entsetzt, wie schnell und entschieden du erklärt hast, dass du auf jeden Fall auf dem Mars bleiben willst.«

»Sie hat mich immer wieder gefragt, einmal pro Tag mindestens, glaube ich.«

»Ja. Sie konnte es nicht fassen. Sie ist sogar zwei Wochen vor dem Start des Shuttles in eine andere Wohnung gezogen, weil sie der Überzeugung war, dass du sie schrecklich vermissen würdest, wenn sie nicht mehr da wäre.«

»Und? Habe ich sie vermisst?«

»Schrecklich. Aber du wolltest trotzdem nicht mit zur Erde.«

»Ja, dann war es wohl richtig so«, seufzte seine Tochter aus der Tiefe ihrer rätselhaften Seele. Im nächsten Moment sah sie ihn an und fragte: »Wieso lasst ihr euch eigentlich nicht scheiden, Mom und du?«

Ach ja, dieses Thema! Er wollte gar nicht wissen, wie viele Mails er deswegen schon mit wie vielen Leuten gewechselt hatte. »Das ist nicht so einfach. Um geschieden zu werden, müssten deine Mutter und ich vor einem Richter erscheinen, und zwar vor ein und demselben. Es liefe darauf hinaus, dass ich eigens dafür zur Erde reisen müsste. Und das will ich mir nach Möglichkeit ersparen.«

13 In der Marswüste

Der zweite Tag war wie der erste: fahren, fahren, fahren. Es wurde allmählich ein bisschen langweilig, wenn Carl sich auch hütete, das zuzugeben. Immerhin durfte er endlich auch mal ans Steuer; das war wenigstens eine Abwechslung.

Und so ein Expeditionsfahrzeug fuhr sich noch mal ganz anders als ein gewöhnlicher Rover. Die Navigation war kinderleicht: geradeaus nach Osten. Und solange keine Risse im Boden zu sehen waren, konnten sie Vollgas geben.

». . . acht . . . neun . . . zehn!«

Mit einem satten metallischen Ton setzte der Gewichtsblock auf, als Urs die Querstange losließ. Er keuchte und seine Muskulatur fühlte sich an wie labberiger Gummi. »Fertig.«

»Sieht man«, grinste Ariana. Sie hatte ihre Runde durch die Kraftmaschinen schon hinter sich. Monströse Geräte waren das, alles Eigenbau, der Marsschwerkraft angepasst. Man brauchte hier fast dreimal so schwere Gewichte, um den gleichen Trainingseffekt zu erzielen. Und Ariana sah kein bisschen geschlaucht aus.

»Du bist das eben gewöhnt«, ächzte Urs. »Ich nicht.«

»Das gibt es doch auf der Erde auch, oder?«

»Ja, klar. Aber da ist es was, das dir der Arzt verschreibt.«

Sie nahm einen Schluck Wasser aus dem Spender und setzte sich dann zu ihm auf die gepolsterte Bank. »Das hier verschreibt auch der Arzt. Mein Dad sagt, demnächst werden die Leute seine Praxis füllen, die jetzt keine Zeit fürs Training haben.« Sie warf einen Blick in die Runde. Der Kraftraum lag leer und verlassen und unter dem Schild mit den Zeiten der Beratungsstunden hing ein Zettel: »Fällt bis auf Weiteres aus.«

»Kein Mensch hat gerade Zeit.«

»Ich hab Zeit.«

»Ja du. Ach übrigens, ich habe mit meinem Jiu-Jitsu-Lehrer gesprochen, Kim Seyong. Er meint, vielleicht hat er ab nächste Woche wieder Zeit, das Training mit mir fortzusetzen.« Sie stupste ihn an. »Dann musst du mal mitkommen.«

»Klar.«

Sie sah ihn an und er sah sie an und da war wieder dieses atemberaubende, unglaubliche, elektrisierende Schweigen, diese magische Stimmung, die einem die Härchen auf den Armen aufrichtete ... Sie saßen einander gegenüber, schweißnass, durchgeknetet bis auf die Knochen und keiner von ihnen sagte etwas.

Sein Mund war auf einmal so trocken.

Wie der Polsterbezug knackte!

Unglaublich, wie laut ganz normaler Atem sein konnte.

Und wie zittrig.

Arianas rechte Hand ruhte auf der Bank, keine dreißig Zentimeter von ihm entfernt, und Urs legte seine Hand auf ihre. Einfach so. Das machte er jetzt einfach, basta. Und wenn sie ihre Hand wegziehen wollte, konnte sie das ja tun.

Aber sie tat es nicht. Sie blieb sitzen, wie sie war, und er konnte ihre Hand fühlen. Wie klein sie war und wie warm.

Am Nachmittag bekam Carl einen Anruf Elinns, die sich beschwerte, dass Ariana und Urs nicht wie verabredet auf Patrouille gingen.

»Du musst ihnen eben klarmachen, dass es wichtig ist«, sagte Carl. Tim Grissom warf einen neugierigen Blick herüber.

»Die hören nicht auf mich«, beklagte sich seine Schwester. »Ich hab denen das jetzt schon zweimal gesagt, aber die sagen immer nur ›Jaja‹, und wenn ich dann später nachschaue, hängen ihre Anzüge noch in der Ladestation und sind voll auf Grün.«

Der Rover donnerte mit Karacho durch eine Bodenwelle. Von hinten kam ein brummiger Laut des Unmuts.

»Ich glaube nicht, dass es viel Zweck hat, wenn ich von hier aus mit ihnen rede«, erklärte Carl. Außerdem hatte er keine Lust dazu. »Vielleicht ist es sowieso besser, du gehst.«

»Meinst du?«

»Du bist die Erfolgreichste, das ist nun mal Tatsache.«

Trotz allen Lobs wirkte Elinn immer noch unzufrieden, als sie das Gespräch beendeten.

Auch der dritte Tag verging mit Fahren, Fahren, Fahren. Allmählich ging es Carl auf die Nerven, andauernd eingeengt im Rover zu sitzen und über Steine zu rumpeln.

Außerdemhatte er nichts zu tun. Rajiv Shyamal saß den ganzen Tag vor seinen Messinstrumenten, beobachtete Ausschläge von Nadeln, Zuckungen von Diagrammlinien und Zahlenkolonnen auf Schirmen und schien das alles höchst spannend zu finden. Olivia ging ihm zur Hand, und sobald Dr. Spencer dazukam, diskutierten sie stundenlang über Strahlung, Radioaktivität und dergleichen. Carl verstand kaum, wovon sie redeten, konnte sich nur vage etwas darunter vorstellen, wenn von »natürlich vorkommenden radioaktiven Elementen der Planetenkruste« die Rede war, von »Halbwertszeit« oder von »kosmischer Strahlung«.

Schließlich entdeckte er in einer Schublade ein tragbares Terminal, auf das niemand Anspruch erhob, zog sich damit auf die Rückbank zurück und rief die Schullektionen auf. Geschichte! Immer noch besser, als überhaupt nichts zu tun zu haben.

Als Dr. DeJones kurz nach der Mittagspause wieder zur Siedlung hinabfuhr, begegnete er im Fahrstuhl Cory MacGee.

»Na?«, fragte er, einfach um höflich zu sein. »Schon gepackt?«

Sie seufzte. »Kein Stück. So was schiebe ich immer bis auf die letzte Minute auf. Ich sehe mich schon morgen zwischen den Kleiderschränken und der Gepäckbox verzweifeln, während das Abschiedsfest ohne mich stattfindet.«

»Das Shuttle startet am Montagmorgen, nicht wahr?«

»Ja. Und kurz vor Mitternacht erfolgt der Einschuss in die Rückkehrbahn. Dann heißt es, einen letzten Blick zurückwerfen und hoffen, dass etwas Besseres auf mich wartet.«

Der Fahrstuhl war unten angelangt, die ewig klappernden Türflügel öffneten sich zur Plaza hin.

»Sagen Sie«, hörte DeJones sich zu seiner eigenen Überraschung fragen, »wenn Sie so wenig vom Mars gesehen haben – hätten Sie Lust, sich von mir wenigstens morgen früh noch den Sonnenaufgang zeigen zu lassen?«

Sie sah ihn völlig entgeistert an. Kein Wunder, sie musste jetzt weiß der Himmel was von ihm denken. Verlegen fügte er hinzu: »War nur so ein Gedanke. Das wäre etwas, das ich Ihnen gerne mitgeben würde. Sozusagen.«

Was er für einen Stuss redete in letzter Zeit!

»Sie meinen – draußen?«

»Ja.«

Sie überlegte. Ihre Augen bekamen einen interessanten Glanz, wenn sie das tat. »Warum eigentlich nicht?«, meinte sie schließlich und versuchte ein Lächeln, das etwas misslang. »Ja, gern.«

DeJones atmete auf. »Schön. Sagen wir, sechs Uhr morgen früh in der Schleuse 3?«

Dabei hasste er es eigentlich, so früh aufzustehen!

Ariana hatte extra mit Ronny die nachmittägliche Stationsarbeit getauscht, weil sie wusste, dass Mrs Dumelle einen beim Jäten des Kräutergartens nicht unbeaufsichtigt arbeiten ließ. Doch nun zupften und rupften sie schon seit einer halben Stunde, ohne dass sie sich hatte aufraffen können ...

»Halt, nein, das nicht«, mahnte die großmütterlich wirkende, beleibte Kanadierin, als Ariana die Hand nach einem dünnen grünen Trieb ausstreckte, der sich über den Boden schlängelte. »Das ist kein Unkraut, das ist junger Kardamom.«

Ariana gab sich einen Ruck. »Mrs Dumelle, kann ich Sie mal was fragen?«

»Wenn du mir versprichst, unsere künftige Kaffba-Versorgung nicht durch Ausrottung eines dafür wichtigen Gewürzes zu gefährden.«

Ariana zögerte, den Blick auf das Beet gerichtet. Wie sollte sie das fragen, ohne dass …?

Mrs Dumelle schien manchmal Gedanken lesen zu können. »Na, komm, ich hab's nicht so gemeint. Darum bin ich ja schließlich dabei. Was hast du auf dem Herzen?«

»Ich weiß nicht, wie ich es formulieren soll.«

»Formulieren? Formulieren ist was für Rechtsanwälte. Sag's einfach irgendwie, wir werden schon herauskriegen, wie es gemeint ist.« Mrs Dumelle hatte, ehe sie auf den Mars gezogen war, an einer Universität Rechtswissenschaften gelehrt.

»Hmm, also …«, begann Ariana zögernd, »angenommen – nur mal angenommen –, ein Mädchen ist in einen Jungen verliebt. Woher weiß sie dann, wann es in Ordnung ist, ihn zu küssen?«

Oh nein! Dieser wissende Blick! Sie hatte sich verraten. Logisch hatte sie das. Erstens: Warum hätte sie sonst so etwas fragen sollen? Und zweitens: Welcher Junge kam denn infrage?

Ariana spürte, dass ihr warm wurde.

»Kind …«, sagte Mrs Dumelle mit unerwarteter Sanftheit. Es war auf einmal etwas Zärtliches in der Art, wie sie Ariana ansah und ein bisschen den Kopf schüttelte. Fast so, als wäre sie wirklich ihre Großmutter. Sie erhob sich schwerfällig, klopfte sich die Erdkrumen von der Gärtnerhose, kam zu ihr herübergestapft und setzte sich neben sie.

»Also, grundsätzlich, Mädchen: Wenn du jemanden gern hast, dann ist es immer in Ordnung, das demjenigen zu zeigen; auf jede Art, bei der du dich okay fühlst. Klar? Mit so etwas muss man nicht Versteck spielen.« Mrs Dumelle hob die Augenbrauen. »Obwohl, das macht man in deinem Alter, ich erinnere mich.« Sie lächelte verschmitzt. »Man sieht es mir zwar kaum noch an, aber ich war auch einmal jung. Ich war sogar mal genauso alt, wie du heute bist, stell dir vor. Und ich habe mir genau die gleichen Fragen gestellt.«

Ariana flüsterte: »Wie soll man so etwas wissen, wenn es einem niemand erklärt?«

Es tat gut, von ihr in den Arm genommen zu werden, ihre warme, weiche Nähe zu spüren, ihr Parfüm zu riechen, das sich mit dem Geruch des Gartens mischte. Es tat gut, sich anlehnen zu können und gehalten zu werden. Das Zittern, das die ganze Zeit da gewesen war, ohne dass Ariana es bemerkt hatte, ließ nach.

»Daran haben sie auch nicht gedacht, die klugen Leute, die damals das Siedlungsprogramm gestoppt haben«, hörte Ariana sie sagen. »Niemand hat daran gedacht, dass ihr irgendwann erwachsen werdet. Es hätte die ganze Zeit viel mehr Kinder hier geben müssen, viel mehr . . .«

Während eines kurzen Halts an einer Stelle, die die Wissenschaftler interessierte, wechselte Wim Van Leer zu ihnen in den Rover. Carl packte eilig das Terminal weg, aber nicht schnell genug, als dass der ewig neugierige Journalist nicht mitbekommen hätte, dass er Geschichte lernte, anstatt sich tatkräftig an der Erforschung des Mars zu beteiligen.

Seltsamerweise zog er ihn aber überhaupt nicht damit auf, sondern wollte nur wissen, wo er gerade war.

»Mitte des 21. Jahrhunderts«, sagte Carl.

»Gründung der Föderation?«

»Genau.«

Van Leer hob die Augenbrauen. »Das klingt nicht sehr begeistert.«

Carl zuckte mit den Achseln. »Geschichte ist nicht gerade mein Lieblingsfach.«

»Und das sagt jemand, der selber eine Person der Zeitgeschichte ist?«, wunderte sich Van Leer. »Unglaublich.«

Und ehe Carl es sich versah, saß Van Leer am Tisch und veranstaltete aus dem Stegreif seinen eigenen Geschichtsunterricht. Als täte er tagein, tagaus nichts anderes, erzählte der Journalist von der Zeit, in der die Erdföderation gegründet worden und was dem vorausgegangen war.

Und er tat es auf eine faszinierende Weise. Wider Willen musste Carl sich eingestehen, dass er wie gebannt zuhörte und alles auf einmal höchst spannend fand.

Und nicht nur er. Nach und nach versammelten sich auch die anderen Mitglieder des Teams im hinteren Teil des Wagens, in den Bann geschlagen von Van Leers Vortrag.

»Das eine Wort, das im Zusammenhang mit der Gründung der *Föderation der Staaten der Erde* immer wieder fällt, lautet ›überraschend‹. Und überraschend, das war es. Seit Ende des vorigen Jahrhunderts haben sich tatsächlich eine Menge überraschender Dinge ereignet – der Fall der Mauer in Deutschland und der Zerfall des Ostblocks waren nur der Anfang –, aber die Gründung der Föderation ist bestimmt das verblüffendste Ereignis von allen. Was sich damals im Jahre 2046 ereignet hat, wäre noch zehn Jahre zuvor undenkbar gewesen. Selbst vier Jahre davor galt es noch als Hirngespinst, als verrückte Vision von ein paar Träumern. Doch dann ist es einfach passiert.«

Es war fesselnd, ihn erzählen zu hören. Er sah sie regelrecht vor sich, die Debatten, die großen Märsche und Kundgebungen, die Schlagzeilen der Medien; glaubte, die Stimmung zu spüren, die damals geherrscht haben musste, die Atmosphäre von Umwälzung, Erneuerung und dem Wunsch nach endlich, endlich einem friedlichen Miteinander.

Van Leer erzählte von Emilio Sanchez, über dessen Ideen man Witze machte und der schließlich Weltpräsident wurde, von der damaligen amerikanischen Präsidentin und ihrer Politik – ja, sogar China hatte damals entscheidend zum Gründungsprozess beigetragen!

»Möchte man kaum glauben, wenn man sich anschaut, was sich heutzutage so im Parlament abspielt«, brummte Dr. Spencer.

Van Leer nickte. »Ja schon. Aber immerhin *gibt* es dieses Parlament. Mehr noch, man kann es sich gar nicht mehr wegdenken.«

Die wichtigste Voraussetzung für die Gründung der Föderation, führte er weiter aus, war ein Umschwung im allgemeinen Denken, der kurz vor der Mitte des Jahrhunderts eingesetzt hatte. Die Menschen hatten allesamt die Nase voll gehabt von dem ewigen Gegeneinander. Die Erde war so dicht bevölkert gewesen wie nie zuvor und nie mehr danach und die Probleme hatten gedroht überhandzunehmen – doch man hatte begriffen, dass sie sich nur gemeinsam würden lösen lassen.

»Und eins steht fest«, schloss Van Leer und sah in die Runde. »Wenn die Föderation nicht gegründet worden wäre, wären wir alle heute nicht hier.«

Kopfnicken ringsum. »Das ist wohl wahr«, meinte Rajiv Shyamal.

Einen Moment lang hing jeder seinen Gedanken nach, während der Rover über eine ungewöhnlich holperige Strecke ratterte. Ein paar Gläser, die im Waschbecken standen, schlugen klirrend gegeneinander.

»Es gibt noch eine andere Deutung der Ereignisse von 46«, sagte Wim Van Leer in das allgemeine Schweigen hinein. Er legte die ausgestreckte Hand auf den Tisch. »Ich habe gelacht, als ich sie das erste Mal gehört habe, aber je älter ich werde, desto richtiger kommt sie mir vor.«

»Nämlich?«, wollte Olivia Hillman wissen.

Van Leer hob die Augenbrauen. »Es gibt viele, die glauben, dass es das Gefühl war, dass uns die erste Begegnung mit fremden Intelligenzen bevorsteht. Dass es dieses Gefühl gewesen ist, das den Ausschlag für die Einigung gegeben hat. Wir wollten ihnen, wenn sie einmal kommen, nicht als eine in fast zweihundert Nationen gespaltene Menschheit entgegentreten müssen.«

14 Ungenaue Marskarten

Sie war tatsächlich schon da, als er um sechs Uhr früh in den Schleusenvorraum kam. Sogar ihren Raumanzug hatte sie bereits an.

Durch die senkrechten Fensterschlitze konnte man sehen, dass es draußen noch stockdunkel war.

»Ist das nicht gefährlich?«, fragte sie.

»Nicht, wenn wir aufpassen«, sagte DeJones und fügte, als er sah, dass sie das nicht beruhigte, hinzu: »Rings um die Siedlung kann eigentlich nichts passieren. Die KI überwacht alles mit Infrarotkameras.«

»Gut«, nickte Cory MacGee.

Ungewohnt, wie still alles war. Jedes Geräusch, das man machte, klang in dieser Stille besonders laut.

DeJones nahm seinen Raumanzug aus der Ladestation und begann, ihn anzuziehen. So früh stand er selten auf. Überhaupt traf man vor sieben Uhr kaum jemanden in der Siedlung an, und wenn, dann war es meistens ein Wissenschaftler, der die Nacht in seinem Labor durchgemacht hatte und auf dem Weg ins Bett war.

Den Helm noch. Cory MacGee setzte ihren auch auf. Der Selbstcheck zeigte Grün. DeJones machte eine einladende Handbewegung zur Schleuse hin.

Die Beleuchtung des Vorplatzes war abgeschaltet. Nur das Licht aus dem Inneren der Schleuse fiel schwach auf den Marsboden am unteren Ende der Trittrampe, der in dem fahlen Schein ungewohnt bleigrau wirkte. Dann fuhr die Außentür hinter ihnen zu und sie standen im Dunkeln. Nur das Licht der Sterne und des winzigen Mondes Deimos, der schräg über ihnen am Himmel stand, ließ sie zumindest die Umrisse ihrer Umgebung erahnen. In einigen Fenstern der großen, nur schemenhaft zu erkennenden Stationsmodule schimmerte ebenfalls ein wenig Licht, von Armaturen vielleicht oder einer Lampe, die jemand am Vorabend vergessen hatte auszuschalten.

»Kommen Sie«, sagte DeJones und setzte sich in Richtung Ausfahrt in Bewegung.

»Es kann nichts passieren, wenn man stolpert, oder?« Ihre Stimme klang angespannt. Vermutlich bedauerte sie längst, sich auf diese Unternehmung eingelassen zu haben.

»Machen Sie sich keine Sorgen! Die Anzüge halten eine Menge aus.« Laut Hersteller waren sie *unzerreißbar*, aber seit Ronny es im Alter von sieben Jahren geschafft hatte, in seinen trotzdem ein Loch zu reißen, zögerte er damit, diesen Ausdruck zu gebrauchen.

Sie verließen den Vorplatz, umrundeten den Kraterhügel, in dessen Schutz die Obere Station lag, und wandten sich nach Norden. Dort erstreckte sich, wie sie zwar nicht sahen, aber wussten, eine relativ flache Ebene, bis sich in einiger Entfernung der Graben der Jefferson-Schlucht auftat. Doch der war so weit entfernt, dass sie ihn vor Sonnenaufgang ohnehin nicht erreichen würden.

Sie gingen vorsichtig, einen Schritt vor den anderen setzend, mit den Stiefelsohlen nach Hindernissen tastend. De-

Jones überlegte, ob er doch eine Lampe hätte mitnehmen sollen. Aber nein, das hätte es verdorben.

»Hier«, sagte er schließlich. »Bleiben wir hier.«

Sie war ein dunkler Schatten neben ihm, vor einem noch dunkleren Hintergrund.

»Gut.« Ihre Stimme klang angespannt.

»Wir brauchen jetzt nur zu warten. Und uns an die Dunkelheit zu gewöhnen.«

»Okay.«

Er hörte ihren Atem in seinem Helmsystem. Sie war nervös, atmete unruhig, trat von einem Fuß auf den anderen. Doch sie sagte nichts und er auch nicht und nach einer Weile wurde sie ruhig, stand einfach nur noch da und schaute in die Ferne, nach Osten.

Und als hätte es darauf gewartet, begann es: Ein hauchdünner violetter Schimmer tauchte am Horizont auf. Es war, als schnitte eine höhere Macht mit einer Rasierklinge durch die Dunkelheit, um Himmel und Planetenoberfläche voneinander zu scheiden. Es war ein so feiner Strich, der sich da nach beiden Seiten ausbreitete, dass man sich zwischendurch fragte, ob es nicht einfach eine Sinnestäuschung sein konnte.

Doch im nächsten Moment verbreiterte sich der Strich zu einem dünnen Spalt, aus dem sanfte goldene Lichtstrahlen über die Landschaft fielen und sie in ein Vexierbild wundersam tanzender Flecken aus Hell und Dunkel verwandelten. Jeder Stein warf meterlange Schatten, die sich zu bewegen schienen, und es war, als hüpften Millionen violetter Funken von Fels zu Fels, direkt auf sie zu.

Dann, übergangslos, erglühte der Himmel im Osten rotgolden, aber auf andere Weise, als man es auf einem Planeten wie der Erde je gesehen hätte. Es war, als stiegen dort hinten unendlich kostbare Schleier in einer Kuppel aus schwarzem Kristall aufwärts, tanzend und lodernd, nach den Sternen der Nacht haschend, ohne Aussicht, sie gänzlich vertreiben zu können.

So verharrten sie, bis die bleiche Sonne über dem Horizont stand und der Mars so aussah, wie man ihn kannte. Dann wandte sie sich ihm zu.

»Danke«, sagte sie mit bebender Stimme. »Ich glaube, das war das Schönste, was ich je gesehen habe. Das werde ich nicht vergessen, solange ich lebe.«

Was war heute? Sonntag. Der vierte Tag der Expedition. Wieder fuhren sie ohne Unterlass, aber allmählich gewöhnte sich Carl sogar daran.

Um die Mittagszeit herum ließ Dr. Spencer die Fahrzeuge anhalten. Sie hatten inzwischen weit über tausend Kilometer hinter sich gebracht und näherten sich allmählich dem Nordrand der Valles Marineris, genauer gesagt, den dünnen östlichen Ausläufern des Tithonium Chasma.

»Das ist eine der Stellen auf den Satellitenbildern, die den Vermerk ›bei Gelegenheit anschauen‹ tragen«, erklärte Dr. Spencer. »Ein seltsames, weiß verfärbtes Fleckenmuster, das mal sichtbar ist und mal nicht, je nach Jahreszeit. Und da wir nun schon einmal da sind, nehmen wir auch davon ein paar Bodenproben.«

Carl rekelte und dehnte sich erwartungsvoll auf seinem Sitz. Das klang gut. Das klang so, als ob nun endlich die richtige wissenschaftliche Arbeit losginge.

Drei Stunden später war er immer noch mit ebendieser richtigen wissenschaftlichen Arbeit beschäftigt, aber sie hatte längst aufgehört, ihm Spaß zu machen. Grissom hatte eine Unmenge Stellen mit blau-gelb gestreiften Metallstangen markiert, an denen große Nummerntafeln befestigt waren, und Carls Aufgabe war es, jede einzelne Stelle aus allen Richtungen zu fotografieren, die Positionsdaten in eine Liste einzutragen und schließlich die Bodenprobe zu entnehmen. Schon das mit der Liste war umständlich: Erstens schrieb es sich mit Raumhandschuhen sowieso schwer und zweitens hatte der Areologe ihm einen Stift gegeben, der nicht richtig vakuumtauglich war. Auf dem Mars benutzten sie in so einem Fall einfach einen Bleistift; *kannten* diese Erdlinge so was überhaupt nicht mehr? Dann galt es, den betreffenden Stein freizulegen, in einen Beutel zu packen, den Beutel zu beschriften und in eine Kiste zu legen. Sobald eine Kiste voll war, schob man sie in den dafür vorgesehenen Stauraum des Rovers und ging an Bord, um die Bilder, die man gemacht hatte, und die Daten von der Liste einander zuzuordnen und in eine Datenbank einzutragen.

Es war stupide. Es war stumpfsinnig. Aber – Van Leer beobachtete ihn. Der Journalist machte sogar Fotos von allem, was sie trieben, mit seinem silbrigen, kleinen Minidings. Ohne Frage wartete er nur darauf, dass Carl mit irgendeiner unbedachten Bemerkung verriet, wie sehr er sich langweilte.

Also gab Carl sich alle Mühe, so zu tun, als platze er schier vor Begeisterung.

Ronny fand das Abschiedsfest für die Leute, die zur Erde zurückflogen, irgendwie seltsam.

Die Band war heute auch irgendwie schräg. Wie meistens war Abasi mit seiner Gitarre da, Avery Beal trommelte – aber außerdem standen drei Frauen mit diversen Flöten und

Ähnlichem auf der Bühne, und was die fabrizierten, hörte sich ja so was von sonderbar an!

Wie immer war Ronny möglichst früh gekommen, um eine genügende Anzahl der gebratenen Hühnerschenkel in scharfer Kruste abzubekommen, die für ihn die Hauptattraktion an jedem Fest waren. Er belegte einen Tisch, weit vorne bei der Band, weil Elinn sonst maulte, und genehmigte sich schon mal das erste Hühnerbein, während er auf die anderen wartete.

Aber das war wohl nichts. Carl war ja nicht da. Ariana kam bloß, um Hallo zu sagen, und verzog sich gleich mit Urs an einen Tisch weit hinten; wie es aussah, hatten die beiden furchtbar wichtige Dinge miteinander zu bereden. Wenigstens kam Elinn, aber die hockte sich auch bloß hin, um der Band mit großen Augen zuzuschauen.

Langweilig, dachte Ronny und nagte an seinem Hühnerschenkel herum. Wenigstens schmeckte der gut.

Dann, ganz ungewohnt, setzte sich Elinns Mutter zu ihnen. Sie hatte einen Teller mit furchtbar viel Gemüse und Bratkartoffeln, lächelte ein bisschen schräg und fragte: »Na? So allein ihr beiden?«

»Ja«, sagte Ronny, höflichkeitshalber, da Elinn es nicht fertigbrachte, den Blick auch nur eine Sekunde lang von den Musikern loszureißen. »Nicht viel los heute.«

Vielleicht war heute alles so anders, weil Carl nicht da war. Mann, der erlebte jetzt bestimmt sagenhaft aufregende Sachen da draußen!

Wenn man eine Woche harter Arbeit hinter sich hatte, tat es doppelt so gut, am Sonntagabend auf der Plaza zu sitzen und sich zusammen mit den anderen ein Bier zu genehmigen, fand Jurij Glenkow. Und eine harte Woche war es gewesen, alles, was recht war. Aber immerhin, nun waren alle Sensoren entlang der Südleitung installiert.

Nun ja – *fast* alle.

»Ich verstehe das nicht«, meinte Roger Knight kopfschüttelnd. Er starrte die Plankopie an, als hoffe er, ihr kraft seines Blickes ein bislang unentdecktes Geheimnis zu entreißen. »Wie kann ein Stück der Leitung verschwinden und der Strom trotzdem fließen?«

Glenkow schüttelte den Kopf und nahm sich noch eine Hand voll der kross gebackenen Kartoffelscheiben. »Ich habe nicht gesagt, dass die Leitung verschwunden ist. Ich habe gesagt, sie ist nicht *da.*«

»Das ist doch dasselbe.«

»Nein.« Glenkow zog den Plan zu sich her. »Das heißt nur, dass die Karten nicht stimmen und die Markierungen auch nicht. Zwischen Punkt 600 und 700 verläuft die Leitung irgendwie anders.«

Ingmar Frank, ein Energietechniker, der eher mit den Installationen innerhalb der Siedlung zu tun hatte, setzte sein Bierglas ab. »Wie wär's, wenn ihr einfach die Leute fragt, die die Leitung gelegt haben?«

Glenkow sah den muskulösen Mann an, auf dessen Stirn ein auffallendes Muttermal prangte. »Von denen lebt keiner mehr auf dem Mars. Die meisten waren sowieso Montageleute von *Shinrai Industries*. Die sind bloß gekommen, haben die Reaktoren aufgebaut und sind wieder abgedüst.«

»Na und? Das heißt, jetzt leben sie auf der Erde.«

Roger Knight kratzte sich am Kinn. »Im Altersheim vermutlich. Das ist ja alles bald dreißig Jahre her.«

Frank zog die Schultern hoch. »Na und? Japaner haben die

höchste Lebenserwartung der Welt. Wenn die damals fit genug für einen Flug zum Mars waren, dann sind sie heute auf jeden Fall noch fit genug, um E-Mails zu beantworten.« Er nahm einen Schluck. »Und es reicht, wenn ihr einen von ihnen aufstöbert.«

Knight und Glenkow sahen einander an.

»Einen Versuch ist es wert«, meinte Roger Knight.

Sie hatten die Rover wieder so aufgestellt, dass die Kabinen miteinander verbunden waren, und es gab ein großes Hallo, als Dr. Spencer vor dem Abendessen ein großes Paket mit Leckereien zutage förderte. »Das hat uns die Kantine eigens mitgegeben, damit wir auch ein Sonntagabendfest feiern können!«, erklärte er unter dem Jubel der anderen und begann auszupacken: Fladenbrot und Linsendal und Kartoffelchips und Krautkekse und Frikassee und Pilzragout und, und, und.

Und dazu reichlich Bier sowie einige Flaschen Wein.

Sie machten auf, was zu öffnen war, und warm, was warm zu machen war, und im Handumdrehen war ein Fest auf kleinstem Raum im Gange. Was als unangenehmes Gedränge in einer viel zu kleinen Kabine begonnen hatte, wurde im Nu gerade dadurch erst so richtig gemütlich. Es wurde gelacht und angestoßen, der letzte Krautkeks vergeben an den, der den besten Witz erzählen konnte, und dann sangen sie gemeinsam Lieder, grässlich falsch, aber dafür umso lauter.

Später verteilte sich alles wieder etwas. Carl ging zur Abwechslung in den anderen Rover hinüber, wo sie ein *Concentro*-Spiel begonnen hatten, und dann saßen Olivia, Akira, Van Leer und er um den Tisch herum und ließen den Würfel kreisen.

Es wurden schnelle Runden, weil Van Leer zum ersten Mal im Leben *Concentro* spielte und natürlich die üblichen Anfängerfehler machte.

»Sie dürfen uns doch keine Leitern bis zum Mittelpunkt bauen, Wim!«, kicherte Olivia.

»Aber wieso denn nicht?«, rief Van Leer aus. Er war schon ziemlich angeheitert. »Was ist das überhaupt für ein Spiel? Wieso muss ich hier mit Kieselsteinen oder Schraubenmuttern spielen? Könnt ihr keine richtigen Spielsteine herstellen? Ihr Marsianer könnt doch sonst auch alles!«

Also erklärten sie es ihm. Dass *Concentro* marsianische Tradition war. John Marshall selbst hatte es erfunden, so wollte es zumindest die Sage. Die Innenseite eines Tankdeckels, der diverse Stege und konzentrische Kreise aufwies, hatte ihn dazu inspiriert und die ersten Spielfiguren waren eben Schrauben, Muttern, Vitamintabletten und dergleichen gewesen. Was man gerade zur Hand gehabt hatte.

Der Journalist blickte mit glasigem Blick auf die Verteilung der Spielfiguren hinab. »Es nervt mich, dass ich keinen Stein rauswerfen kann«, bekannte er. Er gab einen ächzenden Laut von sich und meinte: »Ich muss sagen, irgendwie ist das ein sehr marsianisches Spiel.«

15 Eine merkwürdige Entdeckung

Am Montagmorgen wurde es spät. Als Dr. DeJones aus dem Bett fand, traf er Ariana, wie üblich, noch in Schlafanzug und Morgenmantel an. Sie gab nur einsilbige Antworten, hatte aber immerhin schon Kaffba aufgesetzt und sogar daran gedacht, ihn in eine Thermoskanne umzufüllen.

Um wie viel Uhr war er denn heimgekommen? Normalerweise versuchte er immer, sich im Verlauf der Mitternachtspause abzusetzen, aber das hatte gestern nicht geklappt, so viel wusste er noch. Er hatte nach Cory MacGee Ausschau gehalten, vergeblich. Vermutlich hatte sie tatsächlich bis zur letzten Minute gepackt, genau wie sie es prophezeit hatte.

Nach dem Frühstück ging er hinüber in die Obere Station und sah aus dem Fenster. Im Westen stand immer noch die Staubwolke, die ein Shuttle beim Start hinterließ, und reichte bis weit in den Himmel hinein. Die Winde der dünnen Marsatmosphäre brauchten in der Regel den ganzen Tag, um sie zu verwehen.

Seltsam, er fühlte so etwas wie Wehmut bei dem Anblick. Warum bloß? War da am Ende doch der uneingestandene Wunsch in ihm, zur Erde zurückzukehren?

Er versuchte eine Weile, sich das vorzustellen. Wieder einmal Regen oder Schnee auf der bloßen Haut zu spüren, über eine Wiese zu gehen, einen Strand. Ja – bloß standen auf der anderen Seite die wimmelnden Städte, die blinkende Werbung überall, der nie versiegende Straßenverkehr. Und das, woran er sich erinnerte, waren die Zustände, wie sie vor fünfzehn Jahren gewesen waren. Heute war wahrscheinlich alles noch wimmeliger, hektischer, lauter.

Nein, er wollte nicht zur Erde zurück. Das war es nicht. Aber was dann?

Er sah empor zum Firmament, das sich dunkel und majestätisch über ihm wölbte. Irgendwo da oben machte sich die BUZZ ALDRIN für den Rückflug zur Erde bereit. Aber die Raumschiffe im Orbit waren zu klein, als dass man sie vom Boden aus hätte sehen können.

Man verlor ein bisschen das Zeitgefühl, wenn jeder Tag damit verging, über eine ewig gleiche, felsige Ebene zu fahren. Carl musste richtiggehend nachrechnen. Heute war Montag, das hieß, es war der fünfte Tag der Expedition.

Mittlerweile hatte sich alles eingespielt – wer wann aufstand, die Reihenfolge, in der man die Toilette benutzte, wer das Frühstück richtete. Als einzige Frau an Bord genoss Olivia das Privileg, zuletzt aufstehen zu dürfen. Sie war die Einzige, die Gebrauch von dem Vorhang machte, den man rings um das Waschbecken ziehen konnte; um diese Zeit gluckerte vorne schon der frische Kaffba aus der Maschine und erfüllte die Kabine mit seinem aromatischen Duft.

Am Nachmittag war Carl dran als Copilot. Die Strecke wurde allmählich schwieriger und es war nötig, dass jemand das Radar im Auge behielt, um den Piloten vor zweifelhaften Stellen zu warnen.

Und da war eine Stelle, die sich auf dem Schirm in der Tat

äußerst zweifelhaft bemerkbar machte. Ein regelrechtes Leuchtfeuer war das, was man da sah.

»Das ist in Ordnung so«, schmunzelte Tim Grissom. »Das ist das erste Versorgungslager. Was da so leuchtet, ist ein Radarmarker.«

Tatsächlich tauchte einige Zeit später etwas am Horizont auf, das schon von Weitem höchst seltsam aussah. Viel zu bunt vor allem. Beim Näherkommen entpuppte es sich als Ansammlung von Space-Containern und Treibstofftanks von der Art, die man mit Flugbooten transportieren konnte. Der farbige Haufen sah richtig lustig aus, wie er da so mitten in der rötlich braunen Einöde stand.

Sie hielten, und während die Rover frisch aufgetankt wurden, luden sie mit vereinten Kräften um. Space-Boxen mit Verbrauchtem – leere Lebensmittelpackungen, schmutzige Wäsche, Rückstände aus dem Lebenserhaltungssystem – ließen sie da, frische Nahrung, Kleidung und so weiter nahmen sie an Bord. Die Gesteinsproben, die sie gesammelt hatten, wurden ebenfalls hier deponiert. In den nächsten Tagen würden die Flugboote kommen und alles abholen.

»Früher hatten wir doch noch gar keine Flugboote; wie hat man es da eigentlich gemacht bei Expeditionen?«, wunderte sich Carl. Eine alte Erinnerung stieg in ihm hoch, an den Morgen, als Dad mit der Cydonia-Expedition aufgebrochen war. »Ich weiß noch, dass damals sogar mehr Rover losgefahren sind – zehn oder so.«

Dr. Spencer nickte unter seinem Raumhelm. »Richtig, aber bis auf das eigentliche Expeditionsfahrzeug waren das alles Versorgungsfahrzeuge, die nach und nach umgekehrt sind. Die meisten haben Treibstoff transportiert. Wenn die Tanks der Flotte leer waren, hat man sie aus dem Vorrat von ein, zwei Rovern frisch aufgetankt, die dann kehrtgemacht haben und zur Siedlung zurückgefahren sind. Und wenn sich das Expeditionsfahrzeug auf den Rückweg gemacht hat, ist ihm wieder so eine Flotte entgegengefahren.« Er seufzte. »Wobei es dazu im Fall der Cydonia-Expedition ja leider nicht mehr gekommen ist.«

Carl nickte. Bis auf den heutigen Tag hatte man nie klären können, was damals eigentlich genau passiert war. Es war ein Rätsel, das immer noch schmerzte. Er konnte nur zu gut verstehen, dass Mutter Angst um ihn gehabt hatte. Der Mars war ihre Heimat, aber eben auch ein großer, geheimnisvoller, gefährlicher Planet.

Montagnachmittags war es immer still in der Siedlung. Nach dem Fest auf der Plaza lief alles etwas ruhiger. Die Marssiedler fielen nur langsam wieder in ihren gewohnten Trott. Heute jedoch, fand Elinn, war es besonders still. Mutter hatte lange geschlafen und beim Frühstück nur davon geredet, wie froh und erleichtert sie war, dass die neuen Wohnungen endlich alle fertig waren, »und zwar fix und fertig bis auf den letzten Tropfen Farbe«, wie sie sich ausgedrückt hatte. Dann hatte sie beschlossen, heute mal einen Tag freizunehmen, und war ins Wohnzimmer gegangen, um Musik zu hören. Dabei war sie wieder eingeschlafen.

Es schien ganz so, als ob sie die Pause dringend brauchte. Als Elinn sich dazu entschied, ein wenig rauszugehen, brachte sie es nicht über sich, Mutter zu stören, wie sie dalag, den Kopf im Kissen vergraben, sodass nur die Haare herausschauten, die so rostrot und unzähmbar aussahen wie ihre eigenen.

Mutter würde schon merken, dass sie nicht da war. Zur

Not konnte sie AI-20 fragen; die Künstliche Intelligenz würde wissen, dass Elinn die Schleuse passiert hatte.

Der Fahrstuhl zur Station jammerte leise. Auch im Schleusenvorraum war es still. Niemand sonst schien draußen zu sein; die Ladestationen waren alle belegt und die Anzüge sämtlich auf Grün.

Elinn zog ihren Raumanzug bedächtig an. Er zwickte in letzter Zeit ein wenig, saß auch etwas stramm – sicher brauchte sie demnächst einen neuen, größeren. Mister Manning, der für die Raumanzüge zuständig war, würde wieder murren und seufzen und die buschigen Augenbrauen furchen; sie sah ihn förmlich vor sich.

Nachdem sie den Helm aufgesetzt hatte, saß sie eine Weile auf der Sitzbank und starrte ins Leere. Carl fehlte ihr. So lange war er noch nie fort gewesen; es war total ungewohnt. Total. Es machte ihr ein regelrecht hohles Gefühl.

Sie stand auf und ging zur Schleuse. Sie würde hinausgehen, irgendwohin, wo sie den Mars spüren konnte. Sie würde sich auf einen ihrer Lieblingsfelsen setzen und nachdenken. Oder auch einfach nur ins Leere schauen.

Doch schon während sie draußen über den staubigen, zerfurchten Vorplatz ging, spürte sie ein Kribbeln, eine Vorahnung, ein elektrisierendes Gefühl, dass enorme Ereignisse bevorstanden, und es war so stark wie schon lange nicht mehr.

Jurij Glenkow schlief noch, als sein Kommunikator klingelte. Er trank gerne einen zu viel auf den sonntäglichen Festen und befand sich noch tief im Land der Träume. Einen Moment lang wusste er nicht, wo er war.

Dann hatte seine tastende Hand das Gerät gefunden. »Ja,

Glenkow?«, hörte er sich brabbeln. *Ktschjortu*, das klang aber noch schlaftrunken!

»Hier spricht AI-20«, vernahm er die unwandelbar gleichmütige Stimme der Künstlichen Intelligenz. »Sie wollten umgehend informiert werden, wenn es zu einem neuen Spannungsabfall in der Südleitung kommt.«

Schlagartig war Glenkow hellwach. »Ja?«

»Das von Ihnen installierte Überwachungssystem registriert seit dreiundfünfzig Sekunden einen Spannungsabfall zwischen den Messpunkten 600 und 700.«

Das Leuchten! Endlich wieder einmal. Sie meldeten sich wieder, die unsichtbaren Bewohner des Mars, nahmen wieder Kontakt mit ihr auf, wie sie es immer getan hatten. Endlich! Elinn schritt aus, ging schneller, folgte dem *Leuchten*, das vor ihr aufstieg, die Landschaft verhüllte wie Nebel, dem fremden Licht, das sie rief und lockte mit einem unhörbaren Ruf. Ihr Herz schlug heftig, ein Jauchzen erfüllte ihre Brust.

Es drang hinter einer Gruppe größerer Felsen hervor, Findlingssteinen, die einst die Vulkane hierher geschleudert hatten. Und ja, es hatte sich verändert im Vergleich zu früher, deutlich sogar. Es war heller. Es war greller. Es wirkte regelrecht nervös, so, als hätten die Unbekannten keine Zeit mehr. Sie musste sich beeilen, musste dem *Leuchten* so schnell wie möglich folgen.

Da! Sie bog um den ersten der dunklen, von Sandstürmen rund geschliffenen Felsbrocken und sah zum ersten Mal im Leben das Zentrum des *Leuchtens*, die Quelle des Lichts. Es war ein wirbelndes Etwas dicht über dem Boden, das aussah wie ein Strudel aus Elektrizität, wie ein Schwarm aus Myriaden winziger, leuchtender Feen, die schneller, als das menschliche Auge sehen konnte, an etwas arbeiteten, etwas zusammenbauten, das im Innern der glühenden Wolke verborgen war.

Auf einmal scheute sich Elinn, näher heranzugehen. Das war ihr noch nie so gegangen. Früher war sie dem *Leuchten* bedenkenlos gefolgt, diesem sanften, allumfassenden, bläulich glimmenden Licht. Und dass es im Lautsprechersystem ihres Helms knatterte, elektrische Störgeräusche wie von tausend Maschinen in vollem Betrieb, hatte sie auch noch nie erlebt. Es machte ihr beinahe Angst.

Sie verharrte. Widerstand dem Sog des Lichts. Starrte nur auf diese kochende, tobende, wirbelnde Wolke, die sich immer dichter zusammenzog und dabei hell aufglühte, bis es in den Augen wehtat und das Prasseln im Helm zu einem gellenden Schrei wurde.

Dann, von einem Augenblick zum anderen, war es vorbei.

Ein paar Minuten lang sah die Welt ringsum dunkel und trübe aus und Elinn musste mit den Augen blinzeln. Am liebsten hätte sie die gerieben, aber das ging natürlich nicht mit dem Raumhelm. Es dauerte, bis sie sich wieder an das normale Licht gewöhnt hatte.

Es wunderte sie nicht, ein flaches dunkles Etwas an der Stelle zu entdecken, an der das wirbelnde Licht gewesen war. Es war ein glänzender Stein, etwa so groß wie ein Handteller. Sie hob ihn auf und betrachtete ihn.

Und musste noch einmal blinzeln, diesmal, weil sie nicht glauben konnte, was sie sah.

Doch so unerwartet es war, es verschwand nicht.

16 Abstieg in die Valles Marineris

Am Dienstagmorgen, in aller Frühe, begann ein neuer Abschnitt der Expedition. Daran hatte Dr. Spencer keinen Zweifel gelassen.

Noch am Vorabend hatten sie das Candor Chasma erreicht und ihr Lager in Sichtweite der Abrisskante aufgeschlagen, von der aus es hinabging in diesen östlichen Ausläufer der Valles Marineris. Heute sollte der Abstieg stattfinden. Um nicht in Zeitdruck zu geraten, hatte der Expeditionsleiter sie früh zu Bett geschickt und den Wecker so gestellt, dass sie einsatzbereit waren, kaum dass die Sonne am Himmel stand.

Langsam, fast im Schritttempo, rollten die beiden Fahrzeuge auf die Felskante zu. Je näher sie ihr kamen, desto weiter öffnete sich der Blick hinab, auf ein Panorama, das einfach gewaltig war.

»Wahnsinn«, hörte Carl jemanden ehrfürchtig flüstern.

Eine schroffe, zerklüftete Tiefebene lag vor ihnen, deren Boden noch unter milchigem Dunst verborgen lag. Die Abhänge, die man sah, waren steil und zerrissen oder aber von hügeligen, staubartigen Rutschungen bedeckt. Der Blick verlor sich zwischen schrundigen Abgründen und jähen Felsvorsprüngen, rötlich grau schimmernden Hügeln und nadelspitzen Felsen, und es überstieg alle Vorstellungskraft, sich auszumalen, was für Gewalten Derartiges hervorgebracht haben mochten.

»Spencer an Wagen 2, kommen«, sagte der Expeditionsleiter in die Sprechanlage.

»Wagen 2, Akira. Wir sind ganz Ohr.«

»Haben Sie das erste Etappenziel ausgemacht?«

»Der Felsvorsprung auf elf Uhr, in etwa trapezförmig, hundert Meter unter uns?«

»Genau. Wir fahren jetzt bis auf fünfzig Meter an die Abrisskante heran, dann beginnen wir mit der Sicherung.«

»Alles klar.«

Sie hatten die Vorgehensweise am Vorabend anhand der Satellitenbilder eingehend besprochen. Der Abstieg hinab auf den Grund der Valles Marineris war alles andere als ein Spaziergang. Auf der Erde, hatte Dr. Spencer ihnen erklärt, hätte das, was sie vor sich hatten, einer Fahrt von den höchsten Ebenen des Himalaja-Gebirges bis hinunter auf Meereshöhe entsprochen – und das innerhalb eines einzigen Tages, denn sie taten gut daran, vor Sonnenuntergang unten anzukommen.

»Zu unseren Gunsten sprechen die geringere Schwerkraft und die Detailliertheit der neuen Satellitenaufnahmen.«

Die hatte Carl bei dieser Gelegenheit auch endlich einmal zu Gesicht bekommen. Man sah darauf nicht nur die Valles Marineris in erstaunlicher Klarheit, sondern außerdem das Geflecht der »Mäusegänge«, die Anlass ihrer Expedition waren. Ausgehend von dem geheimnisvollen Punkt im Eos Chasma, zogen sich dünne Linien – in zartem Violett, um zu verdeutlichen, dass es sich um Formationen unterhalb der Oberfläche handelte – in die verschiedensten Richtungen.

Carl fand drei Linien, die parallel nebeneinander direkt auf den Olympus Mons zuliefen, an der Kante des Ophir Chasma endeten wie abgeschnitten, um auf der gegenüberliegenden Seite weiterzulaufen. Ihn schauderte, als ihm klar wurde, dass es sich dabei um genau die Gänge handeln musste, durch die sie als kleine Kinder hindurchgekrochen waren. Sich vorzustellen, dass sie jenseits der Verschlüsse von der Siedlung bis zu den westlichen Hängen des Ophir Chasma führten, an die zweitausend Kilometer weit . . .!

Und sie mussten sehr alt sein, älter als die Valles Marineris auf jeden Fall.

Doch witzig, es gab noch eine vierte Linie, die von jenem Punkt im Eos Chasma aus die Valles in einem weiten Bogen nach Norden umrundete und dann auf den Punkt zulief, an dem die Marssiedlung lag, um kurz davor zu enden.

»Wagen 2 ist verankert!«, kam die Durchsage. Carl spähte durch eines der Bullaugen hinaus. Das andere Fahrzeug stand mit dem Heck zu ihnen und hatte vier metallene Dorne ausgefahren, die sich nach allen Richtungen in den Boden krallten. Eine Gestalt im Raumanzug bog um die Ecke, löste den Haken der Winde aus seiner Befestigung und kam damit auf sie zugestapft, das reißfeste Seil hinter sich herziehend.

»Carl«, rief Dr. Spencer. »Du gehst auf den Beifahrersitz. Halt die Augen offen!«

Olivia und Rajiv stiegen in ihre Raumanzüge. Sie würden draußen mithelfen, die Route zu sichern. Das war nötig, weil sie in ein paar Wochen denselben Weg auch wieder zurückfahren mussten.

»Okay, Wagen 1, ihr könnt!«, kam es aus dem Lautsprecher.

Dr. Spencer, der wieder seinen Lieblingsplatz eingenommen hatte – in der Mitte der Kanzel, sich mit den Unterarmen auf die Sitze stützend –, sagte: »Denkt dran, das Kabel locker zu lassen!«

»Werter Dr. Spencer, Sie brauchen sich keine Sorgen zu machen«, gab Akira Ushijima trocken zurück. »Ich habe hier einen Knopf an der Windensteuerung, der das genau richtig zu machen verspricht.«

Dr. Spencer seufzte. »Es lebe die Technik.« Er nickte Tim Grissom zu. »Okay, dann wollen wir mal.«

Carl beobachtete den krumm dasitzenden Areologen, wie er den Steuerhebel behutsam vorwärtsdrückte. Er schien nervös zu sein, unnötigerweise, denn es würde ja wohl kein Problem werden, bis zu dem Felsvorsprung zu gelangen, oder? Er wäre längst dort gewesen, wenn man ihn hätte machen lassen.

»*Rock 'n' Roll!*«, rief Grissom, als der Rover über die Abrisskante nach vorn kippte. Als ihn sowohl Carl als auch Dr. Spencer daraufhin verwundert ansahen, meinte er entschuldigend: »Das wollte ich schon immer mal. In alten Filmen rufen sie das oft in solchen Situationen.«

Carl fragte sich, was Grissom mit »solchen Situationen« meinte. Dass ein Rover vornüber stand? Wohl kaum, dafür waren diese Fahrzeuge schließlich gebaut.

Aber das da vorn, das sah verdächtig aus ... was machte er denn jetzt ...?

»Sie sollten ein bisschen weiter links fahren«, meinte Carl behutsam.

Nun sahen die beiden *ihn* verwundert an.

»Wir dürfen nicht zu dicht an die Felsen kommen, Carl«, erwiderte Dr. Spencer stirnrunzelnd.

Carl sah ihn verwirrt an. Das lag ja wohl auf der Hand, oder? Dann schaute er wieder nach vorn und hielt den Atem an. Also, *er* wäre da nicht gefahren, wenn das nur gut ging . . .!

Es ging nicht gut.

»Ups!«, machte Tim Grissom, als der Rover zur Seite wegbrach. Ein Ruck ging durch die ganze Karosserie, als das Sicherungsseil sich straffte.

»Wagen 2! Wagen 2!«, schrie Dr. Spencer. »Seil einziehen! Wir sind eingebrochen!«

»Sind schon dabei«, kam es von Akira gelassen zurück. Tatsächlich war schon zu spüren, wie der Wagen rückwärts gezogen wurde und die Räder allmählich wieder fassten.

»Was war das, Carl?«, wollte Dr. Spencer wissen. »Woher hast du gewusst, dass der Rand hier brüchig ist?«

Carl zuckte mit den Schultern. »Keine Ahnung. Das sah eben so aus. Irgendwie nicht vertrauenerweckend.«

Der Wissenschaftler fuhr sich mit den gespreizten Fingern durch das graue Haar. »Okay. Dann ist dein Platz heute auf dem Copilotenstuhl. Und Sie, Tim, richten sich nach dem, was Carl Ihnen sagt.«

Tim Grissom nickte bereitwillig. »Alles klar.« Er sah Carl an. »Mehr nach links?«

Carl nickte matt. »Mehr nach links. Aber nicht an die Felsen kommen.«

Kurze Zeit später standen sie auf dem Felsvorsprung. Sie lösten den Haken, der daraufhin eingeholt wurde. Das Außenteam rammte grellgrüne Markierungsstäbe rechts und links der Fahrspur in den Boden und Wagen 2 folgte ihnen langsam auf genau demselben Weg.

Weiter unten hörten die tiefen Spalten auf, der Pfad wurde

flacher und breiter und sie konnten auf die gegenseitige Sicherung verzichten. Carl hätte zwar ein wenig mehr Gas gegeben als Tim Grissom, aber es war okay; sie würden auch so rechtzeitig unten ankommen.

Plötzlich ertönte ein mehrstimmiges *Ping* in der Kabine, aus allen Richtungen, unter anderem aus seiner eigenen Hosentasche! Carl zog seinen Kommunikator heraus und erblickte auf dem Display ein Symbol, das er erst einmal in seinem Leben gesehen hatte. Und das war noch gar nicht so lange her.

»Wir haben die Verbindung zum Kommunikationssystem der Siedlung verloren, weil wir in den Funkschatten der Valles Marineris geraten sind«, erläuterte Dr. Spencer. »Anders als auf der Erde, wo sich Funkwellen dank der Ionosphäre rund um den Planeten ausbreiten können, folgen sie hier auf dem Mars der Oberfläche nur in sehr begrenztem Ausmaß.«

Carl musterte das Gerät beunruhigt. »Und was ist mit den Satelliten?«

»Ja, über die können wir natürlich nach wie vor eine Verbindung herstellen. Aber nur, solange sie mehr oder weniger direkt über uns stehen. Das ist nur alle paar Stunden der Fall und auch dann immer nur kurz.«

Als Ronny in den Schulungsraum kam, war Urs schon da, saß vor seinem Schirm und arbeitete konzentriert an etwas, das verdächtig nach Mathematik aussah. Sie begrüßten einander nur mit einem kurzen »Hallo«, dann setzte Ronny sich an seinen eigenen Platz.

Ah ja. Damit hatte er schon halb gerechnet. Er hatte seinen Englischaufsatz korrigiert zurückbekommen. Mister Craig, sein Betreuer im Schulzentrum von Oxford, das für die Marskinder zuständig war, hatte ihm als Anmerkung dazugeschrieben:

Lieber Ronald,
bei einer Bildbeschreibung geht es um das gesamte Bild, nicht nur um ein eventuell darauf zu sehendes Flugzeug. Letzteres hast du sehr ausführlich und schön beschrieben; es handelt sich auch tatsächlich um eine »Hawker Tempest«, wie mir mein Kollege William Gray, der hier bei uns für Technikgeschichte zuständig ist, bestätigt hat. Er war erstaunt, dass du das Flugzeug erkannt hast, denn es ist auf dem Foto doch nur sehr klein zu sehen und durchaus mit anderen, ähnlichen Maschinen verwechselbar. Trotzdem: Es ist nur ein Stück des Hintergrundes! Deshalb, fürchte ich, müssen wir das noch einmal probieren. Ich habe diesmal ein Bild ausgesucht – du findest es im Anhang –, auf dem kein Flugzeug zu sehen ist. Du hast für den Aufsatz eine Woche Zeit.
Anbei schicke ich dir außerdem ein paar Übungseinheiten zur Kommasetzung.
Viele Grüße,
Bernard T. Craig

Ronny ächzte.

In diesem Moment kam Elinn herein, blass um die Nasenspitze und beunruhigend ernst. »Ich muss euch was zeigen«, sagte sie.

»Was denn?«, fragte Ronny.

»Gleich. Ich will noch warten, bis Ariana da ist.«

Die kam keine zehn Sekunden später zur Tür hereingewirbelt, hielt aber verdattert inne, als sie alle Augen auf sich gerichtet sah. »Was ist denn?«, fragte sie beunruhigt.

»Mach die Tür zu«, bat Elinn.

Ariana tat wie geheißen. Unterdessen zog Elinn etwas aus ihrer Tasche, das in ein Tuch eingewickelt war.

»Das habe ich gestern gefunden, bei den Findlingssteinen.« Sie schlug das Tuch beiseite. Es war ein großes, prächtiges Artefakt, womöglich das größte von allen. Auf seiner tiefblau schimmernden Oberseite prangten fünf große, klare, beinahe golden glänzende Buchstaben ...

»CURLY?«, las Ariana. Sie sahen einander verblüfft an. »Wer soll das sein?«

»Ich weiß es nicht«, bekannte Elinn. »Es gibt niemanden in der Siedlung, der so heißt. Ich habe AI-20 gefragt – es hat auch nie jemand hier gelebt, der so hieß.« Sie setzte sich und ließ die Schultern hängen. »Und Carl ist nicht mehr zu erreichen. Die Expedition ist heute früh ins Valles Marineris hinuntergestiegen. Hätte ich ihn nur gestern Abend noch angerufen!«, fügte sie leise hinzu.

»CURLY«, wiederholte Urs und strich behutsam mit dem Zeigefinger über die glatte, wie emailliert wirkende Oberfläche des Steins. »Klingt wie der Name einer Katze. Gibt es eigentlich Katzen auf dem Mars?«

Die anderen schüttelten den Kopf. »Es gibt hier auch keine Mäuse«, sagte Ariana.

Ronny konnte beisteuern, dass sein Dad der Meinung war, früher oder später werde es den Mäusen allerdings gelingen, durch die Transportkontrollen zu schlüpfen und auch den Mars zu erreichen. »Er sagt, wo Menschen leben, gibt es früher oder später immer auch Mäuse.« Sein Dad war Fachmann für Lebensmittelversorgung, er kannte sich mit so etwas aus.

»Stimmt«, fiel Ariana ein, »im Mondobservatorium soll es vor ein paar Jahren eine Mäuseplage gegeben haben.«

Urs nickte. »Sie mussten schließlich alle Leute in Raumanzüge stecken und die Schleusen öffnen, damit das Vakuum die Mäuse tötete.«

»Wie grausam«, meinte Elinn bedrückt.

Ariana runzelte die Stirn. »Das ginge hier gar nicht, wegen der Gärten und der Fischzucht und so weiter.«

Dann starrten sie wieder auf das rätselhafte Artefakt und hatten alle das Gefühl, mit ihren Gedanken in einer Sackgasse gelandet zu sein.

Jurij Glenkow war am Montag zu den Messstationen entlang der Südleitung hinausgefahren und hatte versucht, zwischen den Messpunkten 600 und 700 irgendeine Erklärung für den Spannungsabfall zu finden. Doch Fehlanzeige, er hatte wie schon während der vorangegangenen Woche nicht einmal die Leitung ausmachen können.

Heute war es höchste Zeit, sich endlich auch wieder um den Nordreaktor zu kümmern. Ein großer Systemcheck war fällig, ein Vorgang, der ihn den ganzen Tag über in Anspruch nahm; außerdem musste ein Injektor ausgewechselt werden. Angesichts der rätselhaften Vorgänge um den Südreaktor war es umso wichtiger, den anderen Reaktor tadellos in Ordnung zu wissen, also widmete sich der Fusionstechniker dieser Aufgabe mit besonderer Konzentration.

Trotzdem wurde er rechtzeitig vor Sonnenuntergang fertig und so fuhr er noch einmal zu dem fraglichen Abschnitt der Südleitung und suchte diesmal die weitere Umgebung nach Peilsignalen ab. Wieder erfolglos. Es war, als gäbe es das Kabel überhaupt nicht!

Am späten Nachmittag fiel Dr. DeJones ein, dass an diesem Abend wieder die Reihe an ihm war zu kochen – um genau zu sein, er ließ sich neuerdings von der KI daran erinnern –, außerdem fiel ihm ein, dass der Kühlschrank am Morgen auffallend leer gewesen war. Also schloss er die Medizinische Station etwas früher und ging in die »Markthalle«.

Das war die völlig übertriebene Bezeichnung für einen kleinen, ungeheizten Raum neben der Gemeinschaftsküche, in dem Lebensmittel ausgelegt waren, aus denen sich die Siedler versorgen konnten. Zurzeit war die Auswahl enorm und die Qual der Wahl entsprechend groß. Vielleicht sollte er auch mal eines der neuen Rezepte ausprobieren, die Mrs Pigrato in so erstaunlicher Zahl entwickelte? Auf der Mitteilungstafel waren etliche davon ausgehängt, mitsamt Vermerk, wo man sie in der allgemeinen Datenbank fand. Sie lasen sich alle lecker, aber schwierig. Bis auf eines, eine neue Variante einer Tomatensoße, die gut zu Spaghetti passte. Was brauchte man dazu? Zwiebeln, Knoblauch, eine kleine Zuc-chini, Tomaten natürlich ... DeJones griff nach einem Korb und begann, die angegebene Anzahl von Tomaten aus der Schütte zu nehmen.

Als er sich wieder zur Tafel umdrehte, um sich hinsichtlich der weiteren Zutaten noch einmal zu vergewissern, wäre ihm der Korb um ein Haar aus der Hand gefallen.

»Was machen Sie denn hier?«, entfuhr es ihm im Tonfall höchster Verblüffung, als er Cory MacGee vor sich stehen sah.

Sie war es, ohne Zweifel. Und sie hob mit einem vorsichtigen Lächeln die Schultern. »Etwas zu essen holen«, sagte sie spitzbübisch. »Genau wie Sie.«

»Aber ...« DeJones hielt inne. War etwas gewesen mit der

ALDRIN? Nein, das Schiff war planmäßig aus dem Orbit gestartet. »Ich dachte, Sie seien längst unterwegs zur Erde.«

Cory MacGee holte tief Luft und stieß sie seufzend wieder aus. »Ja. So war das auch geplant. Es war ... na ja, ein ziemlicher Aufwand, so kurzfristig alles noch einmal umzustoßen. Hat mich den ganzen Sonntagabend gekostet.«

DeJones nickte verstehend. »Ich habe geglaubt, Sie packen.«

»Nein.« Sie lachte auf. »Gut, dass ich es noch nicht gemacht hatte. Hat mir viel Arbeit erspart.«

»Sie haben sich entschlossen zu bleiben.«

»Ja. Ich will doch noch mehr vom Mars sehen. Ich habe mir gesagt, wenn ich jetzt zurückfliege, komme ich wahrscheinlich nie wieder im Leben hierher.«

»Verstehe.« DeJones musste sich räuspern. »Sagen Sie, trage ich womöglich eine gewisse Mitschuld an diesem Sinneswandel?«

Sie lächelte. »Ja«, sagte sie, »Sie tragen eine gewisse Mitschuld.«

Sie sagte es in einer Art, die ihm warm ums Herz werden ließ, wenn er auch nicht so recht begriff, warum eigentlich.

17 Man geht den Dingen auf den Grund

Am Mittwochmorgen bekam Jurij Glenkow noch beim Frühstück einen Anruf von Roger Knight. »Wir haben eine Antwort von *Shinrai Industries*. Von den sieben Technikern, die die Reaktoren damals aufgebaut haben, leben sechs tatsächlich noch. Zwei davon haben sie schon aufgespürt. Einer heißt Masaji Takata und ist heute Direktor der Forschungsabteilung, der andere heißt Isamu Ishizuka und lebt in einer Altersresidenz in Fukuoka.«

»Und?«, fragte Glenkow gespannt.

»Beide schwören Stein und Bein, dass alle Leitungen genau so verlegt worden sind, wie es in den Plänen eingezeichnet ist. Ishizuka sagt, bei der Verlegung der Nordleitung hätte man an einer Stelle einen Bogen um eine verborgene Spalte im Boden schlagen müssen; das sei aber in den Zeichnungen vermerkt worden.«

Glenkow nickte. Er kannte die Stelle.

»Also gut«, erwiderte er. »Dann bleibt uns nichts anderes übrig. Wir werden losgehen und das verdammte Ding ausgraben.«

Am Donnerstagmorgen gestand sich Carl insgeheim ein, dass Van Leer wohl doch recht hatte. Das mit der Planetenforschung, das war nichts für ihn. Jetzt waren sie eine Woche unterwegs, kaum ein Sechstel der geplanten Dauer, und er kippte vor Langeweile fast vom Stuhl.

Ja, okay. Sie fuhren auf dem Grund dieser atemberaubenden Schlucht, rechts und links ragten Felswände kilometerhoch auf und es war ein absolut unglaublicher Anblick. Es gab sicher eine Million Erdlinge, die ihren rechten Arm dafür gegeben hätten, jetzt hier zu sein. Auch richtig.

Aber es gab eben nichts zu *tun!*

Carl saß nur auf dem Beifahrersitz, warnte den Piloten – meistens Tim Grissom – vor Stellen, die ihm verdächtig vorkamen, aber selber ans Steuer ließ man ihn nicht. »Das kann ich nicht verantworten«, war Dr. Spencers Standardsatz. Was sollte er darauf sagen? Dass er den Rover mit einer Hand auf den Rücken gefesselt besser gesteuert hätte als Tim Grissom?

Am Nachmittag hatten sie eine Funkphase und Elinn rief an. Es war ein bisschen ungewohnt, weil das Gespräch über den Satelliten ging und die Antworten deswegen immer mit Verzögerung kamen, aber er freute sich, ihre Stimme zu hören.

Sie klang allerdings ziemlich bedrückt, was ihn weniger freute. Sie erzählte ihm von dem Artefakt, auf dem der seltsame Name CURLY stand.

»CURLY . . .«, wiederholte Carl verwundert. Das war seltsam und vor allem völlig unerwartet. »Keine Ahnung, was das heißen soll.«

»Was soll ich denn jetzt machen?«, wollte Elinn wissen.

»Schwer zu sagen«, meinte Carl gedankenverloren. CURLY . . . Das löste etwas bei ihm aus, bloß was? Etwas wie ein fernes Echo einer vagen, ganz weit zurückliegenden Erinnerung … Er kam nicht drauf. Vielleicht bildete er sich das auch nur ein. »Es ist auf jeden Fall ein Rätsel.«

»Meinst du, die Marsianer wollen uns testen? Ob wir klug genug sind?«

Carl gab einen unbestimmten Laut von sich. »Wer weiß? Ich werde auf jeden Fall darüber nachdenken.« Zeit dafür hatte er ja wahrhaftig.

»Okay.« Elinn seufzte. »Es ist so seltsam, dass du nicht da bist. Ich weiß nicht, wie ich das aushalten soll, wenn du mal zum Studieren auf die Erde –«

Ping, war die Verbindung wieder unterbrochen. Diese Satelliten bewegten sich ganz schön schnell auf ihren Umlaufbahnen, das hatte er sich bisher auch nie klargemacht.

Er steckte den Kommunikator wieder ein und schlängelte sich zurück nach vorn in die Kanzel. Zum Studieren auf die Erde … Er war sich noch nie so wenig sicher gewesen, dass er das wirklich wollte.

Auf jeden Fall hatte er gerade mehr denn je das Gefühl, am falschen Platz zu sein.

Am Freitagnachmittag war Urs Pigrato für die Arbeit an der Papiermaschine eingeteilt. Das war ein großes, kompliziertes Gerät, das allein in einem Raum im tiefsten Untergeschoss vor sich hin brummte und blubberte. Die Arbeit bestand darin, die Körbe mit dem angefallenen Astholz, dem getrockneten Schnittgras und dergleichen, die oben bei den Gärten bereitstanden, mit einem kleinen Ziehwagen abzuholen und das Zeug dann nach und nach in verschiedene Trichter zu stopfen, wo es zerhäckselt und zermahlen wurde. Es stank intensiv nach Chemie, an allen möglichen Kästen blinkten Signalleuchten neben rätselhaften Beschriftungen und innen drinnen hörte man Motoren summen und sirren. Ab und an machte es *schnapp*, ein Geräusch wie der rasche Schnitt einer Schere, und ein Bogen grauweißen Papiers rutschte in die Ablage.

Urs hatte, ehe er auf den Mars gekommen war, nicht geahnt, wie kompliziert es war, so etwas Alltägliches wie Papier herzustellen. Kein Wunder, dass die Siedler Papier wie eine Kostbarkeit behandelten.

Während Urs die abgeschnittenen Äste in den Häcksler warf und zusah, wie feines Holzmehl hinter einer Sichtscheibe darunter in eine weißliche, ölig aussehende Flüssigkeit rieselte, dachte er über Ariana nach. Über Ariana und über die Ermahnung seiner Mutter, ihr nicht wehzutun.

Also, es war so: Er mochte Ariana. Sie hatte ihm vom ersten Moment an gefallen, wenn man es genau nahm. Aber da hatte er sie noch nicht richtig gekannt. Es gab ja Leute, die einen auf den ersten Blick beeindruckten, und wenn man dann genauer hinsah, merkte man, dass alles bloß Maskerade war und nichts dahinter. Bei Ariana war es genau das Gegenteil: Je besser er sie kennenlernte, desto faszinierender fand er sie. Sie sah nicht nur gut aus, sie war irgendwie ... einfach klasse. Mit ihrem Ju-Jutsu und was sie alles konnte und wusste und sich überlegt hatte ...

Um ehrlich zu sein: Er war verliebt. Und wahrscheinlich hatte sie sich auch in ihn verguckt. Das sah bei ihr bloß anders aus, als er das von den Mädchen an seiner alten Schule kannte. Wenn er zum Beispiel daran dachte, wie das damals ausgesehen hatte, als Florence mit Kevin gegangen war, dem Star aus der Volleyball-Mannschaft: Mit stolz geschwellter Brust war sie herumgelaufen und hatte allen – ob sie es hören wollten oder nicht – erzählt, wie verliebt sie waren. Er hatte die ganze Zeit das Gefühl gehabt, dass es ihr mehr darum gegangen war, ihre Freundinnen neidisch zu machen, als um Kevin. Womöglich hatte der deshalb so schnell mit ihr Schluss gemacht, wer konnte das wissen?

Bei Ariana dagegen sah man nicht sofort, was sie fühlte, dafür wirkte aber alles echt. Zumal es hier auf dem Mars niemanden gab, den sie hätte neidisch machen können.

Auf der anderen Seite wurde er das dumpfe Gefühl nicht los, dass Ariana sich in *jeden* Jungen in ungefähr ihrem Alter verliebt hätte, der neu auf den Mars gekommen wäre. Carl stand nicht zur Debatte, der war für sie so etwas wie ein Bruder. Aber wenn es an Urs' Stelle etwa den dicken, tollpatschigen Benoit auf den Mars verschlagen hätte, dann hätte Ariana sich, jede Wette, in den dicken, tollpatschigen Benoit verliebt.

Mit anderen Worten: Sie war in ihn verliebt, aber das hatte mit ihm als Person womöglich gar nicht so viel zu tun.

Ein blödes Gefühl. Urs schüttete den Bodensatz aus dem Korb in den Trichter und holte den nächsten, den mit dem getrockneten Stroh.

18 Verblüffende Störungsursache

Kaum zu glauben, dass mittlerweile schon wieder Sonntag war. Der elfte Tag der Fahrt, wenn er richtig zählte. Carl saß wieder auf dem Sitz des Copiloten, hielt Ausschau nach der besten Route und versuchte, es sich nicht anmerken zu lassen, wenn er zusammenzuckte, weil Tim Grissom mal wieder völlig gefühllos über irgendeine Spalte oder einen Felsbrocken hinwegbretterte, die man mit einem kleinen Schwenk zur Seite problemlos hätte umgehen können.

Inzwischen hatten sie den Abstieg ins Melas Chasma geschafft, die breiteste Stelle der Valles Marineris. Das Tal war hier so breit, dass man die kilometerhohen Felswände kaum noch sah, sie höchstens erahnte als dünne Linien am Horizont. Der Boden war von seltsamen, lang gezogenen Rippen bedeckt, die die Radaufhängungen aufs Äußerste beanspruchten und einen fremdartigen Anblick boten. Nirgends auf dem Mars war eine vergleichbare Landschaft zu finden.

In der Kabine hinter ihnen war eine intensive Diskussion im Gange darüber, wie die Valles Marineris entstanden waren und welche Kräfte sie geformt haben mochten. Per Sprechfunk beteiligten sich auch die Wissenschaftler aus Wagen 2 daran.

Soweit Carl heraushörte, war die verbreitetste Theorie die,

dass in den frühen Jahren des Mars, also noch während der Entstehung des Planeten, ein großer Meteorit eingeschlagen hatte. Dadurch soll der Mars so verformt worden sein, dass er an einer Stelle gewissermaßen »aufgeplatzt« war. Und das sollten die Valles Marineris sein.

»Diese Theorie hat mir noch nie eingeleuchtet«, bekannte Dr. Spencer. »Das müsste Milliarden von Jahren her sein. Die Kräfte der Erosion sind zwar nicht allzu stark auf dem Mars, aber in der Zeit hätten auch sie die Valles Marineris platt schleifen müssen.«

»Und man müsste sich fragen, warum nur ein lang gezogener Riss?«, stimmte ihm Rajiv Shyamal zu. »Die Kräfte eines schweren Einschlags hätten, wennschon, dann eine Art Trümmerfeld hervorrufen müssen, das ungefähr kreisförmig wäre.«

»Ich finde die mineralogischen Befunde der bisherigen Exkursionen in die Valles überzeugend«, ließ sich Olivia Hillman vernehmen. »Dem Grad der Ausdampfung flüchtiger Gesteinsbestandteile nach können die Valles nicht älter als eine Million Jahre sein. Allerhöchstens.«

Rajiv gab ein Brummen von sich. »Falls die Valles von Oberflächenwasser geformt wurden, wären diese Befunde ohne Belang.«

»Die Hinweise auf freies Wasser auf dem Mars sind allerdings mehr als dürftig«, gab Dr. Spencer zu bedenken. »Nicht in den letzten zehn Millionen Jahren, das steht meines Erachtens fest.«

»Da sollte man versuchen … Oha!«, sagte Rajiv, als in diesem Moment seine Messeinrichtung einen Klingelton von sich gab.

Gleich darauf streckte er den Kopf in die Kanzel. »Können

wir bitte kurz anhalten? Ich müsste da draußen etwas eingehender untersuchen.«

Also hielten sie. Rajiv Shyamal und Keith Townsend stiegen aus und Carl beobachtete durch das Sichtfenster der Kanzel, wie die beiden mit Messgeräten umherstapften und wie einer von ihnen in die Knie ging, um mit der Hand etwas Sand beiseitezufegen.

»Hier gibt es richtiggehend glasige Stellen«, kam es aus den Lautsprechern. »Könnte vulkanisch sein. Wollen Sie sich das vielleicht mal ansehen, Olivia?«

»Ich komme schon«, rief die Mineralogin. Carl hörte sie nach hinten gehen und ihren Raumanzug hervorkramen.

»Außerdem messen wir Radioaktivität«, fuhr Rajiv fort.

»Wie stark?«, fragte Dr. Spencer.

»Nicht gefährlich. Alphastrahlung. Die durchdringt die Raumanzüge sowieso nicht.«

»Beruhigend.«

»Ja, aber schade. Beta-Zerfall wäre mir lieber gewesen. Dann hätte die Chance bestanden, Uranisotope zu finden, um eine Uran-234-Datierung vornehmen zu können.«

Die Schleuse zischte und gleich darauf verfolgte Carl, wie sich die Mineralogin zu den beiden Männern gesellte, ein Hämmerchen in der einen und eine Probentrage in der anderen Hand.

Man hörte die drei leise miteinander brummeln. Das war ein Effekt der intelligenten Funkeinrichtung, die dafür sorgte, dass man die Stimme von jemandem, der näher bei einem stand, lauter hörte als die von jemand weit entferntem, und überdies noch aus der entsprechenden Richtung. Auf diese Weise gingen in größeren Gruppen nicht alle Stimmen durcheinander, sondern man hörte sie so, wie man sie auch ohne Helme in einer normalen Atmosphäre gehört hätte. Um diesen Effekt zu umgehen und jemanden über eine größere Distanz hinweg anzusprechen, musste man einen der Fernrufschalter am Handgelenk oder am Helm betätigen, und den hatte Rajiv offenbar wieder losgelassen.

Dr. Spencer beugte sich vor und drückte die Sprechtaste. »Dürfen wir mithören?«

Man sah, wie die Hände der drei an die Halsringe zuckten. »Entschuldigen Sie«, hörte man gleich darauf Rajiv. »Ich habe gerade nur ein bisschen über Alphastrahler im Allgemeinen philosophiert. Wir müssen auf jeden Fall Proben nehmen; ich bin gespannt, was wir darin finden.«

Olivia Hillman war schon dabei, sich mit heftigen Hammerschlägen am Boden zu betätigen. Keith Townsend sammelte auf ihre Weisungen hin einige frei herumliegende Steine ein.

Kurz darauf ging die Fahrt weiter und die Diskussion ebenfalls. »Man hat die Valles Marineris schon immer mit dem Grand Canyon verglichen«, erläuterte Dr. Spencer. »Aber wenn man sich das mal überlegt ...Der Grand Canyon ist knapp vierhundertfünfzig Kilometer lang und misst an der breitesten Stelle neunundzwanzig Kilometer. Der Colorado River hat fünfhundert Millionen Jahre gebraucht, um den Canyon aus dem Gestein zu waschen. Und nun schauen Sie sich die Valles Marineris an. Zehnmal so lang – viertausendfünfhundert Kilometer. Mehr als zehnmal, an manchen Stellen sogar zwanzigmal so breit. Und so tief, dass man das Himalaja-Gebirge problemlos hineinstellen könnte. Was für Kräfte können eine solch monströse Formation geschaffen haben? Ein Fluss, der heute verschwunden ist? Das glaube ich einfach nicht.«

Das Problem, dämmerte Carl, war, dass er einfach zu wenig Bescheid wusste, um mitreden zu können. Und weil er das nicht konnte, gab es für ihn auch so wenig zu tun, abgesehen von ein paar Hilfsarbeiten hier und da.

Eine interessante Einsicht. Carl musste an den Schulunterricht denken und wie selten der ihm Spaß machte. Lag das womöglich daran, dass er Schule bisher völlig falsch betrachtet hatte? Schule, das war für ihn etwas gewesen, das man hinter sich bringen musste, um einen Abschluss zu bekommen – das hieß, einen Eintrag in seine Schuldatei, der einem bestimmte Dinge erlaubte. Zum Beispiel, eine Universität zu besuchen. Zum Beispiel, auf eine Expedition mitgehen zu dürfen. Aber darauf kam es im Grunde gar nicht an! Worauf es ankam, war, sich in einem Gebiet so gut auszukennen, dass man auf einer Expedition auch etwas *beitragen* konnte! Erst dann wurde es richtig interessant.

In dieser Hinsicht war er bisher schön blöd gewesen. Zum Beispiel das Thema Radioaktivität. Das war in Physik dran gewesen, nur kurz zwar, aber das Programm hatte jede Menge Links zu weiterführenden Lektionen angezeigt. Doch weil nach deren Kennzeichnung klar gewesen war, dass sie in den Stufentests nicht drankamen, hatte er sie einfach ignoriert. Gut möglich, dass es da um Themen gegangen wäre, die es ihm jetzt erlaubt hätten, über das, was Rajiv Shyamal erzählte, zumindest nachdenken zu können.

Auf einmal konnte er es kaum erwarten, wieder zu Hause und im Schulungsraum zu sein und sich durch die Kurse zu wühlen. Oder schon heute Abend, an dem tragbaren Terminal? Wenn er die Lektionen anforderte, würde das Gerät sie beim nächsten Kontakt mit den Satelliten automatisch nachladen. Genau!

»Mich beschäftigen diese verglasten Stellen«, erklärte Rajiv. »Die haben etwas zu sagen und Erosion bringt so etwas nicht hervor. Ich tippe im Moment auf Vulkanismus.«

Ein ohrenbetäubendes Krachen aus den Lautsprechern ließ sie alle zusammenzucken.

»Wagen 1, kommen! Wir sind eingebrochen!«

Dr. Spencer war schon aufgesprungen. »Tim, halten Sie an! Wenden! Was ist da los?«

Tim Grissom riss das Steuerhorn zurück und lenkte den Rover in eine enge Kurve. Gleich darauf sahen sie es: Das andere Fahrzeug war mit den zwei linken Rädern in eine staubgefüllte Spalte eingebrochen.

Carl zuckte zusammen, als er sah, wie schief der Rover hing. Waren das vorwurfsvolle Blicke, die ihm die anderen zuwarfen? Er tat doch, was er konnte. Und es war anstrengend, den ganzen Tag in der Kanzel zu sitzen und nur Ausschau zu halten nach brüchigen Stellen . . .

»Wartet«, rief der Expeditionsleiter. »Wir ziehen euch raus.«

»Oh, ich weiß nicht, ob so viel Zeit bleibt.« Akira Ushijima klang nervös. Wenn man bedachte, wie gelassen er sonst in jeder Situation blieb, war das ein höchst beunruhigendes Zeichen. »Ich denke . . . Hmm, vielleicht geht es auch so, Moment . . .«

Es staubte meterhoch auf, als die Räder durchdrehten. Dann kippte der große, schildkrötenhafte Rover nach hinten und verschwand ganz aus ihrer Sicht.

Jurij Glenkow hob die Baggerschaufel an, die sie am äußeren Ende des Greifarms montiert hatten. »Was ist das?«

Der Graben, an dem sie seit Tagen arbeiteten, war inzwischen sechzig Meter lang, was angesichts der unzulänglichen Hilfsmittel, die ihnen zur Verfügung standen, eine reife Leistung darstellte. Sie hatten vom Messpunkt 600 an entlang dem Kabel gegraben. Wie sich gezeigt hatte, verlief es doch nicht genau unterhalb der Markierungen, sondern wich seitlich davon ab. Nur um wenige Grad, aber weit genug, um am Messpunkt 650 nicht mehr auffindbar zu sein.

Und das da sah nun *äußerst* seltsam aus ...

»Ich glaube, das sollten wir uns aus der Nähe anschauen«, meinte Roger Knight und langte nach seinem Raumhelm, der auf der Rückbank lag.

Sie stiegen aus und in den schmalen Graben hinunter und blickten auf ihren eigentümlichen Fund. Wenn man mit der großen Taschenlampe darauf leuchtete, sah man, dass das Kabel von einer merkwürdigen, nahezu transparenten Substanz umhüllt war. Roger zückte einen Schraubenzieher und schabte daran herum.

»Nichts«, stellte er fest. »Nicht ein Kratzer.«

»Ziemlich hart.«

»Ziemlich.« Er beugte sich noch weiter hinab, schaufelte mit der freien Hand etwas Regolit beiseite. »Weißt du, woran mich das erinnert? An das Zeug, aus dem die Türme am Löwenkopf sind. Dieses blaue Glas, das kein Glas ist.«

Glenkow starrte in die Grube hinab. »Und was tut das hier?«

Roger Knight richtete sich auf. »Keine Ahnung. Aber ich glaube, das ist etwas, das sich der Professor anschauen sollte.«

Jurij Glenkow zerbiss einen herzhaften russischen Fluch zwischen den Zähnen. »Ich will doch bloß, dass diese Stromleitung funktioniert ... Also gut, von mir aus.« Er überlegte. »Was wir auf jeden Fall machen können, ist, so viel davon freizulegen, wie wir schaffen. Haben wir eine Abdeckplane dabei?«

»Sogar zwei. Und Bodenhaken auch.«

»*Charascho*. Dann an die Arbeit.«

Sie rangierten vorsichtig bis an den Rand der Spalte heran. Der Rover saß in ziemlicher Schräglage fest, halb eingekeilt von eingebrochenem Gestein. Ob er beschädigt war, ließ sich nicht sagen; sehen konnte man jedenfalls nichts.

»Ich verstehe das nicht«, brummte Akira. »Ich bin nur einen Meter links von eurer Spur gefahren. Höchstens zwei.«

»Eine Blase im Gestein«, meinte Tim Grissom.

Dr. Spencer nickte. »Könnt ihr aussteigen?«

»Sollte gehen.« Der Rover lag auf der linken Seite, sodass die Schleuse wild in die Höhe ragte.

Keith Townsend machte den Anfang und gleich darauf sahen sie ihn im Raumanzug zum Vorschein kommen. Er kurbelte ein bisschen an der Leiter herum, sodass sie tiefer hing, den Rest überwand er mit einem Sprung. »Kein Problem«, meinte er.

Sie stiegen alle aus, bis auf die beiden Fahrer. Während Tim Grissom, dirigiert von Olivia Hillman, rückwärts an die Spalte rangierte, damit sie die Winde benutzen konnten, räumten die anderen die Steine fort, die auf den Rover herabgeprasselt waren. Für einige Brocken brauchten sie die Hilfe des Zugseils, dann lag das Fahrzeug frei, allerdings schräg nach hinten und zur Seite gekippt, die zwei linken Räder in der Luft hängend und einen steilen Abhang vor sich, der mit seinen Felszacken aussah wie ein Haifischgebiss.

Townsend befestigte den Haken am Rover, dann sagte Dr.

Spencer: »Bitte alle beiseitetreten, damit niemand verletzt wird, falls das Kabel reißen sollte.«

Ebenso gehorsam wie eilig trat jeder etliche Schritte zurück, um außerhalb der Reichweite eines eventuell umherpeitschenden Stahlkabels zu sein.

»Okay, Tim. Kabel spannen. Vorsichtig . . .!«

Carl verfolgte das alles mit gelinder Verwunderung. Das war doch jetzt wirklich übertrieben, oder? So ähnlich wie Wagen 2 war er mit einem Rover auch schon mal dringehangen, bei einer Verfolgungsfahrt durch die Jefferson-Schlucht, deren nordwestliches Ende es ganz schön in sich hatte . . .

Aber das durfte er natürlich nicht ausplaudern.

Das Kabel straffte sich zitternd, der Rover am oberen Ende trieb seine Verankerungen tief in den Fels.

»Akira, jetzt Sie!«

Über die Funkverbindung zum Cockpit des feststeckenden Wagens bekam man mit, wie der Motor aufheulte; die Abgase bliesen Staubfontänen empor und die linken Räder rotierten wie die Quirle einer Küchenmaschine – aber das Fahrzeug rührte sich nicht von der Stelle.

»Können Sie stärker ziehen, Tim?«

»Bin auf Maximalkraft.«

»Noch einmal!«

Das Kabel riss nicht, aber sonst tat sich auch nichts. Beim vierten Mal rief Dr. Spencer: »Okay, aus, aus! Das wird nichts.«

Das Heulen in den Kopfhörern erstarb, wich einer bedrückenden Stille.

Es war Dr. Spencer, der sie mit einem Räuspern durchbrach. »Hat irgendjemand einen Vorschlag?«

»So kriegen wir ihn jedenfalls nicht heraus«, meinte Olivia.

»Wir befinden uns noch innerhalb der Reichweite der Flugboote«, sagte Rajiv. »Wenn wir eines anfordern, mit Lastenseilen, das müsste gehen.«

»Wir sind innerhalb der Reichweite, aber nur knapp«, entgegnete Dr. Spencer. »Das heißt, ein Flugboot kann hier landen und starten, aber für große Manöver reicht der Treibstoff nicht. Wir bräuchten also beide Boote, eines davon müsste Treibstoff mitbringen ... Es dauert wenigstens einen Tag, das zu organisieren.«

»Und wenn wir einfach Steine in den Spalt unter den Rädern links werfen?«, rief Tim Grissom. Seine Stimme erweckte den Eindruck, als hielt er das alles nur für ein lustiges, aufregendes Spiel. »Sodass die Räder greifen?«

»Bravo. Damit sind wir eine *Woche* beschäftigt«, ließ sich Akira vernehmen. »Ich seh nämlich etwas, was du nicht siehst, und das ist ein großes, bodenloses Loch.«

Carl, der die Diskussion dazu genutzt hatte, einmal um den ganzen Rover herumzuklettern, trat auf den Expeditionsleiter zu und fragte leise: »Dr. Spencer, darf ich es mal versuchen?«

Der Areologe fuhr herum. »Versuchen? Was?«

»Den Rover rauszufahren.«

»Bitte? Du siehst doch, dass es nicht geht. Akira hat es versucht und ist nur noch tiefer gerutscht.«

Carl schluckte. Es tat ihm fast leid, davon angefangen zu haben, aber jetzt musste er es durchziehen. »Ich glaube, es könnte doch gehen. Ich kann nichts versprechen, aber –«

»Nein, nein. Kommt nicht infrage.«

Einer der Männer kam herangestapft, unsicheren Schrittes. Es war Van Leer. »Lassen Sie ihn doch ausreden, Dr. Spencer«, meinte er. »Wir haben doch Zeit – so, wie es aussieht. Carl, ich glaube nicht, dass du dich bloß aufspielen willst. Vermutlich hast du schon einmal einen Rover aus einer ähnlichen Lage freibekommen, oder? Ich werde auch nicht nachbohren, wann und wo«, fügte er rasch hinzu.

»Ja«, sagte Carl. »Er hat natürlich keinen Kabinenaufbau gehabt.«

Van Leer trat von der anderen Seite an den Expeditionsleiter heran. »Wissen Sie, Doktor, wenn ich auf meinen Reisen eines gelernt habe, dann, dass man immer den Rat und die Fähigkeiten der Eingeborenen achten sollte. Carl ist mit dem Rover aufgewachsen wie unsereins mit dem Fahrrad. So etwas macht einen Unterschied. Einen, den man in Fahrkursen nicht lernen kann.«

Dr. Spencer atmete geräuschvoll ein, so, als wolle er zu einer heftigen Erwiderung ansetzen, aber dann sagte er doch nichts, sondern sah nur grübelnd zwischen Van Leer und Carl hin und her.

Akira und Grissom stiegen auch aus. Der Expeditionsleiter beriet sich mit ihnen und begutachtete dabei den gewaltigen Stahlleib des Rovers von allen Seiten. »Kann er noch weiter abrutschen?«, hörte Carl die Männer leise reden. »Sieht nicht so aus, aber er ist weit abgekantet, fasst nur mit zwei Rädern . . .«

Hätte er nur den Mund gehalten. Aber das zu wünschen, half jetzt nichts. Carl stieg zu den Männern hinab und schlug ihnen vor, was er sich überlegt hatte: Das Seil von einer anderen Richtung aus anzusetzen und den Rover von dieser Seite aus zu ziehen, während er steuerte.

»Also gut, probieren wir es eben«, meinte Dr. Spencer schließlich unwirsch. »Mehr als schiefgehen kann es nicht.«

Tim Grissom rangierte Wagen 1 an die neue Stelle. Derweil ging Carl an Bord, nicht ohne die Leiter vor der Schleuse hochzuklappen, damit sie nirgends anstieß, falls es gelingen sollte, den Wagen freizubekommen.

Drinnen stand alles schräg. Der Boden der Kabine war mit Papieren, Scherben von Kaffba-Tassen und dergleichen übersät. Um in die Kanzel zu gelangen, musste er sich an den eingebauten Schränken regelrecht aufwärtsziehen.

Gut, dass die Sitze mit Armlehnen und stabilen Gurten ausgestattet waren. Carl schnallte sich fest, zog Helm und Handschuhe aus und legte sie griffbereit, für den Fall, dass etwas bös schiefging.

Seine Handflächen waren feucht.

Er verfolgte, wie sich oben die Verankerungen des anderen Rovers in den Boden bohrten und wie jemand mit dem Kabel herunterkam, um es auf der rechten Seite einzuhaken.

»Alles klar bei dir, Carl?« Das war Tim. Er klang, als wäre das alles kein Problem.

»Alles klar. Ich sag Bescheid, wenn Sie ziehen sollen.«

»Ich hab den Finger auf dem Knopf.«

Also gut. Jetzt galt es. Jetzt durfte er nicht scheitern . . .

Doch, er durfte auch scheitern. Was er jetzt nicht durfte, war, sich verrückt zu machen. Damals, im Graben, da war er auch nervös gewesen. Er hatte keine Hilfe holen wollen, weil er dann hätte zugeben müssen, dass sie sich in einem Gebiet herumgetrieben, das ihnen nicht erlaubt, und Wettrennen veranstaltet hatten, die ihnen ausdrücklich verboten waren.

Er ließ den Motor an, lauschte auf das vertraute Geräusch. Er legte die Hand ans Steuerhorn, fühlte das kühle Plastikmaterial. Rechts, links, ganz leichte, fast unmerkliche Bewegungen. Er spürte, wo die Räder griffen, wo nicht, wie sich das Sirren der Turbine veränderte ...

Vorwärts, rückwärts. Rechts griff es, ein bisschen wenigstens, genug, um den Rover ins Schaukeln zu bringen.

»Tim? Jetzt bitte langsam ziehen.«

»Verstanden.«

Er behielt das Kabel im Auge und hielt den Rover am Schaukeln. Das Kabel straffte sich, der Zug war im ganzen Fahrzeug zu spüren. Es neigte sich zur Seite, ganz leicht nur ...

Jetzt! Es war ein Gefühl, eine innere Stimme, und im selben Moment, in dem er das dachte, zuckte seine Hand wie von selbst und drückte das Steuer zur Seite, und *ja!*, eines der Räder links griff, ganz außen, jetzt auch das andere, er stieg hoch, bewegte sich ...

»Das reicht!«, hörte er Dr. Spencer rufen. »Ab hier können wir ihn ziehen.«

»Nein, ich kann jetzt nicht stehen bleiben!«, schrie er. »Tim! Kabel auslassen! Schnell!«

Ein seitlicher Schlenker, da, die Felskante war unter dem Rad. Was war mit dem Kabel? Gott sei dank, es fiel schlaff herab, also weiter, mit Schwung ...

Ein paar Männer hüpften eilig beiseite und im nächsten Moment stand er mit dem Wagen oben und war schweißgebadet. Puh.

Carl sah, dass die anderen applaudierten. Hören konnte er es leider nicht.

Er fühlte sich etwas wackelig, als er ausstieg. Dass sie ihm alle auf die Schulter klopfen wollten, war dabei auch nicht so richtig hilfreich.

Es dauerte noch einmal eine Stunde, weil sie das Fahrzeug

gründlich auf Schäden untersuchten. Schließlich stand fest, dass zwar eine Menge zerkratzt, aber nichts Wichtiges beschädigt war und dass die Fahrt weitergehen würde.

»Ab jetzt fährst du«, bestimmte Dr. Spencer.

Der Abend dämmerte schon und es war eigentlich höchste Zeit, heimzufahren und sich für das sonntägliche Fest auf der Plaza zu richten, als sie endlich alles freigelegt hatten. Was sie gefunden hatten, war nicht nur ein großer, blasiger Klumpen dieses harten, glasartigen Materials, in den das Stromkabel eingeschlossen war, sondern auch einen Mäusegang direkt darunter, der schnurgerade – und wie es schien – aus weiter Entfernung hierherführte.

»Unglaublich«, meinte Roger Knight. »Weißt du, wie das aussieht? Als ob das Zeug mal flüssig gewesen und durch diesen Mäusegang gekrochen ist, um sich das Stromkabel zu krallen.«

Glenkow nickte müde. »Wer weiß? Komm, lass uns die Abdeckplane anbringen, und dann ab unter die Dusche.«

Die beiden Männer wussten nichts von der Satellitenaufnahme, die Dr. Spencer dazu gebracht hatte, eine Expedition zum anderen Ende der Valles Marineris auszurüsten. Eine Expedition, die genau zu dem Punkt fuhr, an dem praktisch alle »Mäusegänge« auf diesem Planeten ihren Ausgangspunkt nahmen.

Wenn sie die Aufnahme gesehen und eingehend studiert hätten, hätten sie festgestellt: auch der, den sie entdeckt hatten.

19 Zwei kommen zu spät

Sie hatten sich geküsst. Gestern Abend, nach dem Fest auf der Plaza.

Urs konnte sich nicht allzu genau erinnern, wie es dazu gekommen war. Nur dass es passiert war. Das war auch sensationell genug; kein Wunder, dass alle übrigen Erinnerungen daneben ein wenig verblassten.

Sie waren auf dem Rückweg gewesen, so gegen elf Uhr – oder schon eher zwölf? Spät jedenfalls. Er hatte wieder darauf bestanden, sie nach Hause zu begleiten, was Ariana, seit er es ihr das erste Mal angeboten hatte, köstlich amüsierte. Natürlich wusste er selbst, dass einem in der Siedlung keine Gefahr drohte; Überfälle oder Ähnliches waren hier völlig unbekannt. Auf der Erde allerdings nicht und dort machte man das eben so. Spätabends begleitete man ein Mädchen bis zur Wohnungstür. Mindestens.

Jedenfalls, sie hatten geredet, keine Ahnung mehr, was, hatten herumgeblödelt und sich ein bisschen geschubst und …

Und auf einmal hatten sie sich umarmt und geküsst. Das ging alles so blitzschnell, dass man unmöglich mehr sagen konnte, wer angefangen hatte. Irgendwie beide. Und dann waren sie dagestanden, hatten sich gehalten und sich ewig lange geküsst. Oder jedenfalls erschien es ihm, als wäre die Zeit stehen geblieben.

Alle Gedanken und Sorgen, die er sich gemacht hatte, alle Bedenken – das alles war in diesem Moment wie weggeblasen gewesen. Er hatte eigentlich überhaupt nichts gedacht. Null, nada, zero. Nur Ariana gespürt. Ihren Körper. Ihre Lippen. Ihren Atem. Sie hatte regelrecht gezittert und doch eine Stärke ausgestrahlt, die tief in ihr schlummern musste.

Irgendwann, hundert Jahre später, hatten sie schließlich aufgehört, sich zu küssen. Keiner von ihnen hatte etwas gesagt, das war irgendwie nicht nötig gewesen. Er hatte sie vollends bis zur Wohnungstür begleitet, wo sie ihn noch einmal geküsst hatte, fest und zart und scheu und verlangend, alles auf einmal, und dann war sie in der Wohnung verschwunden und er war nach Hause gegangen, mit zitternden Knien und so aufgekratzt, dass er noch stundenlang wach gelegen war.

Das war gestern gewesen. Gestern, Sonntag. Also musste heute Montag sein. Urs hatte jedes Zeitgefühl verloren. Nicht schade drum. Alles, was zählte, war, dass sie wieder zusammen waren. Leider im Raumanzug, was den entschiedenen Nachteil hatte, dass sie nicht da weitermachen konnten, wo sie gestern aufgehört hatten. Aber Ariana hatte plötzlich beschlossen, dass sie ihre Forscherpflichten in Sachen Artefakte erfüllen müssten. Urs fiel ein, dass sie auf dem Fest lange mit Elinn geredet hatte, die den ganzen Abend ausgesprochen unglücklich dreingeschaut hatte. War es deswegen? Wie auch immer. Jetzt waren sie jedenfalls in irgendeiner Felsspalte weitab der Siedlung unterwegs.

Trotzdem konnten sie die Finger nicht voneinander lassen. Sie kabbelten sich, machten allen möglichen Blödsinn.

Sie erfanden sogar den »Weltraumkuss«, wie Ariana es nannte. Dazu legte man die Raumhelme aneinander und jeder küsste das Glas an der entsprechenden Stelle von innen. Das erforderte ein wenig Verrenkung und die Halskrause des Anzugs drückte einem dabei die Kehle zu, aber egal.

Und dann, gerade als sie sich wieder einen Weltraumkuss gaben, kriegte Ariana große Augen. Ein Licht spiegelte sich in ihrem Helm und sie hauchte: »Da!«

Urs sah sich um. Tatsächlich, da war es, wie auf Bestellung: *das Leuchten*, keine zweihundert Meter entfernt.

Professor Caphurna kam mit seinem ganzen Stab und einem eigenen Rover. Jurij Glenkow erwartete sie an der Fundstelle. Immerhin, sie kamen. Als er mit dem Wissenschaftler telefoniert hatte, der auf der Erde als führende Kapazität für außerirdisches Leben galt, hatte er das Gefühl gehabt, dass Caphurna ihm kein Wort glaubte.

Glenkow begrüßte die Männer und Frauen knapp, ging dann voran, sagte ihnen, wo sie hintreten sollten und wo nicht, und bückte sich nach der Abdeckplane. Ordentlich viel Staub hatte sich darauf angesammelt über Nacht. Er zog die Haken aus dem Boden, riss die Plane schwungvoll hoch und war erleichtert zu sehen, dass alles noch so war, wie Roger Knight und er es am Abend zuvor zurückgelassen hatten. Man wusste ja nie bei diesen Außerirdischen. Er hatte schon lebhaft vor sich gesehen, wie er die skeptisch dreinblickenden Wissenschaftler herführte und dann war da nur noch ein simples Loch im Boden.

Aber nun waren sie auf einmal allesamt völlig aufgeregt, sogar der große Chef mit seinem dünnen, dandyhaften Oberlippenbart. Sie stiegen in die Grube hinunter, betasteten das Zeug, fotografierten es von allen Seiten, hielten Messgeräte daran. »Es ist dasselbe Material, ohne Zweifel!«, sagte einer der jüngeren Männer.

Im hellen Licht dieses friedlichen Montagnachmittags sah der Fund vom Vortag noch unheimlicher aus, fand Glenkow. Wulstig, blasenartig, verquollen. Wie eine eklige, maschinelle Krankheit, die das Stromkabel befallen hatte.

»Es war sehr gut, dass Sie uns verständigt haben«, sagte Caphurna in einem Ton, der Glenkow etwas gönnerhaft vorkam. Na ja, diese Südamerikaner eben. »Ein wichtiger Fund von noch unabsehbarer Tragweite . . .«

In diesem Augenblick schrien mehrere seiner Mitarbeiter auf. Caphurna und er fuhren herum und sahen, dass das glasartige Material plötzlich hell leuchtete, in einem unheimlichen, wabernden blauen Licht.

»Zurück!«, rief Caphurna. »Nicht anfassen!«

In Glenkows Helm ertönte das Signal eines eingehenden Anrufs. Er drückte die entsprechende Taste am Handgelenk. Es war AI-20 mit der Mitteilung, dass gerade wieder ein Spannungsabfall in der Südleitung auftrat.

»Danke«, knurrte Glenkow. »Ich sehe es direkt vor mir.« Das also war das Geheimnis. Dieses fremdartige Zeug saugte auf irgendeine Weise Strom aus dem Kabel.

Caphurna wandte sich ihm wieder zu; er hatte die Mitteilung der KI mitgehört. »Wie lange dauert so eine Störung für gewöhnlich?«

Glenkow konnte den Blick kaum von dem unruhigen Licht losreißen. Was mochte das zu bedeuten haben? »Meistens so um die zehn Minuten.«

»Hmm. Können Sie den Strom in der Leitung abschalten oder gibt das Probleme in der Siedlung?«

»Nein, wir haben ja noch den Nordreaktor. Der fährt automatisch höher, wenn über die Südleitung nichts mehr kommt.«

»Und das Abschalten, wie schnell ließe sich das bewerkstelligen?«

»Ein Anruf genügt.«

Caphurna gab einem seiner Mitarbeiter, der mit einem klobigen Messgerät in der Hand über der Grube und dem leuchtenden Fund stand, ein Zeichen. »Gut, Mister Glenkow, dann tätigen Sie diesen Anruf bitte jetzt.«

Glenkow drückte die Kom-Taste. »KI?«

»Ich höre, Mister Glenkow«, erklang die synthetische Stimme von AI-20.

»Schalte die Südleitung ab.«

»Ist erledigt«, sagte die Künstliche Intelligenz, und noch während sie das sagte, sah Glenkow, wie das Glimmen und Leuchten erlosch.

Caphurna rieb sich die behandschuhten Hände. »Mister Glenkow, ich muss Sie um noch etwas bitten. Ich will dieses . . . Ding ins Labor schaffen. Wie es aussieht, muss man dazu die Leitung kappen. Oder haben Sie eine Idee, wie man sie anders herauslösen könnte? Das Material scheint sie vollständig zu umschließen.«

»Kein Problem«, sagte der Fusionstechniker. »Ich habe mir das schon fast gedacht und vorsichtshalber ein Stück Kabel mitgebracht, das ich dazwischenschließen kann.«

»Großartig. Dann . . . bitte.«

Glenkow holte den großen Bolzenschneider und zwickte die Leitung jeweils dicht an dem gläsernen Klumpen ab. Caphurna winkte unterdessen seinen Rover heran. »Aufladen! Aber vorsichtig!«

Das überließ Jurij Glenkow den Wissenschaftlern. Er legte den Bolzenschneider zurück auf die Ladefläche seines Fahrzeugs und holte den Werkzeugkasten, die beiden Anschlusskupplungen und das Kabel.

Professor Jorge Immanuel Caphurna von der Universität Brasilia hatte zwar von Mäusegängen gehört, aber noch nie einen gesehen. Deshalb fiel ihm das kreisrunde Loch im Boden der Grube, aus der sie das geschwürartig aussehende Fundstück heraushoben, nicht auf. Seine Gedanken kreisten nur um das Material und welchen Glücksfall es darstellte, endlich eine Probe davon zu besitzen, die er im Labor untersuchen konnte.

Das Leuchten erlosch abrupt und wesentlich früher als beim letzten Mal. Keine elektrischen Störgeräusche in den Helmlautsprechern, kein Kreischen und Wirbeln – nur Licht, das hell aufgeleuchtet hatte und dann wieder erloschen war.

Sie näherten sich der Stelle, wo es gewesen war, vorsichtig.

Doch, da lag etwas. Ein dunkler, flacher Stein.

»Schau doch«, flüsterte Ariana und ging in die Knie.

Tatsächlich. Auf dem Artefakt, das vor ihnen lag, stand ihr Name. ARIANA. In großen hellen Buchstaben. Es war ein ungewöhnlich großes Exemplar.

Doch als sie es hochheben wollte – *zerfiel es zu Sand.*

20 Seltsame Vorgänge am Löwenkopf

Am Dienstagmorgen trat Sean O'Flaherty, der Leiter des Forschungslagers am Löwenkopf, aus dem Wohnzelt ins Freie, wie es ihm morgens zur Gewohnheit geworden war. Die Sonne stand im Osten, schon ein gutes Stück über dem Kraterwall, und brachte die beiden riesigen Türme zum Leuchten. Türkisblau schimmerten sie, wie zwei große Wolkenkratzer aus Glas.

Der Anblick erinnerte ihn an Shanghai, wo er in jungen Jahren eine Zeit lang gelebt hatte. Dort wirkten manche der Hochhäuser auch so.

Aber die meisten Hochhäuser auf der Erde erreichten nicht annähernd diese Höhe und es gab keines, das sich um die eigene Achse drehte, wie die beiden rätselhaften Türme es taten. Vierhundert Meter hoch waren sie, und der Abstand zwischen ihnen betrug knapp zwei Kilometer.

Das Lager war an dem, vom Hochplateau in der Kratermitte aus gesehen, linken Turm errichtet worden. Sie hatten alles, was die moderne Wissenschaft an Messinstrumenten kannte, um das Bauwerk herum aufgebaut, justierten sie alle täglich nach, überprüften und warteten sie, und selbstverständlich war jedes Gerät mit dem Computersystem verbunden, das jede Anomalie unverzüglich melden würde.

Trotzdem fand O'Flaherty es beruhigend, den Tag mit einem Rundgang um die Messstationen zu beginnen.

Wie immer war alles beim Alten. Magnetismus: null. Strahlung: unverändert. Kernspin: keine Reaktion. Und so fort. O'Flahertys Gedanken wanderten bald weiter zu dem, was sie heute versuchen würden, um den Türmen ihr Geheimnis zu entlocken. Caphurna würde die nächsten Tage in der Siedlung bleiben, im Labor, und seine Anweisungen waren so angenehm unklar gewesen, dass O'Flaherty die Gelegenheit nutzen wollte, ein paar eigene Ideen auszuprobieren.

Na, was war das denn? Ein langsam fallender Strich auf einem Messblatt. Das Gerät, das ihn erzeugte, war ein kurio-ser Eigenbau. Es protokollierte die Umdrehungen des Turms und bestand im Wesentlichen aus einer Gummiwal-ze, die von einer Feder gegen das glatte Glas gedrückt wurde und von dessen Bewegung gedreht wurde. Einmal in vierhundertelf Stunden drehten sich die Türme um die eigene Achse, das war der seit der Entdeckung konstante Wert. Die Linie auf dem Messblatt hätte waagrecht sein müssen. Stattdessen sank sie, der augenblickliche Wert entsprach einer Umdrehung in vierhundertzweiunddreißig Stunden.

War die Walze vielleicht rutschig geworden? O'Flaherty musterte das Gerät misstrauisch. Wieso war *das* eigentlich nicht ans Netzwerk angeschlossen?

Er streckte die Hand aus, berührte den Turm. Natürlich war die Drehbewegung nicht zu spüren, so wenig, wie man der Bewegung eines Stundenzeigers folgen konnte. Aber er hatte trotzdem auf einmal ein ungutes Gefühl.

»Joanna!« Er winkte eine junge Technikerin herbei.

Eine Stunde später stand es fest: Der Turm, den man den

Westturm oder auch *das linke Auge* nannte, wurde langsamer.

»Wie Sand?«, wiederholte Elinn, nachdem Urs und Ariana von ihrem gestrigen Abenteuer erzählt hatten.

Ariana nickte. »Ja. Es ist einfach zerfallen. Wie von selbst.«

»Warum hast du nicht wenigstens den Sand mitgebracht?«

Ariana blies die Backen auf. »Was für Sand? Der ist runtergefallen und hat sich auf dem Boden verteilt. Ich hätte einfach einen Eimer Marssand mitbringen müssen.«

»Abgesehen davon hatten wir keinen Eimer dabei«, warf Urs ein.

Elinn ließ sich gegen die Sessellehne sinken. »Eigenartig«, sagte sie.

Ronny musterte sie. Er kannte diesen Blick. Wenn Elinn so, wie jetzt vor sich hin stierte, dann brütete sie einen Plan aus.

Dr. Spencer wurde den ganzen Tag über immer nervöser. »Erst *hier?«*, hörte Carl ihn zu Rajiv Shyamal sagen, als sie über eine Satellitenpeilung wieder einmal eine genaue Positionsbestimmung bekamen.

Es ging eben nicht schneller, auch wenn Carl als Fahrer ein etwas höheres Tempo vorgab und Akira ihm mit dem zweiten Wagen genau in der Spur folgte. Aber die Stellen, um die Carl lieber einen weiten Bogen machte, häuften sich. Und manchmal reichte es nicht aus, einen Bogen zu machen, manchmal wurde es ein richtiger Umweg.

Es wurde später Nachmittag, bis endlich die bunten Punkte vor ihnen auftauchten, auf die sie zusteuerten. Das zweite Versorgungslager. Frischer Treibstoff, frisches Essen, frische Wäsche.

»Wir liegen hinter dem Zeitplan«, murmelte Dr. Spencer dennoch unzufrieden. »Wir hätten das Lager schon gestern erreichen müssen.«

Elinns Anruf hatte dringend geklungen, also beeilte sich Ronny auf dem Weg ins Versteck. Als er ankam, fand er sie in dem schmalen Raum, in dem einst die Küche der alten Station gewesen war; heute waren davon nur noch ein paar Regale und eine Tischplatte entlang der Wand übrig.

Hier hatte Elinn allerhand Plastikdosen mit Sand darin aufgebaut, weißem und rotem und schwarzem. Mit einem kleinen Löffel gab sie Portionen davon auf Aluminiumfolie, die sie zu mehr oder weniger runden Formen zusammengedrückt hatte.

»Was machst du da?«, fragte Ronny.

Elinn ließ sich nicht stören. Es sah aus, als zähle sie die Sandkörner beim Herunterfallen. »Wir müssen etwas ausprobieren.«

»Okay«, meinte er achselzuckend, »was denn?«

Sie sah ihn an, als überlege sie, ob sie ihm ein großes Geheimnis anvertrauen konnte. Konnte sie, das war ja wohl klar. Aber bei so etwas durfte man Elinn nicht hetzen, das war auch klar, also wartete Ronny einfach, bis sie so weit war.

»Ich will ausprobieren«, sagte sie schließlich leise, »ob man ein Artefakt selber machen kann.«

Ronny hob die Augenbrauen. »Echt? Wie denn?«

Sie deutete auf ihre Sachen. »Ich nehme Sand und mache Muster damit, so wie das hier. Und das backe ich dann in einem Hochtemperaturofen.«

»Und woher willst du den nehmen?«

»Im Labor stehen welche. Ich weiß auch, wo.«

»Aber das sind bestimmt *solche* Dinger«, sagte Ronny und breitete die Arme aus, soweit er konnte. »Riesig groß und irre schwer. Die kannst du nicht einfach wegtragen. Heimlich schon gar nicht.«

Elinn musterte ihn unwillig. »Schon klar. Wir müssen das *dort* machen.«

»Was?«

»Wir schleichen uns nachts runter, ganz einfach!«

21 Heimliche Experimente

Der Mittwoch war angebrochen, der vierzehnte Tag der Expedition. Sie lagen fast zwei Tage hinter dem Zeitplan zurück, aber nun durchfuhren sie endlich den nördlichen Arm des Coprates Chasma und kamen trotz eines sandigen Bodens voller Verwehungen rasch voran.

Hier war wieder erkennbar, dass sie sich in einer Schlucht bewegten. Zwar war sie noch fast hundert Kilometer breit, aber die bis zu sechs Kilometer hohen Felswände rückten mit jeder Stunde näher. Längs der Mitte erhob sich ein Bergkamm, von dessen Flanken im Lauf der Jahrtausende viel Material abgerutscht war, breite Geröllawinen, die sich wie graubraune Zungen hinaus auf die Tiefebene streckten.

Carl fuhr die meiste Zeit, aber er war froh, als ihn Tim Grissom am späten Nachmittag ablöste. Es war still geworden an Bord.

Urs' und Arianas neuester Lieblingsplatz befand sich in den Treibhäusern, auf der Obstwiese am Ende des C-Gangs. Hier züchtete Mrs Dumelle in ein paar Beeten ihre Blumen, weswegen es keine Hühnerställe gab, wie sie in den anderen Kuppeln, in denen Bäume wuchsen, üblich waren. Da es an

Bäumen wenig zu tun gab und das Gras darunter einfach wachsen durfte, hatte man hier praktisch immer seine Ruhe. Man konnte unbeobachtet Händchen halten, Küsse austauschen und über alles Mögliche reden.

»Was ist das da drüben eigentlich?«, fragte der Junge von der Erde irgendwann an diesem Nachmittag, hob den Kopf und sah hinaus auf die steinige rostbraune Fläche jenseits der Plastikkuppel.

»Du sollst nicht die Gegend anschauen, sondern mich«, murmelte Ariana in schwachem Protest.

Urs ging nicht darauf ein. Stattdessen starrte er weiter mit zusammengekniffenen Augen in die Ferne. »Das sind doch Kreuze, oder? Da drüben, unter dem Kraterwall. Das sieht aus wie Kreuze.«

»Logisch«, seufzte Ariana. Sie setzte sich auf. »Das ist der Friedhof.«

»Der Friedhof?« Urs sagte das, als habe er das Wort noch nie gehört.

»Der Friedhof, ja. Was denkst du? Auch auf dem Mars sterben Leute.«

»Und die werden dann hier begraben?«

»Wo denn sonst?«

»Keine Ahnung. Ich dachte, man bringt sie vielleicht zur Erde zurück.«

Ariana schüttelte den Kopf. »Ist noch nie vorgekommen.« Sie strich sich die Haare aus der Stirn. »Wir können uns den mal angucken. Da gibt es auch eine hübsche, kleine Buddha-Statue auf einem Grab, die sieht man von hier aus bloß nicht. Einen der Halbmonde kann man erkennen, siehst du? Etwas links von der Mitte.«

Urs schaute drein, als habe ihm diese Entdeckung die Laune vermiest. »Vielleicht ist das hier doch nicht der ideale Platz«, meinte er missmutig.

Ariana musterte ihn verwundert. »Wieso? Gibt es das auf der Erde nicht, Friedhöfe?«

»Doch, klar. Aber dort sind sie . . . woanders.«

»Was heißt woanders?«

Urs wedelte wild mit den Händen. »Na, eben nicht da, wo man sich normalerweise aufhält. Man . . . man küsst sich nicht mit Blick auf *Gräber!*«

Seltsam. Immer wenn sie dachte, ihn zu kennen, merkte sie, wie anders er in Wirklichkeit war. »Was ist daran so schlimm? Das gehört alles zum Leben dazu.«

Urs legte die Stirn in Falten. »Ja«, brummte er unwillig. »Schon . . .«

Wahrscheinlich, überlegte Ariana, saß ihm die Erinnerung an das, was er erlebt hatte, noch in den Knochen. »Vielleicht sollten wir jetzt sowieso lieber ein bisschen was tun. Für die Schule, zum Beispiel. Ich muss Physik lernen; das schiebe ich schon seit Tagen vor mir her.«

Urs nickte. Er schien erleichtert über den Themenwechsel. »Ja stimmt, sollte ich auch.« Er hatte während des dreimonatigen Fluges zum Mars keinen Zugriff auf das Schulnetz gehabt und lag entsprechend weit zurück.

Nach diesen heroischen Beschlüssen saßen sie erst noch eine Weile tatenlos da. Dann sahen sie einander an, gleichzeitig, und mussten loslachen.

»Ich kann mich einfach nicht aufraffen«, bekannte Ariana. »Wenn es doch was anderes wäre als Physik!«

»Wo hängst du denn fest?«

»In Kurs 17.«

»Kurs 17, was ist das noch mal? Optik? Nein, Magnetismus!«

»Wenn ich das Wort bloß höre!« Sie erzählte ihm, dass sie die Prüfung schon zweimal versiebt hatte und sich nun durch die langsamste, ausführlichste Version des Kurses arbeiten musste. Was zweifellos gut gemeint war von den Verfassern der Unterrichtsprogramme, aber eben auch eine endlose Quälerei.

»Mit dem Thema bin ich gut klargekommen«, meinte Urs, »ich könnte dir ein bisschen helfen.«

Ariana winkte ab. »Das hat Carl schon versucht. Da ist bei mir alles wie vernagelt.«

»Na ja, Carl . . .«, sagte Urs. Es klang herablassender, als er beabsichtigt hatte.

»Carl hat mir immer geholfen, wenn es um Naturwissenschaften ging«, verteidigte Ariana ihn sofort. Auf Carl ließ sie nichts kommen.

Urs riss einen Grashalm aus und begann, ihn zu zerzupfen. »Also, in meiner alten Schule in der Lerngruppe, da sind alle immer gern zu mir gekommen mit Fragen. Aber wenn du lieber zum dritten Mal durchrasseln und nachher einen Lehrer im Einzelunterricht an der Backe haben willst . . .«

»Bloß nicht.« Das stellte sie sich schrecklich vor. Ronny war das schon öfter passiert und es schien ihm nicht mal was auszumachen. Aber sie wollte es nicht so weit kommen lassen.

»Was heißt das überhaupt, in deiner Lerngruppe sind alle gern mit Fragen zu dir gekommen?«, fiel ihr ein. »Etwa auch Mädchen?«

Urs grinste über beide Backen. »Na klar, auch Mädchen.«

Ariana stand auf. »Okay. Ich bestehe darauf. Gleich morgen Nachmittag.«

Sie hatten sich für den Mittwochabend verabredet.

Ronny wartete in seinem Bett, bis er sicher war, dass seine Eltern tief und fest schliefen. Er hatte den Wecker sicherheitshalber auf halb eins gestellt, für den Fall, dass er versehentlich einnickte, aber er schlief nicht ein. Kurz nach Mitternacht stand er leise auf, schaltete den Wecker aus, zog sich wieder an und huschte aus der Wohnung.

Es war still in der Siedlung. Elinn wartete an der Plaza auf ihn, im Schatten der Arkaden. Der Springbrunnen war abgeschaltet. Nur die vier kleinen Nachtlampen gaben Licht, gerade so viel, dass man nirgends anstieß.

»Endlich«, wisperte Elinn, obwohl Ronny völlig pünktlich war. Wahrscheinlich wartete sie schon lange. Sie hatte die große Taschenlampe aus dem Versteck dabei und eine Umhängetasche mit den Sandbehältern und den Formen.

Sie gingen los, am Kartenraum vorbei, in Richtung der Labors. Es war so still und dunkel, dass ihnen ihre Schritte in den Ohren hallten, obwohl sie so leise wie möglich auftraten.

Manche Forscher arbeiteten bis spät in die Nacht oder bis zum frühen Morgen und schlappten zu den unmöglichsten Zeiten durch die Gegend. Denen durften sie nicht begegnen, aber ansonsten war es nicht so schlimm, falls man sie hörte. Nur sehen durfte man sie nicht.

Die Bereiche der Labors und der Werkstätten berührten sich an etlichen Stellen und es gab zahlreiche Verbindungsgänge. Das war logisch, schließlich stellte man in den Werkstätten nicht nur die Dinge des täglichen Bedarfs her, sondern oft auch spezielle Geräte, die für einen bestimmten wissenschaftlichen Versuch benötigt wurden.

Elinn ging voraus. Sie wusste offenbar genau, wo sie hinwollte. Die Labors lagen still und dunkel, wohin sie kamen. Heute schien niemand durchzuarbeiten.

Sie gelangten in eine der Metallwerkstätten. Hier war Ronny noch nicht oft gewesen. Von der Arbeit des Tages lag noch Hitze in der Luft, auch die Wände strahlten Wärme aus. Der Schein der Taschenlampe huschte über einen Amboss, große Hämmer, ein Wasserbecken und ein verkrustetes Gefäß, in dem man wohl geschmolzenes Metall transportierte. Auf der anderen Seite des Raumes standen eine hydraulische Presse und eine Fräsmaschine. Auf einem Schirm, den jemand abzuschalten vergessen hatte, glommen ein paar Zahlen, die sich träge veränderten.

Ronny sah zu den dunklen Kolossen an der Wand hinter dem Amboss hinüber. Das mussten Metallöfen sein. »Willst du etwa einen von *denen* anschalten?«

»Quatsch«, wisperte Elinn. »Die sind viel zu groß. Außerdem weiß ich nicht, ob man da überhaupt so was reinlegen kann wie meine Formen.«

»Ach so. Und was machen wir dann hier?«

»Komm!«

Jetzt erst sah Ronny, dass auf der gegenüberliegenden Seite ein schmaler Gang weiterführte. Elinn leuchtete die Wände und die Beschriftungen darauf ab.

»Hier«, sagte sie, als sie vor einer schweren Stahltür standen. »Metall-Labor 2.«

Die Tür war unverschlossen, das Labor dahinter offenbar seit Langem nicht mehr benutzt worden. Als sie das Licht einschalteten, sahen sie lange, kahle Tische, auf denen ein paar in Stücke geschlagene Marssteine herumlagen und eine Handvoll Werkzeuge:ein rostiger Hammer, einige Pinzetten und eine Lupe.

An der hinteren Wand, in einer gemauerten Nische, standen zwei Geräte, die wie kleine Backöfen aussahen, nur dass sie dicke Türen mit winzigen Guckschlitzen hatten, die mit einem großen Hebel zu öffnen waren.

Auf diese Öfen hielt Elinn geradewegs zu.

»Woher hast du gewusst, dass es hier so was gibt?«, wunderte sich Ronny.

»Das kann man in der Datenbank abfragen. Im Ausrüstungsverzeichnis.« Elinn begann, ihre Materialien auf dem Tisch vor der Nische aufzubauen. »Die Öfen müssten bis zehntausend Grad heizen.«

»Galaktisch«, murmelte Ronny beeindruckt.

Er sah zu, wie sie wieder Sand in ihre Formen füllte: Weißen Sand zuerst, dann verteilte sie mit rotem und schwarzem Sand Muster darauf. Sie machte einen Stern und ein Viereck und in einer großen Form ließ sie den farbigen Sand zu den Buchstaben des Wortes HALLO rieseln.

Ronny fiel etwas ein. »Sag mal, bei zehntausend Grad, da schmilzt doch alles, oder? Das Aluminium auch.«

Elinn sah nicht auf. »Da kann man nichts machen. Wir müssen einfach sehen, wie es wird.«

Sie fanden eine Keramikplatte, die genau in den Ofen passte, legten die gefüllten Formen darauf und schoben alles vorsichtig in die ebenfalls mit Keramik ausgekleidete Öffnung. Dann schlossen sie die Tür und drückten den Einschaltknopf.

Es tat sich nichts.

»Ah«, meinte Elinn. »Ich glaube, man muss die Tür erst verriegeln.«

Ronny sparte sich die Frage, woher sie das wusste; vermutlich hatte sie in der Datenbank auch gleich die Bedienungsanleitung zu dem Gerät gefunden. Diese Datenbank, die musste er sich auch mal näher anschauen.

Sie legten die klobigen Riegel vor. Das Blinken der Anzeige über der Tastatur hörte auf. Elinn konnte einprogrammieren, was sie haben wollte: maximale Temperatur für die Dauer von zwei Stunden.

Jetzt ging es los. Das Gerät fing an zu summen und gleich darauf sah man ein rötliches Licht im Sehschlitz. Auf dem Display zählten Zahlen hoch, offenbar Temperaturangaben.

»Sag mal«, fragte Ronny nach einer Weile, »wie lange dauert das denn?«

»Weiß ich nicht«, antwortete Elinn.

Sie warteten. Ab einer gewissen Gradzahl schien die Temperatur immer langsamer zu steigen. Nach endloser Zeit hatten sie gerade mal zweitausend Grad erreicht. Im Innern des Ofens glühte es dunkel, aber der Sand sah immer noch wie Sand aus.

Ronny sah auf seine Uhr und auf die Anzeige des Displays, stellte im Kopf ein paar überschlägige Berechnungen an und meinte dann: »Also, wenn das in dem Tempo weitergeht, dauert es zehn oder zwölf Stunden, bis der Ofen maximale Temperatur erreicht.«

Elinn machte einen Schmollmund. »Hmm. Das ist natürlich blöd. So viel Zeit haben wir nicht.« Sie überlegte und fuhr zögernd fort: »Am besten schalten wir ab und schauen erst mal, was bis jetzt passiert ist.«

»Okay«, nickte Ronny.

Elinn drückte auf die Taste mit der Aufschrift STOPP.

Aber nichts geschah. Die Temperatur stieg weiter.

22 Eine unruhige Nacht

Carl erwachte mitten in der Nacht. Es war still und dunkel bis auf den Schimmer, den zwei grün leuchtende Kontrolllampen im Durchgang zur Steuerkanzel verbreiteten. Es war kühl, man hörte die Klimaanlage arbeiten und das leise, regelmäßige Atmen der anderen. Jemand schnarchte, aber ganz leise. Das war es nicht gewesen, das ihn geweckt hatte.

Was dann? Irgendetwas beunruhigte ihn. Er musste an seine Schwester denken. Was sie wohl machte? Wie sie zurechtkam ohne ihn?

Sinnlose Sorgen. Zweifellos schlief Elinn gerade schlicht und einfach, und wie immer sie ansonsten zurechtkam oder nicht, er konnte im Moment nichts daran ändern.

Durch die Bullaugen drang ebenfalls ein wenig Licht ins Innere der Kabine, ein matter, nur zu erahnender Glanz, ein Widerschein des Sternenlichts auf dem grauweißen Fels draußen. Carl drehte sich auf die andere Seite, was auf diesen schmalen, harten Liegen deutlich schwerer ging als in seinem Bett zu Hause. Er musste schlafen. Morgen fing schließlich die dritte Woche der Expedition an!

Das Programm des Ofens lief und ließ sich nicht stoppen. Zumindest bekamen sie nicht heraus, wie.

»Damit bestimmt«, meinte Ronny und zeigte auf den großen roten Notknopf an der Oberseite des Geräts.

»Ja«, sagte Elinn. »Aber der löst bestimmt auch Alarm aus.«

»Wahrscheinlich. Blöd. Was machen wir denn jetzt?« Einfach den Stecker ziehen ging auch nicht; das war das Erste, wonach er geschaut hatte. Doch das Kabel verschwand direkt unter dem Ofen im Mauerwerk, da war kein Herankommen.

»Gar nichts!«, sagte Elinn unvermittelt. Ihr Kopf hob sich, ihre Augen blitzten, wie immer, wenn sie eine Idee hatte. »Wir machen einfach gar nichts. Wir lassen den Versuch laufen und kommen morgen Nacht wieder.«

Ronny furchte skeptisch die Stirn. »Und wie soll das gehen? Da braucht morgen bloß jemand hier hereinzukommen, dann sieht er, dass der Ofen auf Hochtouren läuft.«

»Na und?« Elinn begann, die Schubladen unterhalb der Tische aufzuziehen. »Das ist völlig normal. Überall in den Labors laufen Versuche, die lange dauern. Manche gehen über Monate oder Jahre.«

»Ach so, ja«, gab Ronny zu. Daran hatte er nicht gedacht.

Elinn hatte ein Stück Papier und einen Bleistift gefunden. So sauber und gleichmäßig, wie sie konnte, schrieb sie darauf: »Achtung DAUERVERSUCH, bitte NICHT ABBRECHEN!« Darunter musste ein Name. Sie begann mit Dr. und grübelte dann: »Hmm, wer könnte hier einen Versuch laufen haben?«

Ronny hob ratlos die Schultern. Natürlich kannten sie praktisch alle Wissenschaftler, die auf dem Mars lebten – abgesehen von denen, die mit Professor Caphurna neu von der Erde gekommen waren –, aber wer was machte, das war ihm nicht ganz klar.

»Ach«, meinte Elinn kurz entschlossen, »sollen sie doch rätseln, wer das ist.« Und kritzelte ein wildes Krikelkrakel anstelle eines Namens hin, das buchstäblich alles heißen konnte.

Ein Klebstreifen fand sich auch. Damit hängten sie den Zettel vorn an die Nische, in der der Ofen stand.

»So kann das nicht anbrennen, oder?«, meinte Elinn. Von dem Ofen ging trotz aller Isolation schon eine fühlbare Hitze aus.

»Glaube ich kaum«, sagte Ronny.

»Gut. Also, gehen wir.«

Und noch etwas anderes geschah in dieser Nacht.

Im Forschungslager am Löwenkopf riss urplötzlich ein nervenzerfetzender, mehrstimmiger, metallischer Sirenenklang, der von überall und nirgends zugleich zu kommen schien, die dort übernachtenden Wissenschaftler aus dem Schlaf. Schlaftrunken kamen sie aus ihren Feldbetten hoch und in den Gemeinschaftsraum getorkelt, wo sie durch die transparenten Zeltwände auch das Licht sahen, das von dem knapp sechsundvierzig Meter hohen Tafelberg in der Mitte der Kraterebene herabfiel, der »Schnauze« des Löwengesichts, an das die gesamte Formation von oben gesehen erinnerte.

Es war ein intensives blauweißes Licht, in dessen Widerschein die Kraterwände ringsum zuckend aufleuchteten, ein kaltes, fremdes, technisches Licht. Als habe jemand auf der Oberseite des Tafelbergs ein Dutzend Schweißbrenner in Betrieb genommen. Keiner der Forscher hatte je dergleichen auf dem Mars gesehen.

Jemand bemerkte, dass die Computeranlage ungewöhnliche Messwerte signalisierte. Da oben tat sich etwas, und zwar am »Nasenloch«, einer rund zehn Meter durchmessenden glasigen Stelle auf dem Hochplateau. Die dort angebrachten Messgeräte, die seit Monaten nicht die geringste Änderung verzeichnet hatten, spielten auf einmal verrückt.

»Lasst uns nachsehen!«, rief Sean O'Flaherty über das schrille Dröhnen hinweg.

Die Wissenschaftler stürzten zu den Raumanzügen. Doch noch während sie sich anzogen, erlosch das Licht und verstummte das Kreischen. Auf einmal war es wieder still und dunkel draußen und man sah, nachdem sich die Augen wieder an die Dunkelheit gewöhnt hatten, Sterne am Himmel.

Kurz darauf gingen die Scheinwerfer der Lagerbeleuchtung an. Ihr Licht reichte nur bis an die Flanke des Tafelbergs. Fünf Gestalten in Raumanzügen traten aus der Schleuse und machten sich, bewaffnet mit Lampen, Kameras und Strahlenmessgeräten, an den Aufstieg über die Stahlleitern und Felsterrassen, die zum Plateau hinaufführten.

Währenddessen kramte im Inneren des Zeltes ein Dokumentar namens Enrico Flores unter allerhand Gerätschaften ein Datenpad hervor und fing hektisch an, in den darin gespeicherten Unterlagen zu suchen. »Da!«, rief er schließlich und hielt dem nächsten, der in seiner Nähe stand, das Gerät vor die Nase. »Der Bericht von Mohammed Abd El Farukh! Er hat damals genau dieses Licht und dieses Geräusch beschrieben!«

»Mohammed wer?«, fragte der Mann zurück.

»Einer der Assistenten Pigratos. Er war dabei, als die beiden blauen Türme aus dem Boden gekommen sind.« Er griff nach dem nächstbesten Kommunikator. »Das muss ich sofort O'Flaherty sagen.«

Die Forscher, die oben ankamen, sahen mit einem Blick, was sich verändert hatte. Dort, wo vorher das »Nasenloch« gewesen war, stand jetzt ein rund zehn Meter hohes Gebilde. Aus der Distanz und bei den schlechten Lichtverhältnissen sah es aus wie ein Würfel, doch als sie näher kamen, wurde klar, dass es sich ebenfalls um einen Zylinder handelte, aus demselben Material bestehend wie die beiden großen Türme.

23 Beunruhigende Bilder

Dr. Spencer wirkte verstimmt, als er beim Frühstück die Neuigkeiten bekannt gab, die per Mail eingetroffen waren. Nach dem Fund von »blauem Glas«, wie das Material einstweilen genannt wurde, in der Nähe der Marssiedlung am Montag war in dieser Nacht am Löwenkopf ein dritter, kleiner Turm aufgetaucht.

Carl erinnerte sich gut an die Stelle. Ein etwa zehn Meter durchmessendes, kreisrundes Loch im Felsboden, das ausgesehen hatte wie hineingestanzt und das gefüllt gewesen war mit einer dunklen, glatten, glasartigen Masse, auf der keinerlei Staub gelegen hatte. Und er verstand auch, warum Dr. Spencer verstimmt war: Angesichts all dieser aufregenden Ereignisse rund um die Hinterlassenschaften der Außerirdischen würde sich jetzt erst recht niemand mehr für die Expedition und ihre eventuellen Entdeckungen interessieren.

»Ich frage einfach mal geradeheraus«, sagte der Expeditionsleiter mit einem ernsten Blick in die Runde. »Möchte jemand aussteigen?«

Akira Ushijima lehnte sich zurück und zupfte sich den dünnen Bart. »Die Gegend verlockt nicht dazu, muss ich sagen.«

Er erntete einen verweisenden Blick des grauhaarigen Areologen. »Sie wissen, wie ich das meine. Wenn jemand nicht weiter mitmachen möchte, können wir zum letzten Lager zurückfahren und uns dort mit einem der Flugboote treffen.«

Carl sah in die Runde. Die anderen sahen bedrückt drein, aber niemand schien sich angesprochen zu fühlen. Die meisten schüttelten mehr oder weniger deutlich den Kopf.

Dr. Spencer rang sichtlich mit sich. »Ich möchte eine Abstimmung«, sagte er schließlich. »Eine geheime Abstimmung, ob wir weiterfahren oder abbrechen.«

In die allgemeine Bestürzung hinein meinte Rajiv Shyamal ruhig: »Ich glaube nicht, dass das nötig ist, Dr. Spencer.«

Der Areologe schüttelte vehement den Kopf. »Doch, es ist nötig. Ich will es. Ich werde diese Expedition nur fortsetzen, wenn ich weiß, dass Sie alle hinter mir stehen. Und es gibt keine andere Möglichkeit, das herauszufinden.«

Ein Brummen, Murmeln und Hüsteln setzte ein. Zu Carls Überraschung sagte ausgerechnet der sonst so schweigsame Manuel Librero: »Ich finde, wenn das so ist, sollten wir es tun. Mit einem zweifelnden Anführer ist niemandem gedient.« Es war das erste Mal, dass der Botaniker mit dem nachdenklichen Blick etwas sagte, das über Alltägliches hinausging.

Also war es beschlossene Sache. »Carl, in der Schublade neben dir liegen Block und Stift. Bereite bitte neun Stimmzettel vor und schreibe auf jeden die Worte *Ja* und *Nein*.«

Carl tat wie geheißen. Er begriff, wie ernst es dem Areologen war: Niemand sollte fürchten müssen, an seiner Handschrift erkannt zu werden. Jeder sollte unbeeinflusst seine ehrliche Meinung äußern können.

»Akira, Sie sind der Älteste von uns«, bat Dr. Spencer. »Darf ich Sie bitten, die Abstimmung zu leiten?«

»Hier kennt sich jemand mit demokratischen Traditionen aus«, kommentierte Van Leer anerkennend.

Akira gab alle Stimmzettel in einen großen Probenbehälter aus grauem Plastik und ließ jeden einmal ziehen. »Also, die Frage lautet: Sollen wir die Expedition fortsetzen, ja oder nein? Machen Sie bitte einen Kreis um Ihre Antwort.« Der Stift ging reihum, und wer seinen Kringel gemacht hatte, warf den Stimmzettel in den Behälter zurück.

»Danke«, sagte er, als jeder seine Stimme abgegeben hatte. Er schüttelte die Zettel kräftig durcheinander und leerte sie auf den Tisch. »So, und nun zur Auszählung.«

Er faltete den ersten Zettel auseinander und legte ihn dann so hin, dass jeder ihn sehen konnte: »Ja.« Der zweite: »Ja.« Der dritte: »Auch ja.«

Am Ende waren es neun Ja-Stimmen. Dr. Spencer sah so erleichtert aus, als sei ihm ein Felsbrocken von der Größe des Marsmondes Phobos vom Herzen gefallen.

»Also, Leute«, rief er aus, »machen wir uns auf den Weg!«

Ariana hatte das tatsächlich ernst gemeint mit Physik. Was Urs wieder mal verblüffte, denn die Mädchen an seiner Schule hatten sich für gewöhnlich nicht groß um das gekümmert, was sie am Tag zuvor gesagt haben mochten. Erst seit er Ariana kannte, merkte er, wie ihm diese Launenhaftigkeit auf die Nerven gegangen war.

Immerhin ließ sie ihn noch seinen Nachtisch aufessen, Apfelkompott, was ihn wieder an die Obstwiese und den Friedhof draußen im Krater denken ließ. Dann zerrte sie ihn mehr oder weniger wieder hinauf in den Schulungsraum.

Zuerst ging er mit ihr noch mal die Grundlagen durch. Magnetische Felder, Anziehung verschiedener Pole, Abstoßung gleichartiger Pole, das war noch einfach. Problematisch wurde es, sobald auch nur ein Hauch Mathematik ins Spiel kam. Das merkte er, als es darum ging, wie die Stärke eines magnetischen Feldes gemessen wurde. Die Einheit dafür hieß »Tesla«, aber die ausführliche Version des Kurses erklärte in einer winzigen Randnotiz, dass früher auch die Einheit »Gauß« gebräuchlich gewesen sei. Das reichte schon aus, um Ariana durcheinanderzubringen.

»Wie kann es zwei verschiedene Einheiten für dieselbe Sache geben?«, fauchte sie ihn an, als sei er persönlich daran schuld. »Das ist doch Quatsch! Ein Meter ist schließlich auch immer ein Meter, oder?«

Sie war wie vernagelt. Er musste eine halbe Stunde auf sie einreden, bis sie anfing, darüber nachzudenken, dass es die Maßeinheit Meter auch nicht immer gegeben hatte, sondern dass lange Zeit hindurch die merkwürdigsten Maße verwendet worden waren – Ellen, Yard, Inch, Fuß, Zoll, Klafter, Meile und so weiter. Und dass man das eben irgendwann vereinheitlicht hatte, und zwar so, dass es möglichst wenig Probleme beim Rechnen damit gab.

»Okay, verstanden«, nickte sie schließlich.

Urs bemühte sich, nicht zu seufzen und nicht allzu skeptisch zu wirken. Er bezweifelte, dass sie wirklich verstanden hatte. Ariana war unwohl. Sie fand es peinlich, nichts zu kapieren, sodass sie vor lauter Anspannung erst recht nichts kapierte. Anstatt sich einfach mal locker zu machen und anzufangen, in aller Ruhe nachzudenken, hoffte sie auf ein Wunder, das ihr die Erleuchtung ins Hirn zauberte.

Das würde ein harter Brocken werden, das stand fest.

»Es handelt sich«, erklärte Professor Caphurna, »um ein extrem hartes, widerstandsfähiges Material. Es ist mit nichts vergleichbar, das wir kennen.«

Damit legte er ein Bruchstück des »blauen Glases« auf den großen Tisch, der die Mitte des Kartenraumes einnahm. Im Licht der sechs hellen Lampen, die darüber hingen, leuchtete es unirdisch auf.

Mehr Leute als in diesem Moment anwesend waren, hätten beim besten Willen nicht mehr in den relativ engen Kartenraum gepasst, der das Zentrum der Marsforschung darstellte. Die Pinnwände, Aktenschränke, Computer, Lesegeräte und anderen Gerätschaften, die die Wände ringsum bedeckten, verschwanden in dem Schatten, den die Anwesenden warfen: Tom Pigrato und sein Stab, Vertreter der Siedler und die Leute des Professors.

»Aber unzerstörbar scheint es nicht zu sein«, sagte der Erdstatthalter. Er nahm den eigenartig schimmernden Brocken in die Hand und betastete die scharfkantigen Bruchstellen. »Den haben sie immerhin von Ihrem Fundstück abschlagen können.«

»Ja«, nickte Caphurna. »Mit einem Hammer, der jetzt Schrammen hat.«

»Was haben Sie weiter vor?«, fragte einer der Siedler.

Caphurna spreizte die Hände. »Zunächst werden wir die essenziellen physikalischen Daten bestimmen – spezifisches Gewicht, Dichte, Härte, Zähigkeit, Schmelz- und Siedepunkt, elektrische Leitfähigkeit und so weiter. Wir werden das Material auf Brennbarkeit, Säurebeständigkeit, Reaktionsvermögen allgemein prüfen und eine Spektralanalyse versuchen.«

»Und eine Molekularanalyse?«, wollte einer der Assistenten Pigratos wissen, ein magerer Mann mit eigentümlichen Narben im Gesicht.

»Das kommt erst infrage, wenn wir alle diese Untersuchungen gemacht und die entsprechenden Werte bestimmt haben«, erläuterte der Professor mit herablassender Nachsicht. »Sie können nicht einfach einen Gegenstand unbekannter chemischer Zusammensetzung in einen Molekularanalysator legen. Das zerreißt Ihnen unter Umständen das Gerät. Und wir haben nur das eine.«

Der Mann duckte sich beinahe und hob entschuldigend die Hände. »War nur eine Frage.«

»Wie ist dieses ... *Material* in den Boden und um das Kabel herum gelangt?«, fragte Pigrato finster.

»Das weiß ich nicht«, bekannte Caphurna. »Noch nicht. Mein Ziel ist unter anderem, genau das herauszufinden.«

»Was halten Sie von dem dritten Turm?«, rief einer der Siedler.

Caphurna zuckte mit den Achseln. »Ich habe bis jetzt auch nur die Bilder gesehen. Wie soll ich sagen? Das ist natürlich spektakulär, aber offen gestanden ist es mir im Moment egal, ob da zwei Türme stehen oder drei. Das ist bei Weitem nicht so entscheidend wie die Möglichkeit, dieses Material direkt untersuchen zu können, ohne in unbekannte Mechanismen eingreifen oder diese gar zerstören zu müssen.«

»Der dritte Turm dreht sich auch, habe ich gehört«, sagte eine Siedlerin, eine ältere Frau, an deren Namen sich Caphurna dunkel erinnerte. Dumelle oder so ähnlich.

»Ja, das ist richtig. Der dritte Turm dreht sich allerdings langsamer und er bremst schneller ab. Der große Turm wird, wenn alles so bleibt, in zwei Wochen zum Stillstand kommen, der kleine Turm auf dem Plateau schon morgen

Vormittag.« Caphurna griff nach dem Bruchstück, das Pigrato endlich wieder aus der Hand gegeben hatte, und schob es in seine Manteltasche. »Und da werde ich dann dabei sein.«

Carl saß wieder am Steuer. Das war der Platz, an dem er im Moment am meisten zum Erfolg dieser Expedition beitragen konnte, und er war froh, dass es überhaupt so einen Platz für ihn gab. Er machte sich keine Illusionen; natürlich war er kein so guter Rover-Pilot wie Ronny oder selbst Ariana. Aber er war jetzt eben gerade hier und Ronny nicht. Und besser als Timothy Grissom beherrschte er die Kiste allemal.

Sie kamen nun, da sie das Coprates Chasma verlassen hatten, schneller voran und die Stimmung stieg mit jedem Kilometer, den sie zurücklegten. Die Valles Marineris weiteten sich, wurden wieder breiter, sodass man die Felswände, obwohl sie nach wie vor kilometerhoch waren, bald nur noch als blasse Schatten auf dem Radarschirm sah, aber nicht mehr, wenn man sich umsah. Wenn man sich umsah, sah man ... ja, eine fremde Welt. Andere Farben, andere Formen. Es war, als wären sie überhaupt nicht mehr auf dem Mars. Als hätten sie einen Weg gefunden, direkt auf einen anderen Planeten zu fahren, ohne so umständliche Hilfsmittel wie Raumschiffe zu benötigen.

Einen Planeten, auf dem sich einst ungeheure Dinge abgespielt haben mussten. Das Eos Chasma, das sich vor ihnen öffnete, war eine schier endlos weite Trümmerwüste, ein chaotisches Feld aus zertrümmertem Stein, in wildem Zickzack verlaufenden Spalten und grauem Staub, der auf allem lag wie festgebacken. Die Drahtreifen der Rover wirbelten ihn in hohem Bogen auf und er blieb in der dünnen Marsluft hängen, als wäre es Rauch. Wagen 2, das sah Carl im Rückspiegel, musste ab und zu den Scheibenwischer einschalten. Ohne Zweifel hinterließen sie eine unübersehbare Spur im Gelände.

»Nach Norden«, hatte Dr. Spencer im Verlauf des Vormittags vorgegeben. »Wir müssen auf die höher gelegene Capri Chasma und dann weiter, bis wir den nördlichen Rand der Schlucht erreichen.«

Also fuhren sie in nördliche Richtung, bretterten regelrecht dahin, dass es nur so staubte.

Mittags kam Tim Grissom in die Kanzel, um ihn abzulösen. Carl schlängelte sich nach hinten durch, wo sein Mittagessen auf ihn wartete. Dr. Spencer und Rajiv Shyamal saßen über die Karten gebeugt. Sie hatten gerade eine neue Positionsbestimmung hereinbekommen und freuten sich, dass sie dabei waren, im Zeitplan aufzuholen.

»Wenn es so weiterläuft, erreichen wir das ›Mäusenest‹ morgen Nachmittag«, sagte Dr. Spencer.

Später übernahm Carl das Steuer erneut und sie fuhren und fuhren, bis die Sonne schräg hinter ihnen herabsank, lange, bizarre Schatten über die fremde Welt vor ihnen werfend.

»Es wird allmählich Zeit, nach einem schönen Platz für die Nacht Ausschau zu halten«, meinte Akira über Funk.

»Ist klar«, gab Carl zurück.

Es sah alles gut aus. Fremdartig, aber friedlich. In weiter Entfernung vor ihnen war der nördliche Rand der Schlucht schon auszumachen, eine schroffe, senkrecht abfallende Felswand voller Schrunden und Risse.

Der Rover setzte schwungvoll über eine Bodenwelle hinweg. Seltsam, das musste an dem Licht liegen – sie sah aus wie eine dicke Ader aus blauem Glas . . .

An diesem Abend war Ronny beim Warten eingeschlafen. Es fiel ihm auch schwerer als in der Nacht zuvor, aus dem Bett zu kommen, als der Wecker um halb eins klingelte, und am liebsten hätte er sich wieder hingelegt, anstatt sich anzuziehen.

Aber ausgemacht war ausgemacht. Er kam ein bisschen zu spät und Elinn war schon hibbelig vor Ungeduld. »Nicht so laut!«, mahnte sie an jeder Kreuzung, obwohl er so leise ging, wie er nur konnte.

In der Metallwerkstatt stank es seltsam, nach faulen Eiern oder so, und es knisterte und knackte im Dunkeln, dass einem Gänsehaut über den ganzen Körper kroch.

Elinn ging voraus und an der stählernen Tür hörte Ronny sie »Mist!« zischen.

Das Labor war abgeschlossen.

»So was Blödes«, murrte Elinn und zückte ihren Kommunikator. Sie wählte die Nummer der Künstlichen Intelligenz. »AI-20, kannst du uns helfen?«

Ronny horchte von der anderen Seite an Elinns Kommunikator und hörte, wie AI-20 entgegnete: »Um diese Frage beantworten zu können, musst du mir erklären, wobei.«

»Wir sind im Labortrakt und stehen vor einer verschlossenen Tür, hinter der etwas ist, das wir brauchen«, erklärte Elinn. »Kannst du die Tür öffnen?« AI-20 hatte die Kontrolle über etwa die Hälfte aller Türen in den allgemein zugänglichen Räumen.

»Ihr wisst, dass ihr im Labortrakt nichts verloren habt, erst recht nicht mitten in der Nacht«, gab die KI zurück. Es war logisch, dass sie das sagte. Sie war programmiert, die Kinder zu beschützen.

Doch diese Programmierung hatte sich im Lauf der Zeit gewandelt. Über die Jahre hinweg war AI-20 zu einem heimlichen Verbündeten der Kinder geworden.

»Das wissen wir«, erklärte Elinn also. »Aber es ist wichtig.«

Einen Herzschlag lang kam nichts, dann sagte AI-20: »Ich habe deinen Kommunikator angepeilt. Du stehst vor der Tür zum Metall-Labor 2, ist das richtig?«

»Ja.«

»Diese Tür unterliegt nicht meiner Kontrolle«, fuhr die KI fort. »Tatsächlich ist sie mit einem nicht fernsteuerbaren, traditionellen mechanischen Schloss ausgestattet. Es handelt sich um die Rekonstruktion eines im zwanzigsten Jahrhundert üblichen Türschlosses, angefertigt im Jahre 2078 von Harold Tearer.«

Elinn und Ronny sahen einander mit großen Augen an und beugten sich zu dem Schloss hinunter. Tatsächlich, das sah anders aus als alle Türschlösser, die sie kannten. Unterhalb der Türklinke war ein kreisrundes Loch mit einem z-förmigen, senkrechten Schlitz, durch das man womöglich sogar in den Raum dahinter hätte schauen können, wenn dort Licht gewesen wäre.

Über Elinns Kommunikator am Ohr ließen sie sich von AI-20 erklären, dass man für so ein Schloss einen Schlüssel benötigte, der nicht aus einer Codekarte bestand, sondern vielmehr aus einem metallenen Stift mit einem gezackten Vorderteil, dem sogenannten Bart. Wenn man einen derartigen Schlüssel in dieses Loch steckte und herumdrehte, wurde im Inneren eine Verriegelung aufgehoben und das Schloss geöffnet.

»Keine Codekarte?«, vergewisserte sich Elinn.

»Nein. Ein solcher Schlüssel ist gewissermaßen der mechanische Vorläufer der heute üblichen Codekarten. Das Muster der Aussparungen im Schlüsselbart entspricht dem Code. Nur dass dieser nicht umprogrammierbar ist.«

Elinn seufzte. »Und wo sich dieser Schlüssel befindet, weißt du nicht zufällig?«

»Nein.«

Also zogen sie unverrichteter Dinge wieder ab. Zu allem Überfluss wurde Ronny, als er die heimische Wohnungstür ganz, ganz leise öffnete – mit seiner Codekarte, natürlich – von seiner höchst entrüsteten Mutter erwartet. Was das eigentlich solle, bitte schön?

»Ich musste was erledigen«, gab Ronny brummelnd zur Antwort.

»Und was, wenn man fragen darf?«

»Kann ich nicht verraten.«

Seine Mutter stemmte schnaubend die Hände in die Hüften. »So, so. Also so, wie ich das sehe, hat ein Dreizehnjähriger nach Mitternacht nur eines zu erledigen, nämlich ausreichend Schlaf zu bekommen. Marsch ins Bett!«

Da wollte ich sowieso hin, hätte Ronny beinahe geantwortet, aber er ließ es lieber und trollte sich einfach.

Immerhin, überlegte er, während er seinen Schlafanzug überstreifte, hatte Mutter nicht so etwas gesagt wie ›Das hat ein Nachspiel!‹ oder ›Darüber reden wir ein andermal weiter!‹, was bedeutete, dass er noch einmal glimpflich davongekommen war.

Aber eins war klar: Morgen Nacht lief nichts!

Kommandant Mahmoud Al Salahi betrachtete die Bilder, die ihm seine Navigatorin vorgelegt hatte, lange. Dann warf er einen Blick auf die Anzeigetafel mit den Uhren. Eine davon, die unterste, zeigte die LMT an, die Local Martian Time, wie die inoffizielle Ortszeit der Marssiedlung hieß, deren Gebrauch die Raumbehörde nicht gern sah, die aber gleichwohl in der Flotte völlig gebräuchlich war.

Nach LMT war es kurz nach acht Uhr, ein Freitag.

»Ich begreife es nicht«, bekannte Salahi. »Was kann da passiert sein?«

Die Frau zuckte mit den Achseln. »Mir ist das unerklärlich.«

Der Kommandant strich sich bedächtig mit dem Zeigefinger den Nasenrücken, dann fasste er einen Entschluss. »Verständigen Sie Pigrato und schicken Sie ihm die Bilder hinunter. Und wenn wir bei der nächsten Umkreisung das Gebiet wieder überfliegen, versuchen wir trotz allem, sie per Funk zu erreichen.«

Kurz darauf wurde ein Dringlichkeitsalarm auf dem Kommunikator des Erdstatthalters ausgelöst und zwei Bilder erschienen auf dem Schirm in seinem Arbeitszimmer. Bei dem ersten Bild handelte es sich um die letzte Aufnahme, die die MARTIN LUTHER KING vom Ostende der Valles Marineris gemacht hatte, ehe die Nacht hereingebrochen war. Man sah in der Vergrößerung die beiden Rover der Expedition und die breite Spur, die sie im Untergrund hinterließen.

Das zweite Bild zeigte dasselbe Gebiet, aufgenommen beim ersten Überflug an diesem Morgen. Darauf ging die Spur der Fahrzeuge ein ziemliches Stück weiter nach Norden – um dann plötzlich zu enden wie abgeschnitten.

Wie es aussah, war die Expedition spurlos verschwunden.

24 Dr. Spencer auf heißer Spur

»Was soll der Blödsinn?«, bellte Pigrato in seinen Kommunikator. »Was heißt verschwunden?«

Kommandant Salahi erklärte wortreich, die Beobachtung der Expedition sei nur eine Routinetätigkeit gewesen, die man eher nebenher und ohne besondere Alarmstufe erledigt habe, weil das Hauptaugenmerk nun einmal darauf läge, die Transportschiffe für den Rückflug zur Erde vorzubereiten. »Sonst hätten wir schneller geschaltet, das müssen Sie mir glauben. Und was Rettungsversuche anbelangt –«

»Hören Sie«, unterbrach Pigrato ihn, »die Expedition *ist* nicht verschwunden. Ich spreche im Moment gerade mit Dr. Spencer auf der anderen Leitung!«

»Wie bitte?«

Am besten, er erklärte nicht lange, sondern bewies es ihm einfach. Zumal der Leiter der Expedition in ein paar Minuten wieder aus dem Funkbereich des Satelliten entschwunden sein würde. Pigrato stellte eine Konferenzschaltung her und teilte dem verblüfften Dr. Spencer die Neuigkeit mit, hauptsächlich, damit Kommandant Salahi dessen Stimme hörte und ihm glaubte, dass mit der Expedition alles in Ordnung war und nur mit seinen Bildern etwas nicht stimmte.

Doch der Areologe war mit einem Mal völlig aus dem Häuschen. »Wissen Sie, was das heißt?«, rief er aus. »Ist Ihnen klar, was das bedeutet?«

Pigrato hüstelte unangenehm berührt. »Nein«, gab er zu. »Was denn?«

Die ganze eng gedrängte Frühstücksrunde in Wagen 1 sah zu, wie der Leiter der Expedition auf einmal ganz aufgeregt wurde. »Ist Ihnen klar, was das bedeutet?«, rief er in seinen Kommunikator. »Das kann nur bedeuten, dass wir unter einen Tarnschirm geraten sind! Dasselbe Phänomen, wie es über dem Löwenkopf besteht!«

Carl hob alarmiert den Kopf. Er wusste, wovon der Areologe sprach. In etwa zweitausendneunhundert Metern Höhe über dem Löwenkopf und den blauen Türmen existiert ... nun ja, *etwas*, das allen, die aus größerer Höhe auf diese Stelle herabschauten, nur eine leere, öde Wüste vorgaukelte. Deshalb gab es keine Satellitenbilder vom Löwenkopf, bis heute nicht. Niemand wusste, wie er funktionierte oder wodurch der Effekt hervorgerufen wurde.

»Und wenn wir unter einem Tarnschirm sind«, fuhr Dr. Spencer hastig fort – die Hast war berechtigt, denn die leuchtend blauen Ziffern der Uhr am Kommunikationsserver zeigten an, dass die Verbindung zum Satelliten in wenigen Augenblicken abreißen würde – »kann das bedeuten, dass wir uns in der Nähe eines zweiten Bauwerks der Außerirdischen befinden!«

Er nahm den Kommunikator vom Ohr. »Zack, weg. Hoffentlich hat er das noch gehört.«

Alle schauten völlig verblüfft drein.

»Aha«, ließ sich Van Leer vernehmen. »Könnte sich am

Ende herausstellen, dass dieses Bauwerk und das ›Mäusenest‹ identisch sind?«

Dr. Spencer sah ihn beinahe erschrocken an. »Stimmt. Das habe ich noch gar nicht überlegt. Das könnte sein. Aber das hieße dann ja . . .«

». . . dass die Mäusegänge und die Außerirdischen etwas miteinander zu tun haben!«, entfuhr es Carl.

Auf einmal hatten es alle furchtbar eilig, das Frühstück zu beenden und weiterzufahren.

Urs betrat den Schulungsraum wie jeden Morgen. Elinn war bereits da und er hatte sich kaum gesetzt, als sie ihn auch schon damit überfiel, dass sie ihn ganz furchtbar dringend um etwas ganz furchtbar Wichtiges bitten müsse.

»Schon gut, schon gut. Was denn?«, fragte er, bemüht, ihre aufwallende Wildheit zu dämpfen.

Elinn rückte näher. »Es ist wegen der Artefakte«, flüsterte sie. »Und es ist ein bisschen . . . nicht ganz erlaubt.«

Urs hob die Augenbrauen. »Aha?«

Er bekam nicht alles mit, was sie in hektischem Flüsterton erzählte, aber er verstand so viel, dass sie gerade versuchte, ein Artefakt selber herzustellen, und dazu ein Experiment in einem Raum namens Metall-Labor 2 begonnen hatte, der seither unglücklicherweise abgeschlossen war. »Und ich dachte, weil dein Vater doch alle Schlüssel der Siedlung verwaltet, könntest du vielleicht rauskriegen, wo der Schlüssel zu dem Labor ist?«

Urs schluckte. Puh, das war jetzt natürlich viel verlangt. »Ich weiß nicht, ob das geht«, erwiderte er.

Sie sah ihn nur an, mit ihren großen dunklen, bodenlosen Augen und einem Blick, dem zu widersprechen unmöglich war.

Na ja, ging es nicht eigentlich darum? Dass sie, die wenigen Kinder auf dem Mars, zusammenhalten mussten gegen die vielen Erwachsenen?

»Also gut«, sagte er. »Ich schau, was sich machen lässt.«

In diesem Augenblick krachte die Tür auf und Ariana kam hereingewirbelt. »Urs! Ich habe einen Termin bei Kim Seyong! Mein Ju-Jutsu-Lehrer«, fügte sie hinzu, als sie merkte, dass er mit dem Namen nicht sofort etwas anfangen konnte. »Er ist den Rest der Woche in der Siedlung, baut irgendein Gerät um . . . Jedenfalls, er ist einverstanden, dass du mitkommst und zuschaust.«

Wow. Darauf war er so neugierig wie auf nichts sonst.

»Toll! Und wann?«

»Jetzt gleich«, rief Ariana ausgelassen und packte ihn am Handgelenk. »Komm!«

»Und was ist mit Physik?«, fragte Urs, während sie ihn mit sich zur Tür zog.

»Ach, Physik . . .!«, meinte Ariana nur.

Mit lodernden Düsen schwebte das Flugboot auf den Landeplatz am Löwenkopf herab. »Dreht er sich noch?«, war Caphurnas erste Frage, als er ausstieg.

Mehr oder weniger die ganze Mannschaft hatte sich erwartungsvoll versammelt. Im Osten hing die Sonne auf halber Höhe, an einem Himmel, der heute staubgelb war, und die beiden blauen Türme leuchteten unwirklich in ihrem Licht.

»Alle Werte sind unverändert«, erklärte O'Flaherty. »Der kleine Turm sollte in« – ersah auf die Uhr – »genau einhunderteinunddreißig Minuten zum Stillstand kommen.«

Caphurna spähte zum Plateau hinauf. Von hier unten aus

sah man nichts. »Bin gespannt, was dann passiert. Vermutlich gar nichts.« Er wandte sich wieder dem Leiter des Forschungslagers zu. »Was ist mit den großen Türmen?«

»Auch da ist alles wie gehabt. Der Ostturm dreht sich nach wie vor einmal in vierhundertelf Stunden, der andere wird mit konstanter Rate langsamer.«

»Seltsam. So assymetrisch. Gut, kümmern wir uns zuerst um den kleinen.« Caphurna gab seinen Mitarbeitern einen Wink, die zusätzliche Ausrüstung auszuladen, und ging dann voran, die erste der Leitern hoch.

Zwei Stunden später war alles aufgebaut. Kameras liefen, Messgeräte lauschten auf jedes Signal und jede Art Strahlung, die der kleine Turm von sich geben mochte, und die Geschwindigkeit, mit der er sich drehte, sank unbeirrbar gegen null.

»Noch fünf Minuten«, sagte schließlich jemand.

Caphurna verschränkte die Arme und tat weiter, was er die ganze Zeit getan hatte, nämlich den in sattem Türkisblau leuchtenden Zylinder anstarren, der aussah, als sei er aus einer Art milchigem Glas.

Alle waren nervös; das war mit Händen zu greifen. Doch was sollte schon passieren? Wenn eine Uhr stehen blieb, passierte schließlich auch nichts.

»Noch dreißig Sekunden.«

Der Mann, der die Kameras überwachte, beugte sich noch einmal über deren Anzeigen. Es schien alles in Ordnung zu sein.

»Zehn Sekunden ... fünf ... vier ... drei ... zwei ... eins ... null.«

Es passiert tatsächlich nichts, dachte Caphurna enttäuscht.

Doch im nächsten Moment geschah es: Das Milchige verschwand aus dem Blau, genau so, wie manche chemische Lösungen mit einem Schlag klar werden. Auf einmal *sah* man etwas. Bloß – was man sah, war nicht die andere Seite des Zylinders, sondern ...

»Ein Raum«, sagte jemand, eine Frau. »Eine Art Höhle oder Keller.«

Genau so war es. Man konnte um den ganzen Turm herumgehen und es sah von allen Seiten so aus, als liege direkt hinter dem gläsernen Zylinder ein düsterer, fensterloser Raum mit verschieden breiten Türöffnungen, durch die Gänge erkennbar waren, die sich in der Dunkelheit verloren.

Und alles schimmerte in dunklen Blautönen.

»Was sieht man von oben? Ist das, was wir sehen, vielleicht eine Art Spiegelung eines Raums unterhalb des Turms, im Inneren des Plateaus?«, wollte Caphurna wissen. Eine der Kameras war an einem hohen Stativ befestigt und filmte aus der Vogelperspektive.

Der Mann an dem entsprechenden Bildschirm drehte an einem klobigen Regler. »Nichts«, sagte er. »Man sieht nichts. Doch, halt ...« Er fand eine Einstellung, die Konturen enthüllte. »Felsigen Boden.«

In der Tat, von oben sah es aus, als sei unter dem Zylinder nur nackter Fels.

Caphurna trat dicht an den Turm und legte die Hand auf das harte, glatte, rätselhafte Material. Dann beugte er sich vor, bis sein Raumhelm dagegenstieß, und versuchte zu erkennen, ob da etwas in der Tiefe war. Nichts. Wenn es sich um einen Spiegeleffekt handelte, dann verstand er nicht, wie er funktionierte.

»Was um alles in der Welt hat das zu bedeuten?«, flüsterte er, jedes einzelne Wort betonend. »Ich begreife es nicht.«

Carl saß hinten am Tisch und war gerade mit seinem mittäglichen Imbiss fertig, als zwei Geräte gleichzeitig klingelten: eines der Instrumente an Rajivs Strahlenmesseinrichtung und Carls Kommunikator.

Es war seine Mutter. Mal wieder und diesmal mit merklicher Unruhe in der Stimme. »Ich habe gehört, ihr seid vom Weltraum aus nicht mehr zu sehen«, sagte sie. Es klang fast wie ein Vorwurf.

»Ja«, erwiderte Carl, »wir sind offenbar unter einen Tarnschirm geraten. So ein Feld wie am Löwenkopf, bloß viel größer. Wer weiß, vielleicht entdecken wir hier auch noch mal etwas Sensationelles.«

»So, so. Meinst du.« Ihre Stimme zitterte.

Vorn tauchte Dr. Spencers Gesicht im Durchgang zur Kanzel auf. »Carl?«, rief er drängend. »Kannst du bitte rasch das Steuer übernehmen? Tim sollte sich um die Messung der Strahlenwerte kümmern.«

»Ja«, gab Carl zurück und stand auf. »Ich komme.« Zu seiner Mutter sagte er: »Mom, ich muss an die Arbeit. Mach dir keine Sorgen, hier bei uns läuft alles bestens.«

Er stellte seinen Teller zu den anderen in die winzige Spülmaschine und ging nach vorn, während seine Mutter nervös weiterredete: »Ich habe mit Mister Lang geredet und er hat mir erzählt, dass sich im Norden ein großer Sandsturm zusammenbraut.«

Henry Lang war der Marsmeteorologe. Er wertete routinemäßig die Aufnahmen der beiden Satelliten aus, die den Mars umkreisten.

Carl schwang sich auf den Fahrersessel und sah aus dem Fenster. »Ich kann dich beruhigen. Wir haben den klarsten Himmel, den man sich vorstellen kann.« Ein klarer Marshimmel, das hieß: so gut wie schwarz. Man sah sogar einige der helleren Sterne.

»Sandstürme können wandern, Carl, das weißt du.«

»Ja, weiß ich.« Er nickte Tim zu, der bereits aufgestanden war, den Steuerhebel aber noch festhielt, bis Carl richtig saß. »Ich pass schon auf.« Er packte den Griff. »Du, ich muss jetzt wirklich Schluss machen; ich sitze wieder am Steuer.«

»Aber du passt auf dich auf?«

»Klar doch.«

Im Norden. Da bildeten sich zurzeit laufend Sandstürme und nach ein, zwei Tagen war regelmäßig nichts mehr von ihnen zu sehen.

Der Kommandant der MARTIN LUTHER KING hatte sich für dieses Gespräch in seine Kabine zurückgezogen. Dort saß er einem Bildschirm gegenüber, von dem ihm das Gesicht seiner Kollegin auf der MAHATMA GANDHI entgegensah.

»Ich kann es nicht begründen«, gestand Mahmoud Al Salahi. »Es ist nur ein Gefühl, dass sich auf dem Mars Dinge anbahnen, die ... wie soll ich sagen? Große Dinge. Eventuell *gefährliche* Dinge.«

»Aber deswegen einfach den Flugplan nicht einzuhalten, wird unseren Personalakten nicht guttun.«

»Wenn ich nächste Woche trotz dieses unguten Gefühls zur Erde zurück starte und die Marssiedler danach eine Katastrophe trifft, wird das vor allem meinem Gewissen nicht guttun«, erwiderte Salahi. »Und das ist mir letzten Endes wichtiger als alle Personalakten.«

Die Frau mit den langen dunklen Locken seufzte. »Na ja, aber ein Gefühl ... Das ist einfach kein besonders überzeugendes Argument. Wenn ich auf meine Gefühle gehört hätte, wäre ich heute nicht hier, weil ich damals vor meinem ersten Raumflug noch auf der Treppe ins Shuttle umgekehrt wäre.«

Salahi schloss für einen Moment die Augen. Eine Erinnerung blitzte in ihm auf. Zu Hause in Bagdad und wie er als Kind einmal seine friedlich auf der Straße spielende, kleine Schwester hochgehoben und trotz ihres Protestes davongetragen hatte, eine Minute bevor an genau der Stelle ein schweres Gerät aufgeschlagen war, eine Klimaanlage, die sich im fünften Stock des Hauses aus ihrer Verankerung gelöst hatte.

»Karen«, sagte er, »da unten auf dem Mars geht etwas vor sich. Ein zweiter Tarnschirm wird entdeckt, ein dritter Turm taucht auf und das Material, aus dem die Türme bestehen, findet sich in unmittelbarer Nähe der Siedlung ... Man hat uns beide ursprünglich losgeschickt, um diese Siedlung zu evakuieren. Während wir unterwegs waren, ist der Befehl widerrufen worden, aber trotzdem könnte genau das demnächst notwendig werden: die Siedlung zu evakuieren. Diesmal nicht, um der Erde Kosten zu sparen, sondern weil den Siedlern Gefahr droht.«

Sie war immer noch skeptisch. »Wenn wir dieses Startfenster nicht nutzen, müssen wir fast ein Jahr warten, bis sich eine neue Hohmann-Bahn zurück zur Erde ergibt. Wir können die Siedler an Bord nehmen, ja, aber was machen wir dann mit ihnen? Die Lebensmittel reichen auf keinen Fall so lange. Mal ganz davon abgesehen, dass es inzwischen achtzig Personen mehr sind als ursprünglich geplant.«

»Wir können zur Not eine andere, längere Rückkehrbahn einschlagen. Lebensmittel kann man rationieren. Schlafmittel haben wir in rauen Mengen. Und das Katapult auf dem Mond kann uns Versorgungskapseln schicken, wenn alle Stricke reißen. Eine Menge Dinge sind möglich – vorausgesetzt, wir bleiben hier. Und zwar beide.«

Sie sah immer noch skeptisch drein, aber sie sagte: »Das muss ich überschlafen. Meiner Besatzung wird das nicht gefallen, das weiß ich jetzt schon.«

Mahmoud Al Salahi nickte. »Das muss es auch nicht. Nicht alle Entscheidungen, die notwendig sind, müssen einem auch gefallen.«

Sie fuhren am Fuß der Nordwand des Capri Chasma entlang. Rechts ging der Blick über eine unendlich scheinende zernarbte und zertrümmerte Ebene, links endete er an dieser Felswand, die bis zum Himmel aufzuragen schien.

Und es ging aufwärts, steil sogar. Carl sah im Rückspiegel, dass Wagen 2 etwas zurückfiel; egal. Sollten sie eben Gas geben.

»Wir müssten dicht dran sein«, sagte Dr. Spencer zum vermutlich zwanzigsten Mal. Er saß auf dem Beifahrersitz, hatte die Karten auf dem Schoß und versuchte eine Ortsbestimmung von Hand. Für eine genaue Peilung hätten sie warten müssen, bis wieder einer der Satelliten am Himmel erschien, und sie hatten keinen Nerv zu warten.

»Da, der Krater dort«, murmelte der Areologe. Er verglich die Karte und die Welt draußen. »Das könnte der hier sein und dann wären wir ...ganz in der Nähe. Wir müssten eigentlich jeden Moment . . .«

Der Rover erreichte den oberen Rand der Steigung, neigte

sich nach vorn und gab den Blick frei auf das, was vor ihnen lag.

»Galaktisch!«, entfuhr es Carl und unwillkürlich bremste er abrupt ab.

Vor ihnen, Hunderte und Hunderte von Metern breit und lang, erstreckte sich etwas, das aussah wie ein gewaltiges Labyrinth aus Mauerresten. Als hätte hier einmal ein Hochhaus gestanden, so groß wie ein Stadtteil, von dem nur noch Teile des Erdgeschosses übrig waren.

Dr. Spencer griff mit bebenden Händen nach dem Sprechgerät. »Meine Dame, meine Herren«, sagte er mit einer Feierlichkeit, die unter anderen Umständen belustigend gewirkt hätte, »auch wenn wir noch die genaue Positionsbestimmung abwarten müssen, wage ich doch zu sagen, dass wir unser Ziel erreicht haben. Vor uns liegt das ›Mäusenest‹.«

25 Kontamination

Carl war hinter dem Steuer sitzen geblieben. Er hatte geglaubt, dass es jeden Moment weitergehen müsse, und wenn sie in das Gebiet der Ruinen hineinfuhren, wollte er derjenige sein, der das erste Fahrzeug steuerte.

Aber es ging nicht weiter. Die Wissenschaftler saßen schon seit Stunden hinten zusammen und diskutierten, wobei Carl, der mit halbem Ohr lauschte, wieder einmal kaum die Hälfte verstand. Sobald einer der Satelliten in Reichweite kam, telefonierten sie mit der Siedlung, mit Professor Caphurna genauer gesagt, der mit entschiedener Stimme Anweisungen gab, in denen regelmäßig das Wort »Kontamination« vorkam. Carl hatte keine Ahnung, was damit gemeint sein konnte, und nahm sich zum wiederholten Mal vor, nach seiner Rückkehr das riesige Angebot an Kursen, Büchern und Lernprogrammen, das die verschiedenen Schulungszentren anboten, mit ganz neuen Augen zu betrachten.

Solange kein Satellit erreichbar war, schrieben die Forscher lange Mails. Die mussten zwar auch warten, bis wieder eine Funkverbindung bestand, aber auf diese Weise konnten natürlich wesentlich mehr Informationen auf einmal übertragen werden als bei Telefonaten. Ab und zu kam jemand nach vorn, machte von der Kanzel aus ein paar Aufnahmen, lächelte ihm geistesabwesend zu und verschwand wieder. Irgendwie wirkten alle, als schwebten sie in einer Art siebtem Himmel, der allein Wissenschaftlern vorbehalten war.

Carl verstand nicht, wie sie das fertigbrachten. Da lag dieses atemberaubend große Ruinenfeld vor ihnen, ein rechteckiges Muster aus Licht und Schatten, das von der einstmaligen Anwesenheit intelligenter Lebewesen zeugte ... Wie konnte man angesichts dessen *warten?* Wie konnte man, nachdem man über dreitausend Kilometer zurückgelegt hatte, um hierherzugelangen, darauf verzichten, auch noch die letzten vier-, fünfhundert Meter zu gehen und diese Mauertrümmer endlich *anzufassen?*

Während er sich die Baupläne ins Gedächtnis rief, die Mutter ab und zu abends am Küchentisch oder im Wohnzimmer studiert hatte, und er sich fragte, ob die Marssiedlung, würde man sie auf halber Höhe abdecken, wohl so ähnlich aussähe, kam Dr. Spencer nach vorn und ließ sich schwer in den Beifahrersessel fallen. Er wirkte erschöpft.

Carl warf einen Blick in den Rückspiegel. Die Sonne stand inzwischen tief im Westen und die Ruinen warfen lange, geheimnisvoll aussehende Schatten. »Das wird heute wohl nichts mehr, oder?«, fragte er.

Der grauhaarige Mann schüttelte matt den Kopf. »Wir dürfen nicht überstürzt vorgehen. Nicht bei einem derart bedeutenden Fund.« Er rieb sich mit der Hand über das Gesicht. »Bis morgen früh sollten wir Klarheit haben, wie die nächsten Schritte aussehen.«

»Was ist denn daran so schwierig?«

»Na ja, was ist daran so schwierig ...?« Dr. Spencer starrte vor sich hin. »Im Grunde, dass das hier keine Areologie mehr ist. Sondern, was weiß ich, Archäologie. Exobiologie. Auf jeden Fall etwas, das nicht in mein Fachgebiet fällt.«

Carl nickte. Sie schwiegen eine Weile, während die Schatten noch länger wurden. Hinten in der Kabine murmelte Rajiv einen Bericht in die Spracherfassung eines tragbaren Terminals.

»Was ist eigentlich ›Kontamination‹?«, fragte Carl schließlich.

Dr. Spencer gab eine Art brummenden Seufzer von sich. »Das heißt wörtlich ›Verseuchung‹, bedeutet aber in unserem Fall etwas anderes.« Er deutete in Richtung auf das Areal der Ruinen. »Wenn wir dahinein gehen, werden wir vor allem anderen nach Spuren von Leben suchen. Bakterien, Viren, DNS – was auch immer. Und wenn wir solche Spuren finden, müssen wir sicher sein können, dass wir sie nicht selber eingeschleppt haben.«

»Wie sollen wir da etwas einschleppen? Wir haben doch Raumanzüge an.«

»Ja schon. Aber die sind nicht steril. Wir bewahren sie hier im Wohnbereich auf; das heißt, wenn wir sie anziehen und hinausgehen, haften auf der Außenseite Millionen Keime aller Art. Und manche von denen sind durch Vakuum und Kälte nicht zu beeindrucken.«

Von hinten war das Klappen der Kühlschranktür zu hören und das Klappern von Geschirr.

»Leuchtet ein«, gab Carl zu. »Und was können wir dagegen machen?«

»Wir müssen, wenn wir draußen sind, die Anzüge mit einem chemischen Sterilisator abwaschen, ehe wir uns den Ruinen nähern«, erklärte der Areologe müde. »Das Problem ist nur, dass wir von dem Mittel zu wenig dabeihaben. Es wird darauf hinauslaufen, dass morgen erst einmal nur zwei von uns bis zu den Ruinen gehen. Und je nachdem, was wir finden, müssen wir vielleicht zurückfahren bis zu einem Punkt, wo uns ein Flugboot mehr von dem Zeug bringen kann.« Er hob die Nase, schnupperte. »Mmh. Ich glaube, es ist Zeit fürs Abendessen.«

Nach den nervenaufreibend kurzen Telefonaten mit Dr. Spencers Team beschloss Jorge Immanuel Caphurna, das Abendessen ausfallen zu lassen und gleich ins Labor zurückzukehren.

Nach fast fünf Wochen ohne greifbares Ergebnis überstürzten sich die Dinge auf einmal, eine Entwicklung, die er auch nicht unbedingt schätzte. Er überlegte, ob er nicht doch noch einmal versuchen sollte, Kommandant Salahi und vor allem Pigrato dazu zu überreden, ihn und sein Team mit dem Shuttle hinaus zur Expedition zu fliegen. Nur im äußersten Notfall, das war die Parole der beiden, aber es konnte sehr wohl sein, dass hier ein Notfall vorlag – nur eben ein wissenschaftlicher. Falls wirklich die Entdeckung des ersten Lebens nichtirdischen Ursprungs bevorstand, war das etwas, das äußerste Vorsicht erforderte und nahezu jeden Aufwand rechtfertigte. Und nach den Gesprächen mit Dr. Spencer und seinem Team hatte er heftige Zweifel, dass sie die Situation wirklich genau so wie besprochen handhaben würden. Natürlich, Dr. Spencer war ein erfahrener Mann und den Mars kannte er zweifellos besser als jeder der neu von der Erde gekommenen Wissenschaftler. Aber er war eben nur ein Areologe, jemand, dessen Studium sich um Gesteinsformationen, Mineralien, Vulkanismus und dergleichen gedreht hatte. Man konnte nicht von ihm erwarten, dass er Sinn für die Problematiken der Suche nach extraterrestrischem Leben hatte.

Seine Leute nickten ihm grüßend zu, als er das Labor betrat. Alles war noch unverändert, selbstverständlich, andernfalls hätten sie ihn ja unverzüglich benachrichtigt. Das blaue Glas – das war noch so ein Rätsel. Der Brocken lag groß und hässlich auf dem Untersuchungstisch und weigerte sich, seine Geheimnisse preiszugeben.

Es war ihnen gelungen, vom äußersten Rand mit enormer Anstrengung wenigstens ein paar kleinere Stücke abzuschlagen, aber deren Untersuchung hatte bislang wenig Erkenntnisse gebracht. Das Zeug schien mehr oder weniger aus allen chemischen Elementen zu bestehen, die es überhaupt gab. Unterhalb der Bruchstelle hatten sie in weiterer mühevoller Arbeit das von dem blauen Glas umschlossene Kabel so weit freigelegt, dass man einen Teil seiner Isolation abschaben und sich das Ganze unter dem Mikroskop näher ansehen konnte. Und dabei hatten sie etwas Erstaunliches entdeckt: Von dem blauen Glas gingen winzige Tentakel durch die Isolierschicht hindurch bis auf das blanke Metall des Stromleiters. Höchst mysteriös.

Heute Mittag waren sie das Risiko eingegangen, wieder Strom durch das Kabel zu leiten, um zu verfolgen, was passierte. Das blaue Glas hatte mit ein paar Minuten Verzögerung angefangen, leicht zu glimmen, was gespenstisch aussah: Zweifellos war es das gewesen, was sie draußen an der Südleitung beobachtet hatten. Nur dass es hier im Labor keine Ruhepausen gab; seit der Strom floss, leuchtete auch das blaue Glas. Abgesehen von dem Licht war aber nichts zu messen – kein Magnetismus, keine weitere Strahlung, keine elektrischen Effekte, nichts. Das Zeug saugte Energie auf, das war alles.

Ein Gedanke fiel ihm wieder ein, der ihm vorhin kurz durch den Kopf geschossen war, während er oben im Maschinenleitstand auf die nächste Satellitenverbindung gewartet hatte.

»Schalten Sie den Strom mal ab«, sagte er.

Einer der Assistenten drehte den Regler auf null. Das Glimmen des blauen Glases erlosch; es lag wieder so da, wie sie es draußen an der Südleitung vorgefunden hatten.

Caphurna deutete darauf. »Das Blau. Ist das eigentlich derselbe Farbton wie bei den Türmen?«

Sie holten Aufnahmen herbei, deren Farbechtheit gesichert war, Messgeräte und Kopien der Aufzeichnungen vom Löwenkopf und kurze Zeit später stand fest: Es war nur *beinahe* das gleiche Blau. Verglichen mit den Türmen wirkte das Glas, das vor ihnen auf dem Tisch lag, blasser. Ausgebleicht. Wie ein bunter Sonnenschirm nach langen Jahren des Gebrauchs. Oder wie eine Pflanze, die im Dunkeln wachsen musste.

»Bemerkenswert.« Caphurna ging an die Schublade, in der sie die restlichen Bruchstücke aufbewahrten, nahm eines davon und hielt es daneben. Man sah mit bloßem Auge, dass es noch ein wenig blasser war als das große Fundstück.

»Die Farbe verändert sich«, bestätigte einer seiner Assistenten. »Wie es aussieht, durch den Kontakt mit elektrischem Strom.«

»Genau«, sagte Caphurna. Er legte das abgesplitterte Stück zurück. »Jim, schalten Sie den Strom wieder ein. Ich will, dass das Fundstück ständig überwacht wird. Alle sechzig Minuten Strom aus, Farbwerte messen und protokollieren. Und wenn sich irgendetwas tut, mich sofort informieren; notfalls mitten in der Nacht.« Er strich nachdenklich über seinen dünnen Oberlippenbart, sah in die Runde und richtete dann den ausgestreckten Zeigefinger auf eine etwas mollige Frau mit kurzen braunen Locken. »Phyllis, Sie schicken umgehend einen Rechercheauftrag an die Universität. Oberste Dringlichkeit. Kostenstelle 01, damit sie es auch ernst nehmen.« Das hieß, dass die Anfrage direkt aus der Kasse des Rektors bezahlt werden würde; solche Arbeiten hatten Vorrang vor allen anderen.

Phyllis hatte schon einen Notizblock griffbereit. Er trug das Logo der Universität Brasilia. »Inhalt und Auftrag der Recherche?«, fragte sie mit piepsiger Stimme.

Caphurna betrachtete den großen, unförmigen, geheimnisvoll schimmernden Klumpen auf dem Tisch. »Was für Materialien gibt es, die sich unter dem Einfluss von Elektrizität verändern? Was kennen wir überhaupt für Effekte in diesem Zusammenhang? Schwerpunkt natürlich Veränderungen der Farbe, aber nicht nur darauf beschränkt; wahrscheinlich ist das sowieso nur ein äußeres Merkmal tiefer liegender Vorgänge. Schildern Sie unsere Beobachtungen an dem Fundstück und fordern Sie jeden, der einen Kopf hat, auf, sich Gedanken zu machen, womit wir es hier zu tun haben könnten.« Im Geiste ging er die Gebäude der Universität ab, die Fachgebiete und Zuständigkeiten. »Schicken Sie außerdem je eine Kopie mit Dringlichkeit direkt an die Professoren Ramirez, Stein und Koliczew.« Das waren die Leiter der Fachgebiete Materialkunde, Theoretische Physik und Anorganische Chemie.

»Wollen Sie den Text der Anfrage noch einmal gegenlesen, ehe ich ihn rausschicke?«, fragte sie, hastig schreibend.

»Ach was. Sie werden das schon richtig machen.« Caphurna sah auf seine Armbanduhr, schaltete auf Ortszeit Brasilia um. »Zu Hause ist es jetzt halb sechs Uhr morgens. Schauen Sie zu, dass die es alle auf dem Schirm haben, sobald sie ins Büro kommen!«

Allmählich wurde Urs unruhig. So was Blödes, dass er heute Mittag nicht geschaltet hatte. Das wäre die ideale Gelegenheit gewesen. Gerade als Urs von der Schule nach Hause gekommen war, war Vater zu einer Besprechung in den Kartenraum geeilt und hatte im Vorbeigehen gesagt, dass Mutter etwas später kommen würde . . . Aber in dem Moment hatte Urs einfach nicht daran gedacht. Er war noch völlig erschlagen gewesen von dem Erlebnis, Ariana und ihren Ju-Jutsu-Lehrer miteinander kämpfen zu sehen.

Was für ein unglaubliches Schauspiel! Die beiden hatten Sprünge gemacht, die nicht von dieser Welt waren. Das hieß, nein, im Gegenteil – derartige Sprünge waren *nur* auf dieser Welt möglich, auf dem Mars mit seiner niedrigen Schwerkraft. Mit ihren wehenden Kampfanzügen waren Ariana und ihr Lehrer bis an die Decke geflogen, ein Tanz in der Luft beinahe, mit wirbelnden, präzise abgezirkelten Stößen und Tritten von Armen und Beinen, dazu die markerschütternden Kampfschreie . . . Unglaublich. Wenn er jetzt daran zurückdachte, kam es ihm vor wie ein Traum, nicht wie etwas, das er wirklich gesehen hatte.

Er hatte kaum gewagt zu fragen, wie man das erlernen könne und ob er möglicherweise auch . . . Kim Seyong hatte ihm mit mildem Lächeln erklärt, dass Ariana schon seit über zehn Jahren mit ihm trainiere und dass er ihn deswegen, gesetzt den Fall, Urs bewiese das notwendige Talent und

Durchhaltevermögen, separat unterrichten müsse. Was aber im Moment nur eine theoretische Frage sei, da er, Kim Seyong, gerade viel zu viel zu tun habe.

Das war ihm im Kopf herumgegangen. Da es mit dem *Magnet Scooting* hier auf dem Mars ja wohl erst mal vorbei war, musste er sich ohnehin nach etwas anderem umsehen. Krafttraining alleine war ihm auf die Dauer zu langweilig und was gab es hier sonst? Nicht viel, was Spaß machte.

Dann hatte Elinn noch mal angerufen und nachgefragt, ob er schon etwas herausgefunden habe über den Schlüssel. Puh! Peinlich! Da war ihm überhaupt erst wieder eingefallen, was er ihr versprochen hatte. Zum Glück hatte er so schnell geschaltet, dass Elinn nichts gemerkt hatte. Und außerdem stimmte seine Ausrede beinahe: Seit Vater von seiner Besprechung zurück war, saß er in seinem Arbeitszimmer.

Erst das Abendessen holte ihn vom Schreibtisch weg und Urs beschloss kurzerhand, aufs Ganze zu gehen.

Vater hatte sich eben hingesetzt und damit begonnen, die Gläser vollzuschenken, und Mutter begann, die Teller zu füllen, als Urs' Kommunikator fiepte. Er zog ihn heraus, sah auf das Display und bat: »Dad, darf ich noch schnell eine E-Mail bei dir abrufen, die gerade angekommen ist?«

»Muss das sein?«, protestierte Mutter, wie nicht anders zu erwarten.

»Bitte. Die kommt von Sergej und ist furchtbar dringend.« Das war genauso geflunkert wie das Piepsignal; in Wirklichkeit hatte er nur ein Erinnerungssignal einprogrammiert. Urs hielt den Atem an. Er konnte nur hoffen, dass niemand fragte, was genauso dringend sein sollte, denn dafür hatte er sich keine Ausrede zurechtgelegt.

»Von mir aus«, brummte Vater nach einem Blickwechsel mit Mutter. Die beiden wussten, dass Sergej sein bester Freund war, und sie hatten beide ein wenig ein schlechtes Gewissen, ihn hierher auf den Mars verpflanzt zu haben.

»Aber beeil dich!«, fügte Mutter hinzu. »Ehe alles kalt wird.«

»Mach ich«, versprach Urs, sprang auf und eilte ins Arbeitszimmer.

Der Schirm war noch an. Urs machte die Tür ganz leise hinter sich zu, huschte zum Sessel und rief den Mailzugang auf, der ihn nicht im Mindesten interessierte. Gleichzeitig öffnete er die oberste Schublade. Ja, da lag sie: Vaters Codekarte. Er schob sie in den Leseschlitz an der Unterseite des Schirms. Zack, schon erschien der Verwaltungsbereich. Vater hatte sich, genau wie Urs es sich gedacht hatte, nicht ausgeloggt, nur die Codekarte gezogen.

So, das Schlüsselverzeichnis. Nicht auf Anhieb zu finden in all diesen Listen, Verzeichnissen, Dateien, Berichten und so weiter. Halt, da war es.

Die Stimme seiner Mutter drang durch die Tür: »Urs? Antworten wirst du ihm bitte aber erst nach dem Abendessen, ja?«

Urs öffnete das Verzeichnis. »Ja-ha!«, rief er. »Ich bin gleich fertig.« Suchfunktion. Wie war das? Metall-Labor 2. Ah da. Er las den Eintrag, hob die Augenbrauen. Okay, das war einfacher als gedacht. Elinn würde sich freuen. Er schloss das Verzeichnis, kehrte in die Ausgangsposition zurück und wollte die Codekarte gerade wieder ziehen, als sein Blick auf einen Bericht fiel, der *Satellit 2/Magnetometer* hieß.

Magnetismus? Das Thema verfolgte ihn. Worum es da

wohl ging? Er öffnete den Bericht. Auf die paar Sekunden kam es auch nicht mehr an ...

Allerlei Blabla darüber, dass der Mars kein der Erde vergleichbares Magnetfeld besaß, eine Übersicht der Hypothesen, warum nicht, eine Beschreibung bisheriger Versuche, das verbliebene minimale Magnetfeld zu kartieren ... Und über all dem prangte dick der Zugangscode zum Satelliten! Fette Beute. Damit ließ sich etwas anfangen.

Oha. Draußen auf dem Flur kamen Schritte näher, schnell und von elterlichem Unmut kündend.

Sekunden später öffnete Vater die Tür und erklärte mit umwölkter Stirn: »Okay, das reicht jetzt. Mach aus und komm essen!«

Die Codekarte lag schon wieder in der Schublade, auf dem Schirm prangte nur die Mailbox. »Ich wollte *gerade* kommen«, erklärte Urs und knipste den Schirm aus.

Später rief er Elinn von seinem Zimmer aus an. »Es gibt eine Regel, dass das Metall-Labor 2 möglichst immer abgeschlossen werden soll, weil die Tür gern von selber aufspringt, und dann kommt Staub aus der Werkstatt herein. Der Schlüssel dazu hängt einfach an einem Haken um die Ecke.«

Danach notierte er sich, ehe er ihn vergaß, den Zugangscode für den Satelliten.

26 Auf eigene Faust

Am Samstagmorgen stand schließlich fest, wer die beiden Glücklichen waren, die als Erste in das Ruinenfeld gehen würden: Manuel Librero, der als Botaniker von ihnen allen die besten Voraussetzungen mitbrachte, nach Spuren nicht irdischen Lebens zu suchen, und Dr. Spencer als Leiter und damit Verantwortlicher der Expedition.

Carl ging mit raus, als alle die Rover verließen, und sah zu, wie Akira, Townsend und Rajiv die beiden mit dem Sterilisator abschrubbten. Das war ein schaumiges Zeug, das Flecken machte, und danach musste man die Raumhelme noch einmal separat reinigen, damit die beiden auch etwas sahen.

Hinter ihnen erhob sich die Felswand des Nordhangs schroff und strahlend kilometerweit in die Höhe, sodass man sich hier unten ganz klein vorkam. Der Himmel war von gläserner Klarheit, ungewöhnlich für die Jahreszeit, und wenn man die Hand so hielt, dass einen das Licht, das die Felswand zurückwarf, nicht blendete, sah man sogar ein paar Sterne.

»So, Ende des Waschprogramms«, erklärte Akira endlich und stopfte seinen Schwamm zurück in den zugehörigen Beutel. »Bei wie vielen Umdrehungen wünschen Sie geschleudert zu werden?«

Dr. Spencer gab nur ein unwilliges Brummen von sich; er schien das nicht so witzig zu finden. Dabei sah es zum Schießen aus, wie die beiden breitbeinig dastanden, die Arme ausgebreitet, damit das Mittel auch aus den Ritzen und Falten des Anzugs verdunsten konnte.

»Sagen Sie, Dr. Spencer«, fragte Van Leer, »muss man nach dreißig Jahren menschlicher Anwesenheit auf dem Mars nicht davon ausgehen, dass der Planet sowieso längst kontaminiert ist?«

Der Leiter der Expedition ließ ein Knurren hören. »Wenn Sie sich mit Professor Caphurna anlegen wollen, bitte schön. Ich wünsche viel Spaß dabei.« Er wedelte mit den Händen. »Sind die drei Minuten noch nicht um? Mir brechen gleich die Arme ab.«

Akira sah auf die Uhr. »Wie sagte schon Kollege Einstein? Alles ist relativ. Gilt besonders für die Zeit. Noch dreißig Sekunden – aber ich denke, es macht nichts, wenn Sie die Arme bewegen.«

Das ließ der Areologe sich nicht zweimal sagen. »Das nächste Mal geht einer von Ihnen«, ächzte er und wedelte heftig mit den Armen auf und ab.

»Was ist eigentlich, wenn Sie zurückkommen?«, fragte Van Leer. »Da müssten wir Sie streng genommen auch noch mal sterilisieren, oder? Sie könnten ja sonst eine marsianische Bakterie zu uns einschleppen. Womöglich eine Krankheit, die unserer Medizin noch völlig unbekannt ist?«

»So etwas gilt als höchst unwahrscheinlich«, meinte Librero leise.

»Und solange Caphurna es nicht ausdrücklich anordnet«, fügte Dr. Spencer hinzu, »werden wir uns das schenken.«

Akira hob die Hand. »Genug gehampelt. Sie können losziehen und epochale Entdeckungen machen.«

»Gut, tun wir das«, nickte Dr. Spencer.

Carl und der Rest der Mannschaft sahen zu, wie die beiden Forscher ihre Ausrüstung aufnahmen – die natürlich ebenfalls sterilisiert worden war – und bedächtigen Schrittes auf die Ruinen zugingen. Eigentlich hätte sich dieser Moment geschichtsträchtig anfühlen müssen, fand Carl, aber das tat er nicht. Es standen einfach nur ein paar Leute herum und sahen anderen Leuten nach. Der restliche Tag versprach, langweilig zu werden.

Dr. Spencer winkte und deutete auf seine Helmkamera. »Tim? Kümmern Sie sich darum, dass alle Bilder, die wir machen, so schnell wie möglich an die Siedlung weitergeschickt werden?«

»Alles klar«, nickte Timothy Grissom und stieg unverzüglich die Leiter zur Schleuse hinauf. Er schien froh zu sein, eine Aufgabe zu haben.

Carl drückte die Taste für Fernkommunikation. »Dr. Spencer, kann ich mich ein bisschen in der Gegend umsehen?«

»Klar. Solange du dich von den Ruinen fernhältst. Und auch von allem anderen, das wie ein Bauwerk aussieht.«

»Versprochen.«

Carl war schon während der Reinigungsprozedur ein paar Schritte in südlicher Richtung gegangen. Von da aus, wo das Plateau endete, auf dem die Rover standen, führte ein mit Geröll übersäter Hang abwärts und seitlich unterhalb des Ruinenfeldes hatte er eine Felsplatte erspäht, die derart vorstand, dass man nicht sah, was sich darunter verbarg. Vermutlich nichts Besonderes, ein Felssockel eben.

Aber vielleicht auch ein weiteres Stockwerk desselben Bauwerks? Ein *erhaltenes* Stockwerk womöglich?

Carl hatte nicht wenig Lust, ebenfalls epochale Entdeckungen zu machen. »Ich schau mich in dieser Richtung um!«, sagte er halblaut und an niemand Bestimmten gerichtet und marschierte los.

Das nervte! Am liebsten wäre Ronny losgezogen und hätte die alten Kopfhörer wieder aus dem Lager geholt. Er hatte eine Unterrichtseinheit über das Zusammenspiel zwischen den Institutionen der nationalen Regierungen und denen der Föderation vor sich, was erstens reichlich kompliziert war und zweitens nicht gerade rasend spannend, da störte es doppelt, wie Urs und Ariana unentwegt am Tuscheln waren.

Das hatte so keinen Zweck. Unmöglich, sich zu konzentrieren. Er erwog, den Flugsimulator zu starten und eine Run-de mit einer alten Junkers zu fliegen, aber dann ging er doch lieber in den Message Modus und schickte Elinn ein schlich-tes *Ächz!* auf den Schirm.

Sie grinste ihn an, dann schrieb sie ihm zurück: *Ich weiß jetzt übrigens, wo der Schlüssel ist. Kommst du heute Nacht noch mal mit runter?*

Ronny verzog das Gesicht. Das hätte er gerne gemacht, aber das ging nicht. Seine Mutter hatte das Schloss so konfiguriert, dass es ihr eine Mitteilung auf den Kommunikator schickte, falls er es nach zehn Uhr abends öffnete.

Geht nicht, schrieb er. *Meine Mutter passt auf und sie war stinksauer wegen neulich.*

Und morgen Nacht?

Quatsch. Solche Eskapaden konnte er sich für mindestens einen Monat abschminken. *Auch nicht,* schrieb er zurück.

Elinn überlegte und kaute dabei auf ihrer Unterlippe. Schließlich tippte sie: *O. k., dann lass uns JETZT gehen.*

Jetzt? Bist du verrückt? Jetzt ist das Labor doch voller Leute!

Wir gehen einfach durch die Werkstatt. Da können wir so tun, als hätten wir dort was zu erledigen.

Ronny musterte die Worte auf seinem Schirm nachdenklich. Das klang gut. Aufregend, auf jeden Fall.

Die Metallwerkstatt ist nicht weit von der Tischlerei entfernt, schob Elinn nach. *Wir tun einfach so, als müssten wir Holzreste für die Papiermaschine abholen.*

Was war die Alternative? Föderationsrat. Föderationsparlament. Zuständigkeitsprüfungsverfahren. *O. k.,* tippte Ronny.

Sie standen beide gleichzeitig auf, schalteten ihre Schirme gleichzeitig aus. »Euer Herumgeturtel«, erklärte Elinn mit spitzen Lippen, »ist einfach nicht mehr auszuhalten.«

Haha, da guckten sie aber! Ronny und Elinn stolzierten ohne ein weiteres Wort hinaus und überließen die beiden sich selbst.

»Halt, warte!«

Carl drehte sich um. Das war der Journalist, der mit dem stolpernden Schritt der Marsneulinge auf ihn zugeeilt kam.

»Ich komme mit«, meinte Van Leer, als er bei ihm war. »Die anderen haben wenigstens Strahlen, die sie messen, oder Steine, auf die sie klopfen können. Ich dagegen stehe bloß blöd in der Gegend herum.« Er grinste hinter der Helmscheibe. »Außerdem habe ich versprochen, auf dich aufzupassen.«

Na, das war noch die Frage, wer hier auf wen aufpassen

musste. Aber Carl verkniff sich eine entsprechende Bemerkung und meinte nur: »Okay, von mir aus.«

Allerdings war es ihm im Grunde nicht recht. Das war bestimmt nur ein Vorwand und in Wirklichkeit wollte Van Leer bei dieser Gelegenheit so nebenbei seine Befragung fortsetzen. Und darauf hatte Carl absolut keine Lust.

Aber nun hatte er schon Ja gesagt, also musste er sehen, wie er mit der Situation zurechtkam. Am besten, indem er erst mal so wenig wie möglich von sich aus sagte. Es war sowieso ratsam, sich lieber darauf zu konzentrieren, wohin man die Füße setzte; der Abhang war an manchen Stellen steiler, als es von oben ausgesehen hatte, etliche Steine wiesen scharfe Kanten auf und dazwischen klafften bisweilen unvermutet tiefe Löcher, in denen man besser nicht mit dem Stiefel hängen blieb.

Van Leer wählte seine Schritte ebenfalls vorsichtig und konzentriert. »Ich kann mir nicht helfen«, bekannte er dabei, »aber ich habe meine Zweifel, dass diese Anzüge wirklich so stabil sind, wie man immer sagt.«

»Na ja«, meinte Carl. »Sie sind schon ziemlich stabil.«

In diesem Moment krachte Dr. Spencers Stimme auf der Rundruf-Frequenz dazwischen. »Olivia? Könnten Sie sich mal die Bilder anschauen, die ich von den Mauerresten gemacht habe? Vor allem die Nahaufnahmen. Könnte das eine Art Beton sein?«

»Alles klar, ich schau's mir gleich an«, kam Olivia Hillmans Stimme zurück. Dann war wieder Ruhe.

Carl und Van Leer stiegen schweigend weiter abwärts. Der Hang wurde, wenn man tiefer kam, breiter und weitete sich allmählich, gerade so, als habe sich hier vor langer Zeit eine enorme Lawine zu Tal gewälzt. Doch es war kein gewöhnliches Geröll, auf dem sie gingen, sondern ein von Sand durchsetzter Haufen scharfkantiger Steine in allen Größen. Sie sahen fast aus wie . . .

Trümmer!

Carl blieb stehen, bückte sich, hob einen der kantigen Brocken auf und betrachtete ihn nachdenklich.

»Was ist?«, wollte Van Leer wissen, der die Gelegenheit nutzte aufzuholen.

»Ich überlege, wie man feststellen könnte, ob das ein normaler Stein ist oder vielleicht ein Trümmerstück eines eingestürzten Gebäudes«, sagte Carl.

Zu seiner Verblüffung begann der Journalist, leise zu lachen. »Ach, sieh an! Merkst du etwas?«

Carl warf ihm einen skeptischen Blick zu. »Was soll ich denn merken?«

»Eine Veränderung«, antwortete Wim Van Leer. »Du beginnst, wie ein Wissenschaftler zu denken!«

Carl riss die Augen auf. Oha! In der Tat, so hatte er das noch gar nicht betrachtet. Aber ja, da war etwas dran . . .

Unter dem Felsüberhang war nur glattes Gestein. Keine Türen, keine Garagentore, kein unversehrtes Kellergeschoss voller Gerätschaften der unbekannten Fremden. Schade.

»Zum Wissenschaftler fehlt mir noch viel«, erwiderte Carl. »Vor allem, wie der Name schon sagt, Wissen.«

Van Leer schüttelte den Kopf und blies nach einer vorwitzigen Haarsträhne, die ihn im Auge kitzelte. »Da wäre ich mir nicht so sicher. Wissen? Es gibt eine Menge Leute, die furchtbar viel wissen und trotzdem dumm sind wie Bohnenstroh. Versteh das jetzt nicht falsch, ich will dich nicht davon abhalten zu lernen. Aber das, was ein Wissenschaftler weiß, ist für ihn nur ein Werkzeug, um *neues* Wissen zu gewinnen. Viel wichtiger, als kluge Antworten zu kennen ist, dass man imstande ist, kluge *Fragen* zu stellen. Und da kann Wissen sogar hinderlich sein – denn wenn man glaubt, schon zu wissen, fragt man nicht mehr.« Er lachte glucksend. »Ein bisschen wie bei Journalisten. Nur dass wir unsere Neugier eher auf Politiker richten als auf Elementarteilchen.«

Carl ließ sich das durch den Kopf gehen, während sie dem Verlauf des Felssockels folgten. Eine wild zerklüftete Ebene tat sich vor ihnen auf.

»Ärgert Sie das eigentlich nicht als Journalist, dass Sie jetzt nicht da oben dabei sind in den Ruinen?«

»Ein bisschen. Aber da man mich unter der Bedingung mitgenommen hat, dass ich mich den Erfordernissen der Expedition unterordne, finde ich mich eben damit ab. Außerdem ... puh, was ich jetzt schon alles an Material habe! Das reicht, um bis an mein Lebensende nur noch über den Mars zu schreiben.« Van Leer hielt inne. »Allerdings fällt mir da gerade auf ... Sag mal, könntest du ein paar Bilder von mir machen? Ich habe jede Menge fotografiert auf dieser Fahrt, aber ich weiß nicht, ob es mehr als zehn Aufnahmen gibt, auf denen ich selber auch zu sehen bin. Das kann man doch nicht so lassen, oder? Wer weiß, vielleicht bringe ich es eines Tages ja doch noch zu Enkelkindern, und denen muss man etwas zeigen können, wenn man dereinst im Schaukelstuhl sitzt.«

Carl nickte. »Klar. Kann ich machen.«

Es verblüffte ihn zu erkennen, dass es für Van Leer trotz aller beruflichen Coolness doch etwas Besonderes war, auf dem Mars zu sein. Etwas Aufregendes. Das war nicht leicht nachzuvollziehen, wenn man hier geboren war und nichts anderes kannte; vielleicht war es ihm deshalb bis jetzt entgangen. Aber das machte ihm Van Leer auf einmal fast ein wenig sympathisch. Auf alle Fälle hatte er keine Angst mehr vor ihm. Eigentlich schon seit einer ganzen Weile nicht mehr. Im Gegenteil, auch wenn die Fragen des Journalisten unangenehm gewesen waren und er keine Lust auf mehr davon hatte, war er doch froh, dass er ihn damit gewissermaßen über eine Schwelle gestoßen hatte, über die er sich aus eigenem Antrieb nicht getraut hatte zu gehen. Es stimmte nämlich, er hatte wirklich alles auf »später« verschoben – und im Grunde auf ein Wunder gehofft. Und nun war es passiert, das Wunder: Er war drin, auf Tuchfühlung mit der Sache, und er wusste, wie er weitermachen würde.

Van Leer drehte sich nach allen Seiten, begutachtete die Szenerie. »Das ist hier doch toll, oder? Eine Landschaft, die einen umhaut. Wie wäre es, wenn du von dort drüben fotografierst« – er deutete auf eine Stelle dicht neben dem Sockel – »und ich hier stehe ... Oder ein bisschen näher, so, damit man mich auf dem Bild auch erkennt. Probierst du das mal?«

»Moment.« Carl stieg zu dem Punkt, auf den Van Leer gezeigt hatte. Tatsächlich, von hier aus war es ein fantastischer Anblick. Hinter Van Leer erstreckte sich die schier endlose Tiefebene des Capri Chasma, höchst dramatisch wirkend mit dem dunklen, klaren Himmel, der jäh abfallenden, strahlend hellen Felswand im Norden und dem zerklüfteten Grund voller Krater.

Carl richtete die Helmkamera aus. Deren Bedienung war simpel: Sie besaß zwei große, auch mit Handschuhen leicht zu bedienende Taster, einen oben und einen an der Seite. Wenn man die Finger auf den oberen Taster legte, wurde der Blick durch das Objektiv als kleines Rechteck auf die Innenseite des Helms projiziert, und wenn einem gefiel, was man sah, tippte man mit dem Daumen gegen den zweiten Taster. Alles Weitere ging automatisch.

Carl machte ein paar Aufnahmen, dann meinte er: »Vielleicht sollten Sie noch ein bisschen näher kommen. Ich bin mir nicht sicher, ob man Ihr Gesicht auf den Bildern erkennen wird.«

»Die Sonne spiegelt, verstehe. Okay, warte . . .« Der Journalist stieg behutsam über einen größeren Stein, suchte nach einem neuen Standpunkt. »Hier? Probieren wir es . . . Hey! Was ist denn das?«

»Was?« Carl drehte sich um, weil er sah, dass Van Leer auf irgendetwas hinter ihm starrte.

»Das da. An der Felswand dort unten.«

Jetzt sah er es. Am tiefsten Punkt des Felssockels, auf dem das Ruinenfeld lag, gab es einen merkwürdigen dunklen Fleck.

»Ein Schatten?«, mutmaßte Carl.

»Nein, nein. Von hier aus sieht man, dass da etwas schimmert. Wie eine von diesen verglasten Stellen, für die sich Akira auf der Fahrt so interessiert hat.«

Carl kletterte ein paar Meter auf Van Leer zu, dann sah er es auch. Eindeutig.

Van Leer drückte die Fernruftaste. »Akira? Falls Sie sich gerade langweilen sollten – Carl Faggan und ich haben hier etwas für Sie und Ihr Strahlenmessgerät . . .«

Ronny und Elinn fuhren zur Plaza hinab und marschierten in Richtung der Werkstätten. In einem der vorderen Lagerräume fanden sie zwei geflochtene Körbe, die sie mitnahmen für den Fall, dass eine Ausrede nötig sein würde.

Doch niemand schien sich über ihre Anwesenheit hier und um diese frühe Uhrzeit zu wundern. »Hallo, Kinder«, sagte ein Mann, der Stoffballen aus einem Raum trug, in dem das rasche Klack-Klack eines Webstuhls zu hören war. Und eine Frau, die einen Handwagen voller Obst- und Gemüsekisten vorbeifuhr, meinte nur »Na, ihr?«. Was sie vorhatten, wollte niemand wissen.

Als sie vorsichtig die Köpfe durch die Tür der Metallwerkstatt steckten, sahen sie jemand damit beschäftigt, flüssigen Stahl in eine Reihe von Gussformen im Boden zu gießen. Es stank nach Asche und faulen Eiern, Funken stoben und der ganze Raum war von unglaublicher Hitze erfüllt. Sie wollten sich schon wieder verdrücken, als der Mann sie bemerkte. Er schob seine Schutzbrille auf die Stirn hinauf und winkte. »Kommt nur! Das könnt ihr euch ruhig ansehen.«

Ronny und Elinn wechselten einen bangen Blick, dann folgten sie der Einladung.

Aus der Nähe erkannten sie den mageren Mann, der einen glänzend weißen Schutzoverall trug. Es war Mister Dayan, den sie wie alle Siedler natürlich vom Sehen kannten, auch wenn sie noch nie viel mit ihm zu tun gehabt hatten. Ronny wusste über ihn nur, dass er zu einer Gruppe gehörte, die ab und zu draußen in den Ebenen ein seltsames Spiel mit kleinen Bällen und Schlägern spielte, das jeweils den ganzen Tag dauerte und das sie *Golf* nannten.

»Kommt ruhig näher«, sagte Mister Dayan. »Ein bisschen Abstand muss sein, klar. Dort drüben liegen ein paar Schutzbrillen, die könnt ihr aufsetzen.«

Das Schutzglas war ziemlich dunkel, man sah nur noch Umrisse. Mister Dayan packte wieder die Stange, die an dem Gefäß mit dem flüssigen Metall befestigt war, und zog es damit ein Stück weiter. »Achtung, jetzt gibt's ein Feuerwerk.« Er stemmte sich gegen die Querstange, sodass der Bottich nach vorn kippte, und im nächsten Moment ergoss sich ein weiß glühender Strom in einen Schlitz in dem mit allerlei losen Keramikelementen ausgelegten Boden.

»Ich glaube, auf der Erde machen so was nur noch Roboter«, meinte Mister Dayan. »Das ist natürlich nicht halb so aufregend.«

»Was wird denn das, was Sie da gießen?«, fragte Elinn.

»Oh, ganz verschiedene Dinge. Hier vorne, das sind Rohlinge, aus denen wir später neues Besteck machen; Gabeln vor allem. Das da werden Ersatzteile für die Rovermotoren, und das hier ist noch ein Experiment. Wir wollen eine Maschine bauen, die kleine Metallteile automatisch fertigen kann. So, wie die Maschine, die Nägel und Schrauben macht; habt ihr die schon mal gesehen?«

Sie nickten. Klar hatten sie die schon gesehen. Nägel und Schrauben in Vorratsboxen einzufüllen, tauchte immer wieder auf ihrer Liste der Stationsarbeiten auf.

Mister Dayan lachte. »Ach ja, das hatte ich ganz vergessen; die kennt ihr sogar gut. Die haben wir gebaut, als ihr noch ganz klein wart, und sie funktioniert immer noch. An der anderen Maschine beißen wir uns dagegen schon seit Jahren die Zähne aus – na, mal sehen, vielleicht kriegen wir sie ja eines Tages doch noch zum Laufen. So, Vorsicht noch mal!«

Die Menge an flüssigem Metall war offenbar genau berechnet; nachdem Mister Dayan die letzte Form aufgefüllt hatte, war auch der Bottich leer. Er schob ihn zurück in eine Halterung unter dem Schmelzofen.

»So, das muss jetzt alles abkühlen. Das dauert in unserem guten, kalten Marsboden zum Glück nicht lange, aber Vorsicht! Nichts anfassen. Abkühlendes Metall kann aussehen, als sei es schon kalt, aber man verbrennt sich trotzdem schlimm daran, wenn man es berührt.«

Elinn nahm die Brille wieder ab. »Wir müssen sowieso weiter. Wir haben noch zu tun.«

Mister Dayan lachte und fing an, seinen Schutzoverall abzulegen. »Ja, so ist das. Wir haben alle immer ganz schön zu tun.«

Sie warteten mit ihren Körben hinter einer Ecke, bis Mister Dayan davongegangen war. Dann huschten sie zurück in die Werkstatt, die jetzt erfüllt war von unheimlichen knackenden Lauten und einem schier unerträglichen Gestank.

Sie fanden den Haken, an dem der Schlüssel hing, und nun war es doch gut, dass sie die Körbe dabeihatten, denn Ronny musste einen davon umdrehen und darauf steigen, um so hoch hinaufzulangen.

»In einem Märchenfilm hab ich so einen Schlüssel schon mal gesehen«, sagte Elinn versonnen, als Ronny ihr das eigentümlich geformte Metallteil reichte. »Eine alte Frau hat ein Gitter damit zugesperrt, hinter dem ein Junge eingesperrt war, glaube ich.«

»Probier, ob du die Tür aufkriegst«, drängte Ronny. Mister Dayan konnte jeden Moment zurückkommen.

Es war überhaupt kein Problem, die Tür mit dem Schlüssel zu öffnen. Auch der angebliche »Versuch« von Doktor Irgendwer war unangetastet. Der Heizofen hatte sich von selber ausgeschaltet und fühlte sich, als sie ihn ganz, ganz vorsichtig berührten, auch völlig kühl an.

»Gut«, meinte Elinn, unwillkürlich flüsternd. »Machen wir ihn auf.«

Ronny packte die Verriegelung, drehte sie mit einiger Mühe beiseite. Dann zog er an dem Hebel, der die Klappe öffnete.

Elinn hatte inzwischen eine lange Zange gefunden. Damit fasste sie hinein und holte die Ergebnisse ihres Versuchs heraus.

Es war eine einzige Enttäuschung. Die Aluminiumformen und der Sand darin waren zu grauen, glasigen Fladen zerlaufen, die nicht die geringste Ähnlichkeit mit den Artefakten hatten.

Ronny ließ die Ofenklappe zufallen. Er sah Elinn an, die mit leerem Blick auf die hässlichen Dinger starrte. Bestimmt war sie jetzt völlig niedergeschlagen.

Er nahm eines der Teile in die Hand. »Auf jeden Fall sind sie schön flach. Man könnte sie als, was weiß ich, Untersetzer oder so etwas verwenden.« Er begutachtete den schiefen grauen Klumpen von allen Seiten, zermarterte sich das Hirn nach Möglichkeiten, die Sache positiv zu sehen. »Man müsste den Sand pressen, bevor man die Form in den Ofen gibt, damit nicht so riesige Poren entstehen . . .«

»Das Leuchten«, wisperte Elinn.

Ronny sah auf. »Was?«

Elinn starrte ins Leere, mit erschreckend großen Augen, die auf einmal ganz glasig aussahen.

»Das Leuchten«, wiederholte sie. »Ich spüre *das Leuchten.* Hier irgendwo ganz in der Nähe.«

27 Die gläserne Höhle

Nachdem die beiden Knirpse abgezogen waren, hätten sie den Schulungsraum eigentlich für sich gehabt, doch zu Urs' Enttäuschung schob Ariana ihn von sich, richtete sich auf, schüttelte entschlossen ihr Haar und erklärte: »Genug. Jetzt wird ernsthaft gelernt. Wie ist das mit dem Magnetfeld der Erde?«

Also gut. Immerhin, je eher sie diesen verflixten siebzehnten Physikkurs hinter sich brachte, desto besser. Urs rief die entsprechenden Bilder auf und versuchte, es ihr zu erklären. Aber Ariana machte wieder nur große Augen und verstand gar nichts.

Das fing schon damit an, dass sie sich nicht vorstellen konnte, wie ein Planet ein Magnetfeld haben sollte, das ihn völlig umhüllte. »Das ist doch aber *riesig*«, meinte sie immer wieder. »Woher soll das kommen?«

Urs seufzte und begann noch einmal von vorn. Dass die Erde einen glutflüssigen Kern hatte, aus Eisen, der nicht mit derselben Geschwindigkeit rotierte wie der feste Erdmantel und dadurch wie ein riesiger Generator wirkte. Dass es die Ströme in dem flüssigen Metallkern waren, die das Magnetfeld erzeugten. Und dass es *so* stark ja auch nicht war, gerade stark genug, um Magnetnadeln von Kompassen auszurichten und, viel wichtiger, um die Erdoberfläche vor dem Sonnenwind zu schützen.

Ariana machte immer noch große, verständnislose Augen. »Und wieso hat der Mars so etwas nicht?«

»Weil er kleiner ist. Deshalb ist er früher erkaltet als die Erde. Und deshalb hat er keinen flüssigen Kern mehr.«

Sie starrte so verzweifelt auf den Schirm, als wäre das alles die komplizierteste Theorie der Welt. Es war fast mit Händen zu greifen, wie sehr sie sich unter Druck setzte, und genau das war das Problem: Wenn man sich immer wieder sagt, dass man eine Sache unbedingt kapieren muss, dann kapiert man sie garantiert nicht.

Gut, dass er etwas hatte, das sie auflockern würde.

Zumindest hoffte er das.

»Pass auf«, sagte Urs und zog den Zettel mit dem Zugangscode aus der Tasche. »Ich zeig dir was.«

Er rief das Steuerprogramm für den Satelliten auf, gab den Code ein und gleich darauf sahen sie auf dem Schirm, was dessen Kamera in genau diesem Moment aufnahm. Es war der Mars aus großer Höhe, und zwar offenbar die Südpolregion, jene dünne weiße Kappe aus Eis und gefrorenem Kohlendioxid.

»Der Satellit 2 hat ein Magnetometer an Bord«, fuhr Urs fort und aktivierte die entsprechende Sicht – das war ganz einfach, die zugeordnete Schaltfläche konnte man nicht übersehen. Dünne weiße Linien legten sich über das Antlitz des Planeten, feine Striche, die Richtungen und Intensitäten anzeigten. »Der Mars hat heute zwar kein der Erde vergleichbares Magnetfeld mehr, aber er hat vor Jahrmilliarden eines gehabt. Und da er zu einem Gutteil aus Eisen besteht, hat sich ein schwacher Restmagnetismus erhalten, der seit einiger Zeit mit diesem Satelliten kartografiert wird.« Dass die rostrote Farbe, für die der Planet berühmt war, von nichts anderem herrührte als von Eisenoxid – *Rost* mit anderen Worten –, ließ Urs unerwähnt; das wusste Ariana zweifellos besser als er, der Marsneuling.

Ariana war hin und weg, allerdings nicht unbedingt aufgrund der neuen Sicht auf das Phänomen des Magnetismus. »*Wow!*«, rief sie. »Du hast Zugriff auf die *Satelliten?*«

»Nur auf einen davon«, beschwichtigte Urs.

»Das ist ja galaktisch! Zeig mal, kannst du ihn auch steuern?«

»Steuern? Was gibt es da zu steuern?« Die Satelliten umkreisten den Mars seit Jahrzehnten auf verschieden hohen Polarbahnen, das wusste er aus Erzählungen seines Vaters. Man brauchte die Hilfe eines Raumschiffes, um daran etwas zu ändern.

»Das Kameraauge«, erwiderte Ariana aufgeregt. »Versuch mal, ob du das schwenken kannst. Das hat mir mal jemand erzählt, dass man das kann.«

»Ach ja?« Sie probierten herum, und wirklich, über ein Untermenü kam man auf die entsprechenden Kontrollsegmente. Alles kein Hexenwerk.

»Versuch, ob du eines von den Raumschiffen vor die Linse kriegst.« Ariana war regelrecht aufgedreht.

Urs schwenkte die Kamera herum, bis nur noch der Weltraum zu sehen war, eingerahmt von blassen Gradzahlen. »Dazu müsste ich wissen, wo die gerade sind.«

Die beiden Frachtraumschiffe bewegten sich auf viel tieferen Bahnen, so viel wusste Urs. Das war logisch, denn der Auf- und Abstieg mit dem Shuttle sollte so wenig Energie kosten wie möglich. Außerdem kreisten sie in der Ebene des

Äquators, also gerade quer zu den Satelliten, die bei jedem Umlauf beide Pole überflogen.

»Kein Problem, kann ich dir sagen.« Ariana rutschte an einen anderen Schirm und rief das Lokalisierungsprogramm für jedermann auf. Das sah herrlich primitiv aus, lieferte aber Koordinaten, die ihm Ariana sorgsam diktierte.

»Das da, oder?«, meinte Urs, nachdem er die Kamera entsprechend ausgerichtet hatte. Über der dunkelbraunen, von Kratern zernarbten Sphäre des Mars zog ein metallglänzender Punkt dahin. »Das müsste die MARTIN LUTHER KING sein.«

Ariana setzte sich wieder dicht neben ihn, kuschelte sich an ihn. »Warten wir einfach, bis wir näher heran sind.«

Es dauerte, bis Akira Ushijima den Abstieg geschafft hatte, und so lange warteten Carl und Van Leer in respektvollem Abstand zu der verglasten Stelle an der Felswand. Der Physiker war nicht der Schlankeste und der Jüngste sowieso nicht. Man hörte ihn schon von Weitem keuchen, als er durch das Gewirr der Felsbrocken angestapft kam.

»So«, ächzte er schließlich, als er heran war, »wollen mal sehen, was ihr hier Schönes . . . Ah! Ist es das?«

»Ganz genau«, sagte Van Leer.

»Na, das sieht ja mal ungewöhnlich . . . Hmm. Seltsam, seltsam.« Akira zückte sein Messgerät, schaltete daran herum und begann dann, den Sensor zu schwenken. »Nichts. Schon mal interessant. Gehen wir näher ran.«

Sie folgten ihm in ein paar Metern Abstand.

»Ich weiß nicht«, meinte Akira schließlich, als er dicht vor der Stelle stand und den Sensor direkt darauf hielt. »Gar nichts, das ist ein bisschen wenig.«

Er musterte den dünnen Kopf des Sensors, drückte eine Taste am Griff, die eine Prüflampe grün aufleuchten ließ, und schaltete schließlich an dem großen Drehknopf in einen anderen Bereich. »Höhenstrahlung«, erklärte er knapp. »Die gibt es eigentlich immer und überall.« Er hielt den Sensor in die Höhe, und wirklich, man hörte es über die Sprechverbindung deutlich knacken. »Also, das Gerät funktioniert jedenfalls.«

»Ist das gut oder schlecht?«, fragte Van Leer.

»Was heißt gut oder schlecht . . . Es heißt zunächst, dass das da zwar so ähnlich aussieht wie die verglasten Stellen, die wir auf der Herfahrt gefunden haben, aber dass es nicht dasselbe sein kann. Denn die hatten alle eine respektable Radioaktivität vorzuweisen.« Er hakte seine Lampe vom Gürtel. »Außerdem muss ich sagen, dass das hier auch irgendwie anders aussieht . . .«

Er betastete das glatte, dunkel schimmernde Material, leuchtete es ab und lachte plötzlich auf. »Aber hallo! Das ist sogar was *ganz* anderes. Schaut her!«

Im Nu standen Carl und Van Leer neben ihm und so dicht davor sahen sie es auch: Wenn man die Lampe direkt auf das glasartige Material hielt, erkannte man, dass sich dahinter eine Höhle befand. Eine Höhle, die verschlossen und versiegelt war durch dickes, blau schimmerndes Glas.

»Das Leuchten«, stieß Elinn hervor. Ihre Augen glänzten fiebrig. »Ganz nah. Hier unten irgendwo. Wir müssen es finden . . .«

»Warte, warte!«, rief Ronny erschrocken aus. »Was für ein Leuchten? Ich sehe überhaupt nichts.«

»Aber ich«, erwiderte Elinn bestimmt. »Komm!«

Damit marschierte sie los und Ronny blieb nichts anderes übrig, als ihr zu folgen. Er hatte gerade noch Zeit, die komischen Schmelzteile beiseitezulegen, ehe sie zur Tür hinaus war, dann musste er rennen, um sie einzuholen. Es fiel ihr überhaupt nicht ein, auf ihn zu warten, sie war auf einmal wie in einem Fieberwahn ...

Sie eilte durch die Werkstatt, ohne Mister Dayan, der wieder zurück war und sich um die Gussformen kümmerte, eines Blickes oder Wortes zu würdigen. Ronny murmelte dem Mann ein verlegenes »Hi, Mister Dayan« zu und zum Glück waren sie schon draußen, ehe er etwas erwidern konnte.

»Hier irgendwo«, zischte Elinn und bog in den Gang ein, der zu den Labors hinüberführte. »Ganz nah. Wo denn? Hier? Nein, hier ...«

Sie ging in Gänge hinein, machte wieder kehrt und steuerte andere Gänge an, wurde immer fahriger und hektischer, ging immer schneller und begann endlich zu rennen. »Es wird stärker! Schnell!«

Ronny war längst unheimlich zumute. Was um alles in der Welt war mit ihr los? War das *Leuchten,* von dem sie immer erzählt hatte, am Ende doch bloß irgend so eine Einbildung von ihr? Das konnte aber nicht sein, immerhin hatte sie die Artefakte gefunden. Aber trotzdem, wohl war Ronny nicht, während er hinter Elinn hereilte.

Sie rannte geradewegs in die neuen Labors hinein, rüttelte an verschlossenen Türen und fand endlich eine, die offen war und anscheinend obendrein die richtige: In dem Labor dahinter lag, auf ein paar in der Mitte zusammengeschobenen Tischen und beobachtet von Männern und Frauen in weißen Kitteln, ein riesiger, wurmartiger Klumpen aus blauem Glas, der ... *tatsächlich* von innen heraus leuchtete!

Ronny lief ein Schauder über den Rücken. Was war das? Und wie hatte Elinn das *sehen* können? Das Glimmen war nicht heller als das Licht einer Nachttischlampe.

In diesem Augenblick hörte Ronny hinter seinem Rücken hastige Schritte. Gleich darauf stand ein schlanker Mann mit dunklen Haaren, olivfarbener Haut und einem dünnen Schnurrbärtchen hinter ihnen: Professor Caphurna!

»Was macht ihr denn hier?«, fragte er unwillig.

»Nichts«, sagte Ronny und trat hastig zur Seite, um ihn vorbeizulassen. Elinn dagegen stand nur da, den Blick auf das leuchtende Gebilde gerichtet, und rührte sich keinen Millimeter.

»Was ist denn hier los?«, bellte der Professor, als er das Labor betrat. »So schalten Sie doch den Strom ab!«

Einer der Assistenten hob zwei Klemmen in die Höhe. »Das haben wir längst.« Er war kreidebleich.

»Seit wann?«

»Kurz bevor wir Sie verständigt haben.«

Der Professor sah auf einmal nicht mehr verärgert aus, sondern beunruhigt. »Und es leuchtet trotzdem? Von sich aus?«

»Nicht nur das«, sagte eine Frau aus dem Team. Sie nahm einen Metallstab zur Hand und stupste damit an den blau leuchtenden Klumpen.

Ronny hielt unwillkürlich den Atem an, als er sah, dass das Zeug *erzitterte,* als bestünde es aus Gelee.

28 Chaos in den Marslabors

Die Helme an das dicke, glatte Glas gedrückt, schauten sie auf das, was sich im schwachen Licht ihrer drei Lampen dahinter abzeichnete. Es war eine Höhle, in der Tat. Eine ziemlich große sogar; man sah kaum, wo sie endete. Und dort, wo man eine Rückwand zu erkennen glaubte, waren noch mehrere Durchgänge in weitere Hohlräume zu erahnen.

»Glauben Sie, dass die ganze Höhle mit diesem Glas gefüllt ist?«, fragte Carl schließlich.

»Nein, das glaube ich nicht«, erwiderte der Physiker. »Das Glas ist nicht besonders lichtdurchlässig. Wenn alles damit gefüllt wäre, würde sich das Licht unserer Lampen darin verlieren. Wir hätten das Gefühl, in ein Tiefseeaquarium zu schauen.«

Carl zuckte unwillkürlich mit den Schultern. Unter einem Tiefseeaquarium konnte er sich wenig vorstellen, obwohl er natürlich wusste, was damit gemeint war.

»Außerdem, schau mal«, fuhr Akira fort und schwenkte den Strahl seiner Lampe zur Seite, sodass er schräg durch das Glas fiel. »Siehst du? Man erkennt die unterschiedliche Lichtbrechung. Das durchsichtige Material ist vielleicht so, na, zehn Zentimeter dick, danach kommt etwas anderes. Ein Hohlraum auf jeden Fall.«

»Denken Sie, dass es einen Zusammenhang mit den anderen Funden gibt?«, wollte Van Leer wissen. »Mit den blauen Türmen, mit dem seltsamen Fund von Professor Caphurna in der Nähe der Siedlung?«

»Nicht auszuschließen«, meinte Akira. »Auf jeden Fall eine bedeutsame Entdeckung. Wer weiß, am Ende ist *das* hier ja das eigentliche Mäusenest und die Ruinen da oben, die Dr. Spencer gerade untersucht, sind völlig unwichtig?«

Dr. Spencer wurde hörbar aufgeregt, als sie ihm per Fernruf von der gläsernen Höhle berichteten. »Ein Hohlraum?«, wiederholte er mit einer Stimme, die beinahe überkippte. »Das kann heißen, dass darin uralte Marsatmosphäre eingeschlossen ist, womöglich sogar Lebenskeime, Bakterien, Archäonten oder dergleichen, Jahrmillionen alt. Das müssen wir mit äußerster Behutsamkeit angehen! Und auf alle Fälle mit Professor Caphurna sprechen, ehe wir irgendetwas tun.«

»Doktor«, schaltete sich Van Leer ein, »der größte Teil des Teams hat im Moment sowieso nicht viel zu tun. Was halten Sie davon, wenn wir schon einmal den Bohrer aufbauen, den ich neulich im Gepäck gesehen habe? Ich schätze, den brauchen wir früher oder später sowieso.«

»Auf keinen Fall!«, erwiderte der Expeditionsleiter verärgert. »Wir werden nichts überstürzen. So bedeutsam der Fund auch sein mag, im Moment besteht kein Grund, anders als geplant vorzugehen. Manuel und ich schließen unsere Untersuchungen hier in den Ruinen ab und heute Abend besprechen wir in Ruhe alles Weitere.«

»Gut, aber trotzdem könnten wir doch –«

»Haben wir uns verstanden, Mister Van Leer?«, unterbrach ihn Dr. Spencer.

Carl sah, wie der Journalist unwillig das Gesicht verzog. »Ja, Doktor, ich habe verstanden.«

»Gut.« Ein Signal zeigte an, dass die Fernverbindung beendet war.

Van Leer ging ein paar Schritte von der gläsernen Wand weg. Er wirkte, als könne er sich nur mühsam beherrschen mit dem Fuß gegen unschuldige Felsen zu treten. »Dr. Spencer tut so, als hätten wir alle Zeit der Welt«, stieß er hervor. »Aber ich jedenfalls habe die nicht; in einer reichlichen Woche geht mein Flieger nach Hause.« Er drehte sich um, starrte die dunkle Fläche an. Aus dieser Entfernung war die Höhle nicht mehr auszumachen. »Bilder. Ich könnte wenigstens Bilder machen ... Ha! Genau!« Er versuchte, mit den Fingern zu schnippen, was mit den Handschuhen natürlich misslang. Aber offenbar war ihm eine Idee gekommen. »In meiner Fotoausrüstung habe ich jede Menge verschiedener Filter! Vielleicht gelingt es mit einem davon, mehr zu sehen als mit bloßem Auge.«

Akira hob die Hand. »Und wir haben in den Rovern auch ein paar starke Scheinwerfer. Die könnten wir ebenfalls holen.«

»Soll ich tragen helfen?«, bot Carl an, obwohl er keine große Lust dazu hatte. Ihm war eher danach, sich noch ein bisschen in der Gegend umzuschauen. Es ärgerte ihn nicht wenig, dass es Van Leer gewesen war, der die glasige Stelle entdeckt hatte, obwohl er selbst dicht danebengestanden hatte – und er wunderte sich, dass keiner der beiden Männer auf die naheliegende Idee gekommen war, erst einmal nachzusehen, ob es nicht noch weitere derartige Höhlen gab. Falls das der Fall war, wollte er es jedenfalls sein, der sie fand.

»Ach, so viel ist das nicht«, meinte Akira zu seiner Erleichterung. »Aber was du machen könntest, wären Fotos von der Umgebung. So ähnlich wie bei der mineralogischen Untersuchung im Tithonium Chasma letzte Woche. Damit wir für die Diskussion heute Abend eine Übersicht über das Terrain hier haben.«

»Okay, alles klar, mach ich«, sagte Carl schnell.

Van Leer sah zum Himmel empor und machte eine ungeduldige Handbewegung. »Kommen Sie, Akira. Je schneller wir zurück sind, desto besser. Die Sonne steigt, in spätestens einer Stunde scheint sie voll auf das Glas. Wer weiß, ob es dann nicht so spiegelt, dass ich meine Filter alle vergessen kann.«

»Gemach, gemach«, meinte Akira, beeilte sich aber trotzdem.

Solange die beiden noch in Sichtweite waren, machte Carl eifrig und in rascher Folge Aufnahmen der Umgebung. Sobald sie über den Hang nach oben verschwunden waren, begann er, in der entgegengesetzten Richtung durch die aufgetürmten Felsen zu steigen.

»Vorsicht!« Elinns Aufschrei ließ alle zusammenzucken. *»Das Leuchten!«*

Alle, außer Professor Caphurna. Der wandte sich nur ruhig um und sah sie an. »Was ist damit?«

Elinns Blick war unverwandt auf das seltsame Ding auf den Tischen gerichtet. »Es ist überall«, flüsterte sie. »Im ganzen Raum . . .«

Ronny sah, wie alle sie peinlich berührt musterten. Er selber genierte sich in dem Moment auch etwas für seine Freundin. Nun war es offensichtlich, dass sie einfach nur Gespenster sah . . .

Doch gerade als er das dachte, fing die Luft um sie herum auf einmal tatsächlich an zu leuchten. Es war, als fülle sich das Labor aus dem Nichts heraus mit Rauch, mit funkelndem, bläulich strahlendem Rauch, der im Nu so hell und so dicht wurde, dass man kaum noch die gegenüberliegende Wand sah.

»Jonathan«, hörte Ronny den Professor mit erstickter Stimme sagen, »läuft die Kamera?«

»Ja, Professor«, kam die Antwort. »Schon die ganze Zeit.«

Der Schimmer begann, sich langsam zu drehen. Wie ein unheimliches Wesen, das gerade aufwachte und sich umsah, auf der Suche nach . . .

Beute!, dachte Ronny erschrocken.

Da! Eine wilde, zuckende Bewegung des leuchtenden Nebels, so urplötzlich wie der Schwanzschlag eines erschrockenen Fischs. Ein heftiger Windstoß ging durch den Raum, fegte Papiere von den Wandtischen und stieß Versuchsanordnungen um. Gläser zerschellten, Kabel rissen ab, Geräte fielen zu Boden; es rumpelte und schepperte, dass es einem durch und durch ging.

Und dann begann das blaue, von innen heraus leuchtende Ding auf dem Tisch, sich zu bewegen.

Langsam, so zäh wie Melasse, floss das blaue Glas auf eine der Tischkanten zu. Das abgeschnittene Stück Kabel machte diese Bewegung nicht mit, im Gegenteil, es bewegte sich in die entgegengesetzte Richtung, als habe das . . . *Ding* es endlich als Fremdkörper erkannt und beschlossen, es auszustoßen.

»Haltet es auf«, rief jemand, der Professor wohl. Die Männer und Frauen in den weißen Kitteln rannten von einer Seite des Labors zur anderen, griffen nach Werkzeugen, eisernen Stangen, Zangen, Klammern. Doch das blaue Glas umfloss die Stangen einfach, entglitt dem Zugriff der Zangen und Klammern, floss weiter und schien nur an der Tischkante noch einmal kurz innezuhalten, ehe es sich dick und breiig darüber hinwegwälzte. Es sah aus, als lecke eine breite blaue Zunge Richtung Boden.

Ronny packte Elinn am Arm. »Glaubst du, das ist ein . . . Marsianer?«, flüsterte er. Er fühlte sich an einen Kurs in Biologie erinnert, an einen Film, in dem es um Einzeller gegangen war, die sich genauso quallig und zähflüssig fortbewegt hatten.

Nur dass sie nicht blau gewesen waren.

»Ich weiß nicht«, gab Elinn zurück. Sie schluckte heftig. »Ich . . . hoffe nicht.«

Klirren und Klappern. »Leeren Sie das Ding doch einfach aus! Schnell!« Es schepperte, Hunderte kleiner Schrauben, Klemmen und Drähte spritzten über den Boden, dann kam einer der Assistenten mit einem großen, leeren Metallkoffer angehetzt, den er der dicken blauen Zunge im letzten Moment unterschob.

»Puh! Gerade noch rechtzeitig«, sagte jemand.

»Versuchen Sie, eine Materialprobe zu nehmen, solange das Zeug flüssig ist«, ordnete der Professor an.

Eine Weile sah es so aus, als hätten sie das Ding eingefangen. Der silbern glänzende Koffer begann, sich zu füllen, und er war groß genug, um die gesamte Masse, die immer noch von innen heraus leuchtete, aufzunehmen.

Doch das blaue Glas bedeckte kaum den Boden des Koffers, als ein hässliches knirschendes Geräusch zu hören war. Im nächsten Augenblick floss die Masse durch ein breites Loch im Metall ins Freie, mehr noch, der Koffer begann, in sich zusammenzusinken wie ein Stück Butter in einer heißen Pfanne, sich förmlich in dem breiten, zähen Strom blau schimmernden Glases aufzulösen.

»Die Schamottsteine! Schnell, versucht es mit den Steinen!«

Die Assistenten versuchten, die Masse mit den großen, schweren Schamottsteinen einzuschließen, auf denen man selbst glühend heiße Gegenstände gefahrlos ablegen konnte. Doch was auch immer sie ihm in den Weg legten, das Ding ließ sich nicht mehr aufhalten. Die Steine wurden von einer unwiderstehlichen Kraft beiseitegeschoben, manche gar zertrümmert.

Doch in dem Moment, in dem das blaue Glas vollständig auf dem Boden angekommen war, hielt es auch in seiner Ausbreitung inne. Ruhig, glimmend und zitternd wie Wackelpudding lag der Haufen da und Ronny hätte schwören können, dass er *überlegte*.

Die Männer und Frauen von Caphurnas Team umstanden es keuchend und mit schreckensbleichen Gesichtern.

»Sollten wir«, meinte eine Frau leise, »nicht besser Pigrato verständigen?«

Der Professor machte ein finsteres Gesicht. »Und was soll der Ihrer Meinung nach tun?« Er sah hoch, in die Runde. »Jonathan, Jim – gehen Sie rüber ins Kältelabor und holen Sie so rasch wie möglich zwei Kannen flüssigen Stickstoff. Wollen doch mal sehen, ob wir das Zeug nicht wieder beruhigt kriegen.«

Jemand hüstelte. »Ähm . . .«, sagte er, »hat noch jemand außer mir das Gefühl, dass es *weniger* wird?«

Tatsächlich! Ronny riss die Augen auf. Der Haufen schimmernden Glases sank in sich zusammen!

Mit einer ruckartigen Bewegung ließ sich Professor Caphurna dicht neben dem Ding in den Liegestütz fallen, starrte es aus nächster Nähe an, legte das Ohr auf die Fliesen.

»Gütiger Himmel«, ächzte er. »Es frisst sich in den Boden!«

Im Schulungsraum zu knutschen! Urs schreckte anscheinend vor überhaupt nichts zurück. Sie wäre nicht mal auf die *Idee* gekommen . . . Aber das machte es natürlich noch aufregender. Wenn nun jemand kam! Andererseits war es ja nicht verboten, sich zu küssen, oder? Trotzdem hämmerte ihr Herz, dass ihr ganz schwindlig wurde, wunderbar schwindlig . . .

Zeit und Raum verschwanden, lösten sich auf, wurden unwichtig. Bis sie irgendwann ein Gedanke durchzuckte wie ein Stich. Ariana setzte sich auf, schob Urs zurück. »Da stimmt was nicht. Al-20 hätte uns normalerweise schon längst ermahnt mit unseren Kursen weiterzumachen.« Sie sah sich beunruhigt um. »Es muss eine Fehlfunktion vorliegen.«

Urs grinste nur unbeeindruckt.

»Da gibt es nichts zu grinsen, du Erdling! AI-20 steuert alle Anlagen der Siedlung. Wenn die KI versagt hat, dann . . .«

»Die KI hat sicher nicht versagt«, erwiderte Urs. »Ich habe bloß sämtliche Lautsprecher ausgeschaltet.«

Ariana verschlug es den Atem. Ja, tatsächlich, die Regler standen alle auf null. »Du Fiesling!«

»Wieso? Ich finde das äußerst vorausschauend von mir.« Sollte man jemanden für so viel Frechheit schlagen oder küssen? »Du hast es also von Anfang an darauf abgesehen?«

»Ich finde die Anziehungskraft zwischen uns geradezu magnetisch ...«

»Ach, hör auf!« *Das* blöde Thema!

In dem Moment krachte die Tür auf, dass sie beide zusammenzuckten. Aber es waren nicht Ronny und Elinn, die hereingestürmt kamen, sondern jemand, den sie hier im Schulungsraum noch nie gesehen hatten: Henry Lang, der Marsmeteorologe!

»Ihr seid das«, keuchte er. »Sagt mal – seid ihr des Wahnsinns?«

Sie starrten ihn völlig verdattert an, während er sich abmühte, wieder zu Atem zu kommen. Der Mann mit dem immer etwas unrasiert wirkenden Gesicht und den auffallend grauen Schläfen war nicht mehr der jüngste und er wirkte, als sei er die Treppe von der Siedlung herauf in die Obere Station gerannt, in Rekordzeit.

»Der Satellit!«, brachte er endlich heraus. »Ihr habt den Satelliten blockiert!«

Ariana schaute zu Urs und der lief rot an wie eine Tomate. »Oh Mann! War das etwa ein Exklusivpasswort?« Im nächsten Moment klatschte er sich mit der Hand gegen die Stirn. »Logisch. Wenn man ein Gerät steuern kann, hat man exklusiven Zugriff. Logisch, verdammt noch mal ...«

Wie der Blitz war er an dem Schirm, auf dem noch immer der Blick durch die Satellitenkamera zu sehen war, und wollte die Verbindung trennen, doch Mister Lang hielt ihn am Arm fest.

»Keine Zeit«, meinte er kurzatmig. »Geh in den Aufzeichnungen zurück. Das sind die Kontrollsegmente da unten ... Ja, die. Weiter. Noch weiter.« Einzelbilder zuckten über den Schirm; es sah aus, als würde der Satellit auf einmal schnell rückwärtsfliegen. »Noch weiter zurück. Beim letzten Überflug der Chryse Planita habe ich einen Staubsturm gesehen, der sich nach Süden . . . Da!« Er biss sich auf die Unterlippe. »Das . . . sieht nicht gut aus.«

Die Art, wie er das sagte, ließ Ariana einen Schauder über den Rücken laufen. Dabei sah man gar nichts, bloß einen kleinen hellgelben Fleck am Rand der östlichen Valles Marineris.

»Nicht gut«, wiederholte Mister Lang. Er sah auf die Uhr. »Und der andere Satellit ist vor sieben Minuten aus dem Funkbereich der Expedition raus.«

Weiter hinten am Felssockel war nichts geboten. Glatter Fels, nichts, was nicht völlig normal gewesen wäre. Keine weiteren Höhlen, oder wenn, dann waren sie jedenfalls unter Geröll und Sand begraben.

Trotzdem – irgendetwas war anders als sonst. Er kam bloß nicht darauf, was. Es war so . . . still.

Natürlich, der Mars war ein stiller Planet. Die Atmosphäre war zu dünn, um Schall zu leiten. Ohne Funkgerät hörte man gar nichts.

Aber sein Funkgerät war okay. Der Check zeigte grün.

Und doch war es auf einmal geradezu unheimlich still.

Carl hatte ein ungutes Gefühl. Am liebsten hätte er einfach jemand der anderen gerufen; ihm fiel bloß kein plausibler Vorwand ein. Es sollte ja nicht so aussehen, als habe er Schiss so alleine . . .

Doch. Er hatte Schiss. Ziemlich großen sogar.

Warum bloß?

Und wenn er Van Leer fragte, ob er nicht doch kommen solle zum Tragen? Genau.

Er wollte gerade die Fernruftaste drücken, als er merkte, dass irgendwas mit dem Licht war.

Carl sah hoch – und erstarrte. Über dem Nordhang erhob sich eine gigantische Wand aus gelbbraunem, wirbelndem Staub, die hinauf bis in den Weltraum zu reichen schien, und gerade in diesem Augenblick schob sie sich über die Felskante und kippte, langsam, aber mit entsetzlicher, geradezu monströser Unaufhaltsamkeit herab auf sie alle.

29 Atemnot

Carl rannte los. Jede Sekunde Zögern konnte eine Sekunde zu viel sein. Was da herunterkam, war kein normaler marsianischer Sandsturm, was da herunterkam, war ein Monster.

Er rannte, was seine Beine und Lungen und sein Gleichgewichtssinn hergaben. In weiten, federnden Sätzen übersprang er aufragende Felsbrocken, schnellte über Geröll und Kies, hetzte in Richtung des Abhangs, in Richtung der Rover. »Carl! Carl!«, dröhnten die Stimmen der anderen schon in seinem Helm, aber er hatte keine Zeit zu antworten und auch keinen Atem. Nur rennen, was das Zeug hielt, schnell, schnell, weil über ihm der Sandsturm herabkam wie ein fallender Himmel, wie ein großes braunes Tuch, das so groß war wie die Valles Marineris breit.

Ich kann es schaffen, sagte er sich und rannte, ich schaffe es. Einen der Rover erreichen und die äußere Schleusentür zuziehen, ehe der kochend braune Himmel ankam und alles unter sich begrub. Nur das.

Doch dann war er vorher da, lang vorher, noch ehe Carl auch nur in Sichtweite der Rover gelangt war. Eine Sekunde später war *Sicht* das überflüssigste Wort im Wortschatz, denn um ihn herum gab es nur noch Sand, Staub, wallendes, wirbelndes Braun. Nicht einmal seine Füße sah er mehr, kaum noch die Hände, es sei denn, er presste sie gegen den Helm.

Aber er wusste doch die Richtung! Das musste doch reichen! Carl ging blind weiter, tastete sich mit den Füßen voran, Schritt um Schritt.

Bis es auf einmal abwärtsging, wo es hätte aufwärtsgehen müssen, und er stürzte, ein schreckliches Stück abwärtsrollte, endlich zum Liegen kam und nicht mehr wusste, woher er gekommen war und wohin er gehen musste.

Man konnte regelrecht zusehen, wie das blaue, zähflüssige Zeug im Boden versank. Noch ein paar Sekunden, dann würde es vollends verschwunden sein.

Mit einem Satz war Professor Caphurna wieder auf den Beinen. »Was ist unter dem Labor?«

»Nichts«, antwortete jemand. »Gestein. Wir sind im untersten Stockwerk dieses Abschnitts.«

»Ein Mäusegang«, sagte Elinn.

Caphurnas Kopf fuhr herum. »Was?«

Ronny hatte das Gefühl, sich vor Elinn stellen und sie vor diesem Mann beschützen zu müssen, aber sie schien nicht im Mindesten Angst vor ihm zu haben. »Das sind Gänge durch den Fels, die etwa einen Meter Durchmesser haben und kilometerlang sein können«, erklärte sie unbeeindruckt. »Sie haben völlig glatte Wände und . . .«

»Ich weiß, was Mäusegänge sind«, versetzte der Professor. »Aber wie kommst du darauf, dass unter uns einer ist?«

»Weil ich als kleines Kind da oft durchgekrabbelt bin.«

Jetzt schob sich Ronny doch vor sie, ein bisschen wenigstens, so gerade eben vor die Schulter. »Ihre Mutter ist Bauleiterin«, sagte er. »Sie hat alle Baupläne der Siedlung.«

Eine der Assistentinnen, eine große, hagere Frau mit graubraunen Haaren, fügte hinzu: »In unmittelbarer Nähe der Siedlung verlaufen insgesamt drei Mäusegänge. Einer davon wird als Bestandteil des Belüftungssystems verwendet, durch einen zweiten, tiefer liegenden gehen Leitungen zu den Eisreservoirs in der Tiefe und ...«

»Danke«, sagte Caphurna eisig. »Danke, das weiß ich alles.«

Keiner wagte mehr, etwas zu sagen. Mittlerweile konnte man sehen, dass das blaue, irisierende Material dabei war, einen etwa achtzig Zentimeter durchmessenden, kreisrunden Schacht in den Boden zu treiben, in dem es langsam versank. Es knackte und knisterte unheimlich und es begann, nach verbranntem Steinstaub zu riechen – so ähnlich roch es, wenn die Tunnelfräse zum Einsatz kam.

Der Professor sah in die Runde. »Ich glaube, wir sind heute zumindest der Antwort auf die dreißig Jahre alte Frage, wie die Mäusegänge entstanden sind, einen entscheidenden Schritt näher gekommen, oder?« Er warf seinem rasch entschwindenden Versuchsobjekt noch einen letzten Blick zu und fuhr dann fort: »Der springende Punkt ist, dass alle Mäusegänge an irgendeiner Stelle abgedichtet sind. Sollte dieses ... *Ding* da besagte Abdichtungen durchbrechen, wird sich die Atemluft der Marssiedlung in einem Tunnelsystem verteilen, das den halben Mars umspannt.« Er sah hoch. »Phyllis, geben Sie Alarm. Und informieren Sie Pigrato.«

Das Gefährliche an marsianischen Sandstürmen war nicht der Sturm selber. Obwohl Windgeschwindigkeiten von dreihundert, vierhundert oder noch mehr Stundenkilometern vorkamen, war die Marsatmosphäre doch von so geringer Dichte, dass man selten mehr als einen kräftigen Druck verspürte, allenfalls mal ins Stolpern geriet. Der Wind alleine war ungefährlich.

Doch der Wind kam auf dem Mars so gut wie nie alleine. Er brachte Sand mit und der *war* gefährlich.

Man hatte es mit feinstem Flugsand zu tun, Steinstaub beinahe mit der Konsistenz von Zement und der unangenehmen Eigenschaft, überall einzudringen, in alle Ritzen und Gelenke, in kleinste Spalten, in Schalter, Tasten und Gewinde, in alles. Geräte, die bewegliche Teile enthielten – und sei es nur ein Schaltknopf –, blockierten, wenn Sand eindrang. Und ein Raumanzug bestand praktisch ausschließlich aus Geräten mit beweglichen Teilen und alle waren sie lebenswichtig.

Hinzu kamen elektrische Effekte, sobald man es mit einem Wirbelsturm zu tun hatte, erst recht bei weiträumigen Stürmen wie diesem. Wirbel erzeugten in der absolut trockenen Atmosphäre des Mars Reibungselektrizität zwischen den Sandteilchen, die wiederum elektrische Entladungen und magnetische Felder verursachten, die weitere Wirbel hervorriefen – und so fort. Das Ganze schaukelte sich hoch und konnte je nach Größe des Sturmgebiets Stunden, ja sogar Tage dauern.

Vor allem die elektrischen Kräfte waren es, die es in einem solchen Sturm unmöglich machten, dass man sich einfach in ein einigermaßen stilles Eck setzen und warten konnte, bis sich die Gewalten ausgetobt hatten und alles vorbei war. Der Funk war das Erste, was in dem Gewitter elektromagnetischer Entladungen ausfiel – gut, das wäre zur Not zu verschmerzen gewesen. Aber irgendwann fingen alle Systeme des Raumanzugs an, unregelmäßig zu arbeiten oder gleich ganz auszufallen, allen voran die Versorgung mit Atemluft. Was man brauchte, um zu überleben, war ein Unterschlupf, der gegen elektrische Einflüsse geschützt war. Ein Rover beispielsweise. Unter dessen metallischer Abschirmung liefen die Umwälzpumpen weiter, blieben die Katalysatoren in Betrieb. Ein Raumanzug genügte nicht. Wenn man nichts als seinen Raumanzug hatte in einem solchen Sturm, war es nur eine Frage der Zeit, bis man erstickte. Zeit, die eher in Minuten gemessen werden musste als in Stunden.

All dies ging Carl durch den Kopf und ihm war, als täte sich in seinem Unterleib plötzlich ein großes, gähnendes Loch auf. Sein Herz hämmerte, als wolle es nicht nur durch den Brustkorb brechen, sondern auch durch den Raumanzug. Und das kam nicht vom Rennen – das kam von der Angst, die ihn auf einmal erfüllte, einer entsetzlichen, grauenhaften Angst, wie er sie noch nie zuvor im Leben verspürt hatte. Er hatte nicht geahnt, dass Angst so groß und schrecklich sein konnte, eine alles lähmende, alles verschlingende Schwärze in der Tiefe der Seele. Das hatte er nicht geahnt. Er hatte gewusst, dass sein Vater unter ähnlichen Umständen wie diesen ums Leben gekommen sein musste, aber er hatte sich bis jetzt nie wirklich vorstellen können, wie das für ihn gewesen sein musste.

Er spürte etwas Salziges in seinen Augen brennen. Tränen. Das konnte doch nicht sein, dass er schon sterben sollte! Das ... *durfte* einfach nicht sein!

An Mutter wollte er gar nicht denken. Sie hatte es geahnt. Wenn er bloß nicht mitgegangen wäre auf diese Expedition! Oder wenigstens bei den Rovern geblieben wäre! Wenigstens das.

Er stemmte sich hoch, auf die Füße. Es kam nicht infrage, zu sterben. Er musste die Rover erreichen, er musste, musste, musste.

Akira Ushijima und Wim Van Leer waren allein im Rover und hatten gerade die Köpfe über einem der Staufächer unter den Sitzbänken zusammengesteckt, um zu beraten, welche Filter und sonstigen Geräte aus der imposanten Ausrüstung sie am besten mitnahmen, als die Schleuse von außen betätigt wurde.

»Sagen wir mal so«, meinte der Journalist auf Akiras Frage, wie viel das alles gekostet habe, »ich könnte stattdessen eines von diesen Autos fahren, um das Leute staunend herumstehen, wenn man es irgendwo parkt.«

Akira pfiff vielsagend. »Ach, *so* teuer.«

Die Schleuse fuhr auf. Es war Keith Townsend, der sich aufgeregt den Helm vom Kopf riss. »Hier sind Sie!«, rief er. »Da kann ich lange über den Helmfunk schreien . . .«

Die beiden Männer sahen verständnislos hoch. Doch von da aus, wo sie kauerten, sah man geradewegs bis vor zum Cockpit. Und dieser Blick beantwortete die Frage, was los war, noch ehe einer von ihnen sie stellen konnte.

»Grundgütiger«, hauchte Van Leer, die Augen ungläubig auf das wallende Braun gerichtet, das in die Schlucht herabsank, als sei es ein fester Gegenstand. »Das ist gefährlich, oder?«

»Gefährlich?« Akiras Stimme überschlug sich fast. »Machen Sie Witze?«

Van Leer sprang auf. »Der Junge ist noch da unten. Verdammt noch mal!«

Die beiden anderen schüttelten die Köpfe, beide im selben

Rhythmus, als übten sie für den Fall, dass Synchron-Kopfschütteln demnächst olympische Disziplin würde. »Das schafft er nicht mehr«, stieß Akira hervor. Er war auf einmal blass wie Papier.

Van Leer sah die anderen eilig in den anderen Rover steigen. Niemand war mehr draußen. Niemand außer Carl. Er packte Akira am Arm. »Fahren Sie den Rover den Abhang runter. Soweit Sie kommen. Schnell.«

»Das bringt . . .«

»Tun Sie es!«, herrschte Van Leer ihn an.

Akira zuckte zusammen. Dann hastete er ohne ein weiteres Wort zum Pilotensitz, zog die Handschuhe ab und ließ den Motor an.

Der Himmel war nur noch hundert Meter hoch, als der Rover anfuhr.

»Das nützt nichts«, sagte Townsend. »Selbst wenn wir unten stehen, wird der Junge uns nicht finden. In so einem Sturm können Sie zwei Meter vor einem Rover stehen und ihn trotzdem verfehlen.«

Van Leer nickte knapp. »Dann werde ich eben rausgehen und ihn suchen.«

Der Rover kippte vornüber, bretterte mit voller Geschwindigkeit abwärts, so halsbrecherisch, dass sie sich festhalten mussten.

In der Sprechanlage krachte es. Zweifellos versuchten die anderen, sie zu erreichen, aber man hörte nur kreischende, unverständlich verzerrte Laute.

»Das ist der Sturm!«, rief Akira und drehte den Lautsprecher ab. »Den Funk trifft es als Erstes.«

Townsend nickte. »Sie machen sich was vor, Van Leer. Selbst wenn Sie da rausgehen, werden Sie den Jungen nicht finden. Und selbst wenn Sie ihn finden sollten, wie wollen Sie zurückfinden?«

»Indem ich ein Seil benutze.« Der Journalist spürte Ärger in sich aufsteigen. »Hören Sie, Keith, ich bin kein Amateur. Ich habe schon Sandstürme mitgemacht; in jeder Wüste, die es auf Erden gibt. Sahara, Kalahari, Gobi – nennen Sie mir den Namen einer Wüste, ich weiß, wie ihr Sand schmeckt. Okay?«

Akira stöhnte auf. »Das können Sie damit nicht vergleichen, Wim. Ein marsianischer Sandsturm ist etwas völlig anderes.«

»Ich bin immer offen für neue Erfahrungen«, versetzte Van Leer und begann, so gut es in dem rumpelnden Fahrzeug ging, die Schränke nach dem dünnen Seil abzusuchen, das er neulich irgendwo gesehen hatte. »Das bringt mein Beruf so mit sich. Was ist?«, fragte er, als Akira in diesem Moment den Rover abrupt zum Stillstand brachte und die Turbine abstellte.

»Ihre neue Erfahrung beginnt«, sagte Akira.

Van Leer trat in die Steuerkanzel. Einen Augenblick lang sah er noch den steilen Hang, die Steinbrocken ringsum, den Ansatz des Felssockels – und die unheimliche braune Decke, die herabkam wie der Stempel eines Presswerkzeugs. Im nächsten Moment war außerhalb der Scheiben nur noch wirbelndes Braungelb, als seien sie mit einem Unterseeboot in schlammiges Wasser geraten.

Van Leer hob die Augenbrauen. »In der Tat. Beeindruckend.«

»Sehen Sie ein, dass Sie da nicht rausgehen können, Wim? Sie würden einfach nur sterben.«

Van Leers Kinnpartie verhärtete sich. »Das muss ich riskieren. Ich habe versprochen, auf den Jungen aufzupassen. Und ich pflege, meine Versprechen zu halten.«

Die Beleuchtung in der Kabine flackerte – was umso beunruhigender war, als dergleichen noch nie vorgekommen war.

»Da draußen toben elektrostatische Gewitter«, sagte Akira. »Wir sind hier drin einigermaßen abgeschirmt, aber sobald Sie durch die Schleuse gehen, fängt Ihr Recycler an zu spinnen. Im schlimmsten Fall kriegen Sie nach drei Schritten keine Luft mehr.«

»Danke für den Hinweis. Dann stöpsle ich mir stattdessen eine simple Patrone an.« Van Leer deutete nach hinten. »Wir haben welche dabei, das habe ich neulich gesehen. Und für Carl nehme ich eine mit.«

»Sie können jetzt da draußen keine Anschlüsse wechseln. Der Sand setzt jedes Gewinde in Sekundenschnelle zu.«

»Ich habe schon verstanden.« Van Leer kniff die Augen zusammen, überlegte einen Moment. Dann wandte er sich ab, ging an Townsend vorbei nach hinten und begann, die Schränke zu öffnen.

»Was tun Sie?«

»Meine Ausrüstung zusammenstellen.«

Akira Ushijima und Keith Townsend wechselten einen Blick, der besagte: *Hoffnungsloser Fall!*

»Irgendeine Lösung gibt es immer«, fuhr der blonde Niederländer fort und begann, sich allerlei Dinge in die Taschen seines Raumanzugs zu stopfen: eine Rolle Klebeband, eine kleine Dose Druckluft, ein Klappmesser und so weiter. »Würden Sie so freundlich sein und mir die Sauerstoffpatrone anschließen, Keith?«, bat er.

Townsend seufzte, nahm ihm den Recyclingtornister ab

und setzte eine Patrone ein. »Den Regler am Gürtel auf E«, erinnerte er. Er half ihm auch, den zweiten Sauerstoffzylinder so daneben zu befestigen, dass er ihn nicht allzu leicht verlieren, aber trotzdem ohne fremde Hilfe ablösen konnte.

»Welches ist die stärkste Lampe, die wir haben?«

Townsend reichte ihm eine klobige Handlampe, deren Handgriff selbst gebaut aussah. Er knipste sie einen kurzen Moment an: Es war, als habe ein Blitz eingeschlagen. »Hell genug?«

»Hoffentlich. Danke. Jetzt noch das Seil. Ich weiß, dass irgendwo ein Kohlefaserseil sein muss, mindestens dreihundert Meter.«

Sie fanden es in dem Fach mit der Erste-Hilfe-Ausrüstung. Van Leer befestigte das Bündel am Gürtel, dann nahm er seinen Helm zur Hand.

»Wünschen Sie mir Glück«, bat er.

Die beiden Männer nickten ernst. »Ich wünsche Ihnen mehr Glück, als Sie augenblicklich Verstand haben«, meinte Akira und hob demonstrativ den Daumen, den er drückte.

Ein Lächeln huschte über das faltige Gesicht des Journalisten. »Ein schöner Wunsch für jemanden, der sich auf seinen Verstand so viel einbildet wie ich.«

Dann setzte er den Helm auf, hob noch einmal grüßend die Hand und trat in die Schleuse.

Der Sandsturm hüllte ihn ein, sowie die Außentür aufging. Er klappte die Leiter aus, tastete sich daran hinab und schlang das Ende des Seils darum mit einem Knoten, den ihm ein malaysischer Containerpirat einst beigebracht hatte.

Dann marschierte er los, mit vorsichtigen Schritten mitten in das Chaos hinein. Nach ein paar Metern drehte er sich um und sah zurück.

Tatsächlich. Der Rover, eben noch ein mächtiger dunkler Schatten, war nicht mehr zu sehen, nicht einmal, als er probehalber die Lampe einschaltete.

Der Sirenenton des Alarms hallte durch alle Gänge der Marssiedlung. Überall rannten Leute, den Kommunikator am Ohr, mit der freien Hand allerlei Gerätschaften schleppend. AI-20 koordinierte die Einsätze, sprach mit Dutzenden Leuten gleichzeitig, berechnete Wege, notwendige Materialien und die Zeit, die für jede Aktion zur Verfügung stand.

In erster Linie waren es die Bauteams, die losrannten. »Alle Verbindungen zwischen den Mäusegängen und der Siedlung luftdicht verschließen!« war die Devise. Da das nicht ganz einfach war und zudem viele Verbindungen existierten, ließen auch andere ihre Arbeit liegen und rannten ebenfalls los. In der Küche brannten Soßen an, kochten Töpfe über und verschmorten Gerichte im Ofen.

»Dr. Spencer wird fluchen, dass wir das machen, ausgerechnet jetzt, wo er die Mäusegänge erforscht«, meinte jemand vom Bauteam zu seinem Kollegen, als sie im Lebensmittellager vor dem Zugang ankamen, der dort in einer Ecke existierte, seit es die Siedlung gab. Mit einer simplen Metallplatte war er nur unzureichend verschlossen.

Sie setzten die Schraubenzieher an, doch sosehr sie auch drehten, es tat sich nichts. »Seltsam«, meinte der eine, »was ist denn mit den Schrauben los?«

Der andere zog an der Platte und siehe da, sie kam ihm entgegen. Er betrachtete verwundert die Klemmen, mit denen sie vor dem Loch befestigt gewesen war, und die abgesägten Schrauben. »Komische Konstruktion.«

»Komm, wir haben keine Zeit für so was«, erwiderte der andere und packte mehrere große Dosen mit Sprüheinrichtungen aus.

Der Erste stellte die Platte beiseite, betastete bedauernd die porzellanartig glatte, frostkalte Innenseite des Mäusegangs und zuckte schließlich mit den Schultern. »Okay. Was sein muss, muss sein.«

Sie sprühten einen gelblichen Schaum in die Öffnung, der sich auf beiden Seiten mehrere Meter weit in der Röhre ausbreitete und im Nu zu einer dichten, festen Masse aushärtete. Dann sprühten sie noch eine zweite ölig dunkle Schicht darüber, die ebenfalls rasch fest wurde und alles luftdicht abzuschließen versprach.

Carl sank in sich zusammen, ohne die leiseste Ahnung, wo er sein mochte, mit einem Brustkorb, der pumpte und pumpte wie ein leck gewordener Blasebalg. Wenn er nur etwas gesehen hätte, wenigstens eine Handbreit Kies, irgendetwas! Aber selbst wenn er sich bis zum Boden hinabbückte, er sah nichts. Es war, als hätte ihm jemand den Helm von außen mit dicker brauner Farbe angestrichen, nur dass dieser Anstrich sich bewegte, zu leben schien, unaufhörlich winzige, hypnotisierende Muster aus Hell und Dunkel bildete …

Hell. Da vorne war etwas Helles. Ein Licht, flackernd, irisierend … *lockend.*

Suchte man ihn? Unwahrscheinlich. Niemand, der seine Sinne beisammenhatte, würde in so einem Chaos eine Suchaktion starten.

Aber trotzdem war da ein Licht, das sich bewegte.

Carl raffte sich auf, kam keuchend hoch. Sein eigener Atem dröhnte ihm in den Ohren. War er das, der diese pfeifenden Geräusche machte? Jede Bewegung fiel schwer. Er hatte einen seltsamen Geschmack im Mund, so, als habe der Staub schon seinen Weg ins Innere des Anzugs gefunden. War das möglich? Er wusste es nicht. Vor wenigen Stunden hätte er es noch kategorisch ausgeschlossen, aber inzwischen war er davon überzeugt, dass diesem Sturm alles zuzutrauen war, auch das physikalisch Unmögliche.

Er folgte dem Licht. Es tanzte. Es lockte ihn. Soweit er überhaupt etwas sehen konnte, glaubte er, einen Wirbel aus Licht zu erkennen, der inmitten des Wirbels aus Sand auf und ab hüpfte. Immer darauf zu! Ein anderes Ziel gab es sowieso nicht in dieser Hölle aus Staub und Elektrizität.

Hatte er schon je im Leben so wild geatmet? Er hechelte regelrecht. An den Rändern seines Gesichtsfeldes tauchten schwarze Schatten auf, flirrend, bedrohlich. Ihm war gar nicht gut. Dabei musste er doch zu dem Licht, auch wenn er vergessen hatte, warum und wozu.

Das Licht sank zu Boden. Vor ihm. Also sank auch er zu Boden. Das tat gut. Aber das Licht wurde kleiner, dunkler ... Er griff danach und da erlosch es ganz. Dafür hatte er plötzlich etwas Festes in der Hand, einen kleinen, flachen, abgerundeten Gegenstand, nicht größer als ein Knopf.

Carl hob die Hand, um zu sehen, was es war, aber sie war so schwer, die Hand, so entsetzlich schwer, dass er zur Seite kippte, auf den Boden, was so guttat, so gut, denn er musste jetzt ein wenig ausruhen, nur eine Minute ...

Aber der seltsame Gegenstand, das wollte er doch noch wissen, was das war. Was er da gefunden hatte. Jetzt, im Liegen, war es einfacher mit dem Arm und der Hand, die so schwer war. Er brachte sie direkt vor seinen Helm, drückte das Fundstück gegen die Scheibe, sodass er es sehen konnte mit Augen, die so müde waren und die so brannten . . .

Es war ein perlmuttfarben schimmernder Stein. Und mitten auf dem Stein leuchtete in klaren schwarzen Buchstaben der Name CARL.

Sein Name!

Mit einem Ruck setzte er sich wieder auf. Holte Luft, versuchte zu begreifen.

Ein Artefakt. Er hatte ein Artefakt gefunden!

Das Leuchten eben war *das Leuchten* gewesen, von dem Elinn immer erzählt hatte.

Was hatte das zu bedeuten?

Verdammt, wieso bekam er keine Luft? Wütend hieb er mit dem Ellbogen gegen das Recyclinggerät auf seinem Rücken, wieder und wieder, bis es noch einmal einen Schwall Sauerstoff von sich gab. Er brauchte Sauerstoff, er musste nachdenken.

Da! Da war wieder ein Licht. Anders diesmal, gleichmäßiger, ruhiger. Zuversicht ging von dem Licht aus. Es war ein Licht, dem er folgen musste, einfach *musste,* also quälte er sich hoch und folgte ihm. Ein Schritt, zwei Schritte, noch einen Schritt und noch einen. Dann wusste er nicht mehr, wie man zählte, tat einfach nur einen Schritt nach dem anderen, bis er an einem Hindernis ankam, das groß vor ihm aufragte und glatt war und dunkel zu sein schien.

Die Glaswand!, fiel ihm ein. Er hatte zu der versiegelten Höhle zurückgefunden!

Er keuchte, zitterte. Enttäuschung übermannte ihn. Was sollte er hier? Hier war er genauso verloren wie überall sonst auch.

In diesem Moment war ihm, als gäbe ihm irgendjemand

einen Stoß in den Rücken. Er stolperte vorwärts, hatte keinen Halt mehr, fiel und von irgendwoher strömte auf einmal kühl und kraftvoll frische Luft, so viel, dass er bewusstlos wurde.

30 Verschollen im Sandsturm

Elinn kam es vor, als habe der kurze Stoß des *Leuchtens* nicht nur das Labor, sondern die ganze Siedlung durcheinandergewirbelt. Alles rannte und diskutierte und tat irgendwelche Dinge und im Laufe von alldem fand sie sich mit Ronny und einer Menge anderer Leute in dem Gang vor Pigratos Büro wieder. Sie wusste allerdings nicht recht, warum eigentlich.

Pigratos Tür stand offen, seine Assistenten kamen und gingen eiligen Schrittes, der Statthalter selber telefonierte fast ohne Pause. Eine der wenigen Pausen hatte er dazu benutzt, seinem Sohn Urs in einer melodischen Sprache, die Elinn nicht verstand, allerhand an den Kopf zu knallen. Seither saß Urs kreidebleich auf einem Stuhl und starrte reglos vor sich hin. Jemand der Wartenden gab flüsternd weiter, es sei um ein Passwort gegangen, das der Junge ausspioniert und missbraucht habe, und seit sie das mitbekommen hatte, fühlte Elinn sich ein bisschen schuldig, weil sie ihn zum Spionieren angestiftet hatte. Sie hätte es ihm gegönnt, von seiner Freundin getröstet zu werden, doch Ariana war nirgends zu sehen.

Dann tauchte Mom auf, tränenüberströmt, wie Elinn sie noch nie gesehen hatte. Es war ein regelrecht erschreckender Anblick.

»Ist das wahr?«, wollte Mom schluchzend wissen. »Ist die Expedition wirklich in einen Sturm geraten?«

Zum Glück war Dr. DeJones auch da. Er legte den Arm um sie und redete beruhigend auf sie ein. Einmal machte sie sich los und schrie: »Ich habe es doch geahnt! Ich habe es geahnt, von Anfang an!« Daraufhin drückte ihr der Doktor ein hellblaues Pflaster auf den Hals, eines von der Art, das er verwendete, wenn er einem bestimmte Medikamente geben musste und man keine Spritze kriegen mochte. Mom wurde gleich darauf wirklich ruhiger, fragte sogar nach, wann man Genaueres erfahren würde.

»Die GANDHI überfliegt die Stelle in elf Minuten«, sagte der Arzt.

»Gut«, sagte Mom mit glasigem Blick.

Sie warteten. Endlich war es so weit. Mister Pigrato, der auch gewartet und jedem Anrufer gesagt hatte, er habe jetzt keine Zeit, telefonierte mit der Kommandantin, murmelte aber hauptsächlich entweder »hmm« oder »verstehe«. Dann nahm er den Kommunikator vom Ohr und erklärte mit steinernem Gesicht: »Vom Orbit aus ist ein Sturm der Stärke acht bis neun sichtbar, der die halben Valles Marineris ausfüllt und der deutliche elektrische Effekte zeigt. Es ist ihnen nicht gelungen, Funkverbindung zu den Rovern herzustellen.«

»Mit anderen Worten, wir wissen nichts?«, fragte eine Frau, die, soweit Elinn wusste, mit Rajiv Shyamal zusammenlebte, dem Physiker der Expedition.

Pigrato nickte. »Nichts, was wir nicht schon wussten.«

»Man muss das Shuttle schicken! So schnell wie möglich«, forderte ein jüngerer Mann.

»Solange der Sturm andauert, kann kein Shuttle landen.«

Der Statthalter massierte sich die Schläfen. »Es bleibt uns nichts anderes übrig, als zu warten, bis der Sturm vorüber ist.«

Carl kam wieder zu sich und das Erste, was er sah, war das beruhigende Grün der Systemanzeige. Alles funktionierte wieder. Er bekam Luft, das war das Wichtigste.

Seltsam dunkel war es um ihn herum. Er setzte sich auf, sah sich um – und musste verblüfft blinzeln.

Er war in der Höhle!

Zack, schon stand er, als hätte es keine Strapazen und keine Atemnot gegeben. Es war unglaublich. Er stand tatsächlich in der Höhle und sah durch die Glaswand *hinaus!* Und draußen tobte noch immer ein braungelbes, kochendes Chaos aus Sand.

Wie um alles in der Welt war er hier hereingekommen? Die Höhle war doch versiegelt gewesen, ein abgeschlossener Hohlraum, von dessen Analyse sich Dr. Spencer wertvolle Aufschlüsse über die Vergangenheit des Mars erwartet hatte ... Hatte er am Ende irgendwo ein Loch in die Glaswand gebrochen? Aber nichts dergleichen war zu sehen. Höchst rätselhaft.

Er ging die Höhle ab, betastete die Wände. Alles war mit demselben glasartigen Material überzogen, aus dem auch die Vorderfront bestand. Der Raum war groß – man hätte ohne Weiteres beide Rover darin untergebracht und immer noch bequem Platz gehabt –, nach hinten leicht abschüssig und wegen der glasigen Versiegelung etwas rutschig. An der hinteren Wand gab es mehrere Öffnungen im Fels, die in weitere Höhlenräume führten, doch sie waren ebenfalls durch dicke Glaswände verschlossen.

Er war regelrecht eingesperrt!

Das war nicht möglich, sagte er sich. Irgendwie musste er schließlich hereingekommen sein.

Er sah zur Decke hoch. Da war auch kein Loch, kein Durchlass, nichts, was so aussah, als könne es einen Zugang zur Höhle darstellen.

Außerdem war er nicht heruntergefallen, daran erinnerte er sich genau. Er war vorwärtsgestolpert und dann gestürzt. Er *musste* irgendwie durch die vordere Front gekommen sein!

Carl ging zurück zu der großen, wenigstens dreißig Meter breiten Glaswand und begann, sie Stück für Stück abzutasten. Falls das hier eine von irgendwelchen alten Marsbewohnern geschaffene Anlage war, gab es vielleicht einen geheimen Öffnungsmechanismus . . .

Mit einem Aufschrei fuhr Carl zurück, als auf der anderen Seite der Glaswand wie aus dem Nichts eine Gestalt auftauchte.

Im nächsten Augenblick sah er, dass es sich dabei um einen Menschen im Raumanzug handelte, und erkannte Van Leer. Was machte der denn hier? Er trug eine klobige Handlampe, deren Licht den Staub ungefähr einen Meter weit aufleuchten ließ, und auf dem Rücken hatte er zwei Sauerstoffpatronen!

Van Leer schien Carl nicht zu bemerken. Natürlich nicht, wie sollte er auf die Idee kommen, er könne hier drinnen sein? Mit einem Satz war Carl wieder an der Glasmauer, winkte, schrie, trommelte dagegen, schwenkte seine eigene Lampe . . .

Endlich bemerkte der Journalist ihn. Jedenfalls wandte er sich der Glaswand zu, presste den Helm darauf und die

Lampe ebenfalls, deren Licht stark genug war, dass Carls Gestalt einen Schatten gegen den Hintergrund warf. Große Augen machte er, der Herr Journalist, als er ihn entdeckte. Er schrie etwas, aber Carl konnte nur bedauernd die Hände heben: Er hörte nichts. »Ich höre nichts!«, schrie er trotzdem, probierte es auch über den Fernruf, vergebens.

Van Leer fuchtelte mit den Händen, dann begann er, mit dem Zeigefinger unsichtbare Linien und Bögen auf das Glas zu malen. Buchstaben, in Spiegelschrift!

»DU O. K.?«, entzifferte Carl.

Van Leer sah ihn gespannt an, machte eine einladende Handbewegung.

Spiegelschrift. Da musste er sich konzentrieren.

»JA«, schrieb er. »ALLES O. K.«

Van Leer nickte heftig und, wie es aussah, erleichtert. Er taumelte ein wenig unter einer unvermittelt auftauchenden Bö, hielt sich aber an der Glasmauer fest und schrieb: »WIE REINGEKOMMEN?«

»WEISS NICHT«, gab Carl zurück.

Van Leer wischte sich Sand vom Helm. Carl sah jetzt erst, dass er ein Seil am Gürtel befestigt hatte, das irgendwohin hinaus in den tobenden Sturm führte.

»BLEIB HIER«, schrieb Van Leer. »HOLEN DICH, WENN STURM VORBEI.«

O. K., antwortete Carl.

Van Leer torkelte erneut wie unter einem mächtigen Schlag, fing sich aber, winkte ihm noch einmal zu und wandte sich ab. Nach zwei Schritten war er wieder im Sand verschwunden, wie er gekommen war.

Carl atmete tief durch und genoss es, das zu können. Jetzt hieß es also einfach warten. Er sah sich um. Rätselhaft blieb das alles trotzdem. Der Strahl seiner Lampe glitt über eine Stelle am Boden, an der ein wenig Sand lag. Er ging darauf zu. Genau, hier war er zu sich gekommen. Sein Blick fiel auf einen kleinen, schimmernden Stein, der einsam danebenlag. Er hob ihn auf.

Ach ja, richtig ... Das war das Artefakt, das seinen Namen trug.

31 Ein Planetenforscher nutzt die Gelegenheit

Carl betrachtete den Stein, der kaum größer war als ein Daumennagel. An den hatte er gar nicht mehr gedacht. Das *Leuchten,* das ihm den Weg gewiesen hatte. Er hatte das Artefakt umklammert gehalten, als er gestürzt war, und als er das Bewusstsein verloren hatte, war es ihm wohl aus der Hand geglitten.

Er steckte es ein. Ein schönes Mitbringsel für Elinn. Es war beruhigend, daran zu denken, seiner Schwester etwas mitzubringen, weil es sozusagen stillschweigend unterstellte, dass er wohlbehalten zurückkehren würde.

Schon seltsam, wie es einem gehen konnte. Gerade eben hatte er noch Todesängste ausgestanden und nun war ihm schon beinahe wieder langweilig ... Er würde sich dort hinten hinsetzen, auf diesen Absatz vor dem Durchgang ganz links, und einfach warten. Es schadete nichts, wenn er sich ein wenig langweilte. Immerhin hieß das, dass er sich in aller Ruhe ein paar Gedanken über sein weiteres Leben machen konnte.

Es tat gut, sich zu setzen. Carl lehnte sich nach hinten gegen die Glaswand – aber da war auf einmal überhaupt keine Glaswand mehr, stattdessen verlor er das Gleichgewicht und kippte haltlos nach hinten!

Was war denn nun los? Beunruhigt rappelte Carl sich auf, sah sich um und traute seinen Augen nicht.

Er war auf der anderen Seite der Glaswand! In der länglichen Höhle, die dahinter weiter in die Tiefe führte!

Das war ja mal seltsam. Er stand auf, berührte das Glas ... und unglaublich, seine Hand fuhr hindurch! Da war ein Widerstand, ja, aber kaum zu spüren. Es fühlte sich an, als durchstoße er eine Wasseroberfläche, mehr nicht.

Wie kam das jetzt auf einmal? Vorhin war das Glas stabil wie eine Wand gewesen, er hatte mit der Faust dagegen gehämmert ...

Vorhin! Carl langte in die Beintasche, holte das Artefakt wieder heraus und betrachtete es. Das hatte bis vorhin noch auf dem Boden gelegen. War es das?

Er legte es behutsam beiseite, in eine kleine Vertiefung des unebenen Bodens. Hier würde es nicht verloren gehen. Er zögerte, es loszulassen, tat es dann aber doch, stand auf und berührte die gläserne Trennwand erneut.

Sie war fest. Stabil. Undurchdringlich.

Rasch nahm er das Artefakt wieder an sich, und tatsächlich, nun konnte er wieder durch das Glas hindurchfassen, konnte auf die andere Seite treten, ohne mehr Widerstand zu spüren, als ein Vorhang geboten hätte.

Das also waren die Artefakte! Eine Art Schlüssel! Und wer immer sie hervorbrachte, er musste Carl beobachtet haben und er hatte ihn auf diese Weise vor dem Sturm gerettet. Mit dem Artefakt in der Hand war er einfach durch das Glas der Vorderfront gestolpert, ohne es zu bemerken. Der Unbekannte musste gewusst haben, dass er hier in der Höhle sicher war vor dem Sturm, auch vor dessen elektrischen Feldern, die seinen Raumanzug teilweise außer Gefecht gesetzt hatten.

Mit anderen Worten, er brauchte nur abzuwarten. Sobald der Sturm vorbei war, konnte er einfach hinausspazieren. Ha, würden die anderen Augen machen! Und Elinn erst!

Er sah auf das Artefakt hinab. Schlüssel also. Es würde interessant sein herauszufinden, welche Türen die übrigen Artefakte öffneten, die Elinn gesammelt hatte.

Doch eine Türe öffnen zu können, hieß noch lange nicht, dass man auch verstand, was einen dahinter erwartete. Dieses Höhlensystem zum Beispiel – was war das? Was stellte es dar?

Carl warf einen Blick hinaus auf den Sturm. Der würde noch Stunden dauern, wenn nicht Tage. Nachdenklich drückte er die Taste seitlich am Helm, die das Saugröhrchen der Trinkwasserversorgung vor den Mund klappte. Er musste mehrmals und kräftig drücken, ehe das funktionierte; immerhin, verdursten würde er nicht. Und solange der Sturm ihn hier festhielt, konnte er sich genauso gut ein bisschen in dem Höhlensystem umsehen.

Er musste grinsen. Künftig würde niemand mehr sagen, er sei kein Planetenforscher!

Er steckte das Artefakt ein und drückte den Klettverschluss der Beintasche sorgfältig zu. Dann hob er seine Lampe und ging entschlossenen Schrittes tiefer in den länglichen, blasenartig geformten Raum hinein.

Der Boden war uneben und führte leicht abwärts. Weiter hinten wurde der Durchgang schmaler, man musste sich zwischen zwei großen, runden Steinen hindurchzwängen ...

Und da, auf einmal, kam er ins Rutschen, versuchte, sich noch zu halten, aber zu spät. Er glitt ab, seine Hand fasste ins Leere und dann rutschte er haltlos in unbekannte Tiefen.

Am Löwenkopf schüttelte der wissenschaftliche Leiter Sean O'Flaherty beunruhigt den Kopf. Erst die Nachricht, dass Dr. Spencers Expedition in einen enormen Sandsturm geraten war, und nun dieser Anruf eines Mitarbeiters von Professor Caphurna, der ihm berichtete, was mit dem Fundstück aus blauem Glas im Labor passiert war.

Er musste dem Mann erklären, dass er auch keine Idee hatte, was das bedeuten könnte. »Wir werden uns jedenfalls hüten, mit elektrischem Strom auf die blauen Türme loszugehen«, versicherte er.

In diesem Moment kam ein dringender Anruf auf der zweiten Leitung. »Warten Sie einen Moment?«, bat er, hörte sich kurz an, was der Anrufer wollte, und schaltete dann zurück. »Hören Sie? Meine Leute, die oben auf dem Plateau den kleinen Turm im Auge behalten, sagen, dass sich darin irgendetwas tut. Schatten, sagen sie, die sich bewegen. Ich habe keine Ahnung, was das heißt, aber ich werde mir das gleich mal ansehen. Aber setzen Sie auf alle Fälle Caphurna davon in Kenntnis!«

»Bewegt sich der Turm selbst?«, wollte der Mann wissen. »Verformt er sich?«

»Davon war nicht die Rede . . . Warten Sie, ich frage nach.« Nein, definitiv nicht, bekam er die Auskunft vom Plateau-Team. »Aber wir werden darauf achten; irgendwas installieren, das uns im Falle eines Falles warnt. Ich werde meinen Leuten erzählen, was bei Ihnen passiert ist. Und hier am Löwenkopf gilt von jetzt an erhöhte Alarmstufe.«

Nach einer wilden Rutschpartie landete Carl unsanft auf dem Allerwertesten. Aua! Das gab unter Garantie blaue Flecken. So was Blödes aber auch. Er drückte sofort die Prüftaste und seufzte erleichtert auf, als der Selbsttest des Anzugs Grün zeigte. Wenigstens war nichts kaputtgegangen bei diesem Sturz.

Mühsam rappelte er sich auf. Die Lampe hatte er unterwegs verloren, aber sie war mit ihm zusammen gelandet und funktionierte sogar noch. Er hob sie auf und leuchtete den Felskamin empor, durch den er gerutscht war. Würde er da überhaupt wieder hinaufkommen?

Er probierte es, aber es war herzlich aussichtslos. Die Felsen waren zu glatt und zu steil.

Da war es wieder, das Flattern in seinem Bauch. Angst. Ohne die ging es wohl nicht. Würden die anderen ihn denn hier unten finden? Würden sie auf die Idee kommen, dass er sich in einer Höhle befinden mochte, die sich hinter einer zweiten, unversehrten Wand aus stabil scheinendem Glas befand? Das war viel verlangt von der Fantasie der Wissenschaftler.

Er hätte oben Markierungen hinterlassen sollen, eine Nachricht ... Er fasste in eine Tasche, zog einen Schreibstift heraus. Den wenigstens hätte er oben auf die Schwelle des Durchgangs legen können, dann hätte die Chance bestanden ...

Nun ja, er hatte eben nicht daran gedacht und jetzt war es zu spät. Carl leuchtete den Raum ab, in dem er sich befand. Immerhin, es schien von hier aus weiterzugehen. Ein schmaler Durchgang, dahinter ein Gang, der, wie es aussah, weiter hinten breiter wurde. Vielleicht ließ sich ein anderer Ausgang finden.

Auf alle Fälle legte er diesmal den Stift auf den Boden, und zwar so, dass seine Spitze in die Richtung zeigte, in die er zu gehen beabsichtigte. Besser als nichts.

Dann stieg er in den schmalen Durchlass. Alles kein Problem so weit. Nach einer Weile kam wieder eine Glaswand, diesmal sogar eine besonders dicke, die zu passieren sich anfühlte, als müsse er durch ein knietief mit Honig gefülltes Becken waten. Aber es ging.

Der Gang dahinter sah nicht mehr wie ein von selbst entstandener Felsspalt aus, sondern wie mithilfe von Maschinen geschaffen. Der Boden war eben, die Wände senkrecht, wenngleich der Gang selbst sich in weichen Windungen dahinschlängelte. Die Decke war wenigstens fünf Meter hoch und Carl fragte sich, ob man aus alldem wohl schließen durfte, dass es sich bei den Erbauern dieser Anlage um sehr dünne, aber gleichzeitig sehr große Wesen gehandelt haben musste.

Ein akustisches Signal ertönte in seinem Helm. Carl sah überrascht auf das Kontrollinstrument am Handgelenk: Der Kontakt zum Kommunikationssystem war wieder hergestellt!

Sofort drückte er die Fernruftaste und rief: »Hallo? Hier ist Carl Faggan, hört mich jemand?«

Stille. Dann vernahm er, ein wenig undeutlicher als gewohnt, die künstliche Stimme von AI-20.»Hallo, Carl«, sagte die Künstliche Intelligenz mit dem gewohnten Gleichmut. »Ich empfange dich, allerdings ohne Peilung. Wo bist du?«

»In einem Höhlensystem unterhalb des Ruinenfelds«, antwortete Carl und fügte hastig hinzu: »Kannst du bitte weitergeben, dass ich weiter hinten in der Höhle bin, hinter den Glaswänden? Ich bin ein paar Etagen tiefer gerutscht und komme nicht mehr hinauf, aber ansonsten ist alles in Ordnung mit mir, der Anzug funktioniert . . . und sag vor allem meiner Mutter, dass ich okay bin!«

»Das gebe ich weiter«, antwortete AI-20. »Deine Mutter ist nämlich in äußerster Sorge um –«

Zack, war die Verbindung wieder weg. Schade. Aber immerhin, nun würden die anderen zumindest erfahren, dass er wohlauf war, und auch ungefähr, wo sie ihn suchen mussten.

Fotografieren konnte er eigentlich, wenn er schon hier war. Er hatte bis jetzt nur daran gedacht, wie er hier wieder herauskam, dabei machte er doch gerade jede Menge höchst interessanter Entdeckungen. Er probierte die Helmkamera aus. Sie hatte die Rutschpartie offenbar unbeschadet überstanden, sogar der Blitz funktionierte. Na also.

Elinn sah sich verstohlen um. Sie konnte es kaum fassen, dass sie nun bei Pigratos im Wohnzimmer saß! So also wohnte der Statthalter, den sie bisher so gefürchtet hatten. Obwohl, seit seine Familie bei ihm war, hatte das ziemlich nachgelassen. Und die Wohnung sah genau so aus wie jede andere.

Mrs Pigrato hatte alle hereingebeten, die den Teilnehmern der Expedition nahestanden, hatte Kekse aufgetischt und Tee gemacht. Alle verfügbaren Sessel, Stühle und sonstige Sitzgelegenheiten waren belagert. Mom saß auf der Couch und unterhielt sich leise mit Mr Hillman, der genauso bleich aussah. Urs war verschwunden, in seinem Zimmer vermutlich.

Alle Köpfe ruckten herum, als Pigrato hereinkam, und Elinn bekam schon einen Schreck, weil er so finster dreinsah. Aber dann erklärte er: »Die KI hat eine Funknachricht von Ihrem Sohn aufgefangen, Mrs Faggan. Danach geht es ihm gut; er ist in einer Höhle in Sicherheit, wie er sagt.«

Mom stieß einen abgrundtiefen Seufzer der Erleichterung aus und lächelte Elinn zu. Elinn versuchte auch zu lächeln, aber irgendwie wollte ihr das nicht gelingen.

»Und die anderen? Weiß man da endlich etwas?«, fragte eine Frau.

Pigrato schüttelte den Kopf. »Das ist etwas, was ich, offen gesagt, nicht verstehe. Von den Satelliten steht gerade keiner über den Valles Marineris, es war die MARTIN LUTHER KING, die die Stelle eben überflogen hat. Deren Kommandant wiederum hat mir gesagt, dass der Sturm nach wie vor anhält und sie keine Funkverbindung zu den Rovern bekommen.«

»Aber wie ist dann die Verbindung mit Carl zustande gekommen?«, wollte Mr Hillman wissen.

»Das eben kann ich mir nicht erklären«, gab Pigrato zu. »Die Funkanlage eines Rovers ist hundertmal stärker als die eines Raumanzugs, und wenn nicht mal die durchdringt . . .«

Das war doch sonnenklar! Elinn richtete sich auf und erklärte: »Die Marsianer! Die haben Carl geholfen.«

Nun sahen sie alle an. Und sie schauten wieder so merkwürdig, wie meistens, wenn sie davon anfing.

Pigrato nickte schließlich seufzend. »Ja«, sagte er. »Das wird es sein.«

Es war eine seltsame Sache mit dem Fotografieren. Wenn man einmal damit anfing, konnte man kaum noch aufhören. Durch das Objektiv der Kamera sahen die gewöhnlichsten Dinge plötzlich ungemein interessant aus, vor allem, wenn man Zeit hatte und verschiedene Perspektiven ausprobieren konnte. Und Zeit hatte er einstweilen ja mehr als genug.

Wenn es dumm lief, würde er der Erste sein, der es schaffte, den Speicher so einer Kamera vollzukriegen.

Nachdem er etwa zwanzig Bilder von dem hohen, schmalen Gang und an die vierzig von verschiedenen Vorsprüngen, Ornamenten und sonstigen auffälligen Dingen gemacht hatte, ging er weiter. Nach einigen Biegungen mündete der Gang – Sensation! – in eine unregelmäßig geformte Halle, die auf den ersten Blick *Fenster* zu haben schien, große, ovale Öffnungen in alle Richtungen, durch die der Blick in weite Fernen ging.

Allerdings sah man durch jede der Öffnungen etwas anderes – mal etwas, das aussah wie eine fremdartige Stadt, mal etwas, das an eine gewaltige Industrieanlage denken ließ. Also waren es wohl doch nur Bilder – dreidimensional zwar und leuchtend hell, aber eben nur Bilder. Der Hintergrund war zweifelsfrei stets der Mars, was die Frage aufwarf, ob alle diese Anlagen womöglich noch irgendwo standen, unter Tarnschirmen verborgen, oder ob es sich dabei um Bilder aus alten, längst vergangenen Zeiten handelte.

Carl fotografierte jedenfalls, was das Zeug hielt.

Ein kleines dunkles Bild an einem der schmalen Zwischenwände hätte er beinahe übersehen. Als sein Blick schließlich doch darauf fiel, stockte ihm beinahe der Atem. Es zeigte den Mars, wie man ihn vom Weltraum aus sah, eine große, rostig rot leuchtende Kugel – doch dieses Bild zeigte den Mars *ohne* die Valles Marineris!

Das war zweifellos von höchstem wissenschaftlichem Interesse. Hieß das, dass diese Anlage aus einer Zeit stammte, als es die Valles noch nicht gegeben hatte? Carl sah sich in der Halle um, die ihm auf einmal noch beeindruckender vorkam, als sie ohnehin schon war. Sich vorzustellen, dass das hier womöglich Jahrmillionen alt war! Und alles funktionierte nach wie vor, keine der Bildflächen – wie auch immer sie beschaffen sein mochten – hatte ihren Geist aufgegeben. Er betastete die dünne Schicht bläulichen Glases, die auch hier nach wie vor alles bedeckte. Vielleicht war das eine Art Konservierung?

Auf jeden Fall würde Dr. Spencer Augen machen, wenn er das sah, dachte Carl, während er das Marsbild besonders sorgfältig fotografierte.

Danach vergewisserte er sich, dass er wirklich nichts übersehen hatte in der Halle. Nein, nichts. Gut. Dann stellte sich die Frage, durch welchen der insgesamt fünf dunklen Gänge, die sich anboten, er weitergehen sollte.

Vielleicht einfach durch den breitesten davon. Der war nicht ganz so dunkel wie die anderen, sondern von einem samtenen Schimmer erfüllt, der geradezu einladend wirkte.

Trotzdem war Carl ein wenig mulmig, als er die ersten Schritte hineinmachte. Es mochte bewundernswert sein, dass diese Anlage nach undenkbar langer Zeit immer noch zu funktionieren schien, aber zugleich war es auch Furcht einflößend. Denn das hieß, dass eventuelle Alarmanlagen und Sicherheitsvorrichtungen ebenfalls noch in Betrieb sein konnten. Eine Sorge, die einen Archäologen, der die Überreste einer frühbabylonischen Kultstätte oder dergleichen ausgrub, jedenfalls nicht plagte.

Der Gang führte leicht abwärts. Carl leuchtete ihn mit seiner Lampe ab und entdeckte zum ersten Mal so etwas wie Kratzspuren am Boden. Es musste einst ein besonders stark benutzter Weg gewesen sein.

Er zuckte zusammen, als er hochsah und in einiger Entfernung ein Licht ausmachte, das sich ebenfalls bewegte.

Gleich darauf merkte er, dass es nur seine eigene Lampe war, die sich da vorn irgendwo spiegelte. Das Ende des Ganges schien wieder durch eine Glaswand versiegelt zu sein.

Nun, so etwas war ja kein Hindernis mehr für ihn. Also ging er einfach weiter, bis er direkt davor stand.

Das wurde immer interessanter. Auf der anderen Seite der Glasmauer befand sich ein Balkon, von dem rechts und links breite Rampen hinabführten in eine weite, von einem seltsam irisierenden Licht erfüllte Halle. Dort unten standen Hunderte gleich aussehender, länglicher, silbern schimmernder Apparate, aufgereiht in langen Kolonnen.

Carl streckte die Hand aus, fasste an das Glas. Kein Problem, es zu durchdringen. Faszinierende Sache. Entschlossen tat er einen Schritt und war durch.

Hatte es an dem Glas gelegen, mit seiner leicht bläulichen Färbung, die manche Dinge anders aussehen ließ, als sie waren? Von hier aus bot die Halle jedenfalls einen anderen, regelrecht unheimlichen Anblick, obwohl sich eigentlich nichts verändert hatte. Da waren die Rampen, rechts und links, die Apparate in Reih und Glied . . .

Beobachtete ihn jemand? Carl hatte auf einmal das Gefühl. Er sah sich um. Ihn schauderte, ohne dass er hätte sagen können, warum eigentlich.

Die Apparate! Das sah er jetzt erst. Das, was da vorhin so silbrig geschimmert hatte, waren längliche, abgerundete Zylinder aus einem transparenten Material, die sich über einem dunklen Maschinensockel erhoben.

Und in diesen Zylindern – *lagen Lebewesen!*

32 Rettung in letzter Sekunde

Sie sahen aus wie Heuschrecken. Nein, nicht wirklich, aber das war Carls erster Gedanke, als er die Wesen sah. Sie waren groß, wenigstens drei Meter – das erklärte die hohen Gänge! –, zugleich erschreckend dünn. Wenn das, was er dafür hielt, der Kopf war, dann hatten sie große dunkle Köpfe, an denen er keine Sinnesorgane ausmachen konnte, zumindest nicht auf diese Entfernung. Und wie es aussah, hatten sie jede Menge Gliedmaßen in allen Größen, wenigstens acht Paar.

Aliens! Das stellte alles, was er bisher entdeckt hatte, in den Schatten. Carls Hand hob sich wie von selbst an die Helmkamera.

So also sahen sie aus, die Marsianer. Elinn hatte all die Jahre von ihnen gesprochen, als stünde sie mit ihnen in Kontakt. Nun, zumindest war klar, dass es sie gab. Carl hatte allerdings seine Zweifel, ob ihr Anblick seiner kleinen Schwester gefallen würde. Sie sahen gruselig aus. Und was taten sie in diesen Maschinen? Waren das Särge? Oder waren diese Wesen eingefroren worden und warteten nur darauf, wieder aufgetaut zu werden?

Jetzt hieß es, die Nerven zu bewahren. Zuerst ein paar Bilder von hier oben machen und dann, ja, dann musste er da runter, so nah an einen der Apparate hin, wie er es fertigbrachte, und alles aus der Nähe fotografieren. Ihn schauderte bei dem bloßen Gedanken, aber andererseits ... Er hatte ja gesehen, dass diese Anlage älter sein musste als die Valles Marineris, die auf alle Fälle *verdammt* alt waren. Gut möglich, dass diese Wesen längst nicht mehr lebten. Genau genommen, war kaum vorstellbar, *dass* sie noch lebten.

Doch andererseits – wer hatte ihm dann das Artefakt zukommen lassen, das ihn gerettet hatte, den Schlüssel zu alldem?

Verdammt.

Die Fotos. Er musste Bilder machen, auf jeden Fall. Er atmete tief durch, legte die Finger auf den oberen Taster der Kamera, drehte den Kopf, suchte den besten Ausschnitt. Erstes Bild. Die andere Seite. Zweites Bild. Die Mitte noch ...

Carl schrak zusammen, als er im Hintergrund der Halle Bewegungen wahrnahm. Irgendetwas rührte sich dort. Etwas, das so aussah, als käme es näher.

Vielleicht war das mit dem Blitz doch keine so gute Idee gewesen.

Ariana tauchte auf, als Dr. DeJones die Medizinische Station gerade wieder verlassen wollte. Er hatte seinen Arztkoffer neu bestückt und war auf dem Weg zurück zu Pigratos Wohnung. Man war immer noch ohne Nachricht von der Expedition seit Ausbruch des Sturms. Eventuell würden einige der Angehörigen noch seine Hilfe brauchen.

»Dad?«

»Liebes, ich ...«, begann DeJones, dann bemerkte er, wie bleich und elend seine Tochter aussah, und kam zu dem

Schluss, dass sie seiner Hilfe im Augenblick mehr bedurfte als jeder andere. »Komm, gehen wir rein.«

Sie gingen ins Behandlungszimmer. Ariana ließ sich auf die Eckcouch fallen, krallte die Hände ineinander und sah ihn nur mit großen Augen an.

»Erzähl's mir einfach«, sagte er und setzte sich ihr schräg gegenüber.

»Es ist wegen Urs«, begann sie, dann kamen ihr die Tränen. Schluchzend und schniefend, erzählte sie ihm die ganze Geschichte von dem Satelliten und dem Passwort und von der Blockade der Meteorologischen Abteilung, nur weil sie sich geküsst hatten. »Meinst du, dass deswegen jetzt Leute gestorben sind? Wegen uns? Ich meine, wir haben doch nicht gewusst . . . oder wir wollten doch nicht . . .«

DeJones reichte ihr ein frisches Taschentuch. »Ich weiß nicht, ob jemand in dem Sturm ums Leben gekommen ist. Das wird sich noch herausstellen. Ich hoffe es natürlich nicht, aber selbst wenn, trifft nicht euch allein die Schuld.«

Ariana schluchzte auf. »Nicht?«

»Die Hauptverantwortung für alles, was auf einer Expedition geschieht, liegt bei ihrem Leiter«, erklärte DeJones so ruhig und beruhigend wie möglich. »Er darf sich nicht darauf verlassen, dass er rechtzeitig vor Stürmen gewarnt wird, vor allem nicht bei einer Fahrt, die den Bereich des Kommunikationssystems verlässt. Er muss jederzeit Vorkehrungen für Notfälle treffen.« Das nächste Taschentuch war fällig. »Der Satellit hätte schließlich auch einfach so ausfallen können. Wäre ja nicht das erste Mal.«

Immerhin, der Fluss ihrer Tränen versiegte. Langsam kehrte auch die Farbe in ihr Gesicht zurück. DeJones betrachtete seine Tochter zärtlich. Nun war sie also das erste Mal verliebt. Wie sehr er ihr das gönnte!

»Ich hab es nicht mehr ausgehalten«, gestand sie flüsternd. »Mister Pigrato hat Urs derart angeschrien, dass ich gedacht habe, gleich schlägt er ihn ... Da bin ich einfach abgehauen.« Sie biss sich auf die Unterlippe. »Meinst du, das wird er mir verzeihen?«

»Bestimmt«, sagte er. »Und ich werde mit Pigrato reden, damit er Urs den Kopf dranlässt.« Er setzte sich zu ihr und nahm sie in den Arm. »Weißt du, er war sicher einfach nur erschrocken. In letzter Zeit ist ein bisschen viel passiert, nicht wahr? Es wäre gut, wenn sich die Dinge allmählich wieder beruhigten.«

Einen Moment später sah Carl, was sich da aus den schattigen Tiefen der Halle auf ihn zu bewegte. Es waren gedrungene, klobige Gestalten, kaum größer als er selbst und mit einem Kranz betulich wogender Tentakel ausgestattet. Sie wirkten nicht wie Lebewesen, eher wie Roboter, und sie rückten so zäh und bedächtig vor, dass Carl erwog, noch kurz die Rampe hinabzurennen und ein paar Nahaufnahmen von einem der Aliens zu machen, ehe er das Weite suchte.

Doch da fiel sein Blick auf die Glaswand hinter ihm. Sie begann, milchig anzulaufen.

Jede Wette, dass das kein gutes Zeichen war.

Er warf sich dagegen und es war, als fiele er in einen Bottich voller schnell aushärtendem Beton. Einen schrecklichen Augenblick lang fürchtete er schon, festzustecken und von dem immer trüber werdenden Glas zerquetscht zu werden, doch dann war er durch und konnte rennen.

In dem Raum mit den Bildern hielt er inne. Ob sie ihm hierher folgten? Vielleicht waren es nur Wächter der Halle gewesen, denen es genügte, ihn daraus vertrieben zu haben.

Aber er musste sowieso nach einem Ausgang suchen. Ratlos musterte er die übrigen Gänge. Es war egal, welchen er probierte, oder? Dunkel und schmal waren sie alle.

Er hob die Lampe und ging in irgendeinen davon hinein, den neben dem Marsbild. Täuschte er sich oder wurde das Licht seiner Handlampe allmählich schwächer? Auch das noch.

Der Gang mündete in einen anderen, der quer dazu verlief. Rechts oder links? Er wandte sich nach rechts. Wieder dasselbe, wieder nahm er die rechte Abzweigung . . . und landete wieder in der Halle mit den Bildern.

Jetzt war in dem breiten Gang, der zu den Särgen der Aliens führte, eine Bewegung zu erkennen. Die Roboter kamen! Langsam, aber zu Dutzenden.

Carl schluckte, versuchte es in einer anderen Richtung. Diesmal ging es geradeaus und ein wenig abwärts und schließlich in eine weitere Halle, die der mit den Bildern ähnelte. Bloß dass es hier keine Bilder gab, nur glatte Wände. Dafür stand mitten im Raum ein wenigstens zehn Meter durchmessender Zylinder aus hell leuchtendem milchig weißem Glas.

Was war das? Carl streckte vorsichtig die Hand aus. Es war jedenfalls fest, undurchdringlich. Und in demselben Moment, in dem er die geschwungene Wand berührte, bewegten sich Schatten dahinter, als sei in dem Zylinder etwas gefangen, das er aufgeschreckt hatte.

Er trat einen Schritt zurück, Gänsehaut am ganzen Leib. Das war allmählich nicht mehr spaßig.

Er wandte sich ab, sah sich um. Wenn er nur eine Vorstellung gehabt hätte, wie diese Anlage aufgebaut war! Aber er fühlte sich wie in einem Labyrinth, von dem er nicht einmal sagen konnte, ob er sich eher am Rand oder in der Mitte davon befand. Sieben Gänge führten weiter und wieder sah er keinen Anhaltspunkt, durch welchen er wohin gelangen würde.

Die Schatten in dem Zylinder bewegten sich immer noch. Egal, Hauptsache weg hier. Er nahm den gegenüberliegenden Gang. Wenn er stets geradeaus ging, *musste* er irgendwann an ein Ende kommen, oder?

»Haben Sie das gesehen?« Der junge Mann, der die Kameras überwachte, war regelrecht außer sich.

Sean O'Flaherty, der gerade zusammen mit einem der frisch von der Erde gekommenen Techniker ein Multiband-Strahlenmessgerät justierte, sah unwillig hoch. Besagter junger Mann hieß Brent Fischer und wollte alles immer so hundertprozentig richtig machen, dass es einem auch schon wieder auf die Nerven ging.

»Was ist denn?«

Fischer wedelte in Richtung auf den dritten Turm. »Da, eben! Da war jemand zu sehen!«

O'Flaherty hob skeptisch die Augenbrauen. *»Jemand?«* Am Ende die kleinen grünen Männchen?

»Warten Sie, es müsste gespeichert sein. Ich gehe in der Aufnahme ein Stück zurück ...« Er drehte an einem dicken Rändelrad, während O'Flaherty sich zu seinem Gerätepark hinüberbegab und dabei überlegte, wie er den Eifer des Jungen bremsen konnte, ohne ihn zu entmutigen.

Dann sah er die Bilder, die die Kameras vor wenigen Minuten eingefangen hatten, und alles andere wurde unwichtig.

In dem Raum, den man durch das blassblaue Glas hindurch sah, war jemand in einem Raumanzug aufgetaucht! Er kam auf den Zylinder zu, berührte dessen Wand, trat ein Stück zurück, sah sich kurz um und ging schließlich rasch davon. Es sah aus, als stünde er einfach auf der anderen Seite des Turms, aber das war natürlich nicht der Fall; die dort installierten Kameras bewiesen es.

»Wer ist das?«, stieß O'Flaherty aus. »Können Sie das Bild . . . was weiß ich, schärfer machen oder filtern oder so was? Probieren Sie, ob Sie das Namensschild lesbar bekommen.«

»Moment, Moment.« Fischer ging die einzelnen Bilder vor und zurück, bis er eines fand, das ihm geeignet schien. Dann zoomte er auf die rechte Brustseite und ließ einige Filterfunktionen darüber laufen, bis sich die Buchstaben auf dem Namensschild deutlich abhoben.

»Carl Faggan?«, rief O'Flaherty aus. Unglaublich! Das musste er sofort . . . Er drückte die Taste, die ihn mit dem Kommunikationssystem verband. »Pigrato, bitte! Schnell!«

Fischer machte so große Augen, dass man beinahe Angst hatte, sie könnten ihm herausfallen. »Was ist das bloß?«, fragte er mit jämmerlicher Stimme.

»Offenbar ein Bildübertragungssystem«, meinte O'Flaherty. »Eine Art dreidimensionaler Bildschirm. Auf der Erde experimentiert man ja auch immer wieder in dieser Richtung . . .« Pigrato meldete sich. »Mister Pigrato? O'Flaherty hier vom Löwenkopf. Ich habe das doch richtig mitbekommen, dass Carl Faggan sich gemeldet und mitgeteilt hat, dass er sich in einer Höhle vor dem Sturm in Sicherheit gebracht hat?«

Pigrato bejahte. Es war noch keine Stunde her, dass AI-20 diese Neuigkeit per Rundspruch verbreitet hatte.

»Nun«, fuhr der Forschungsleiter fort, »ich wollte Ihnen bloß mitteilen, dass wir eben Sichtkontakt mit ihm hatten.«

Das verschlug dem Statthalter erst mal die Sprache. Dann stieß er einen derb klingenden französischen Fluch aus, den O'Flaherty nicht verstand und auch nicht verstehen wollte, und brabbelte anschließend etwas von den viertausend Kilometern, die zwischen der Löwenkopf-Formation und dem Aufenthaltsort der Expedition lägen.

»Ich weiß, Sir, es sind sogar über fünftausend Kilometer.« Was für ein Argument! Schließlich waren ja auch Bildübertragungen zur Erde gang und gäbe und die war mindestens fünfzig *Millionen* Kilometer entfernt. »Tatsache bleibt, dass die Höhle, die wir durch das Glas des kleinen Turms auf dem Plateau sehen, und die Höhle, in der Carl sich befindet, offenbar identisch sind. Wir haben Videoaufnahmen, die das eindeutig belegen.«

Er horchte auf die Antwort des Statthalters und begann währenddessen, dem Kameramann Zeichen zu geben, die dieser allerdings nicht verstand.

»Ja, Sir, wir sind schon dabei. In ein paar Minuten haben Sie die Aufnahme auf dem Schirm. Und natürlich verfolgen wir das weiter.« Er beendete die Verbindung und schnauzte den immer noch ratlos dreinschauenden Fischer an: »Na, was kann ich wohl gemeint haben? Schneiden Sie die Sequenz aus und schicken Sie sie an Pigrato, und zwar so schnell wie möglich!« Er nickte zu den Kameras hinüber, die um den Turm verteilt standen. »Die laufen hoffentlich weiter?«

»Ja«, meinte Brent Fischer nervös, »klar.«

Der Gang führte geradeaus, an mehreren Abzweigungen nach rechts oder links vorbei, die Carl alle ignorierte. So weit wie möglich kommen, das war es, was er jetzt wollte.

Doch dann endete der Weg an einer Glasmauer, die von milchigem Weiß war und undurchdringlich.

Also hatten sie alle Schotten dichtgemacht. Kein Entkommen mehr.

Carl stand keuchend da, müde von all den Strapazen, und hatte nur noch den einen Wunsch, nun bitte endlich in seinem Bett aufzuwachen und festzustellen, dass alles nur ein böser Traum gewesen war.

Doch das geschah nicht. Stattdessen lief ihm ein Schweißtropfen ins Auge und brannte. Und die Angst in seinem Bauch fühlte sich an, als nage dort ein Tier von innen.

Er sah auf sein Armbandgerät. Nichts, keine Verbindung. Er konnte nicht einmal um Hilfe rufen. Wenn ihn die Roboter kriegten, würde niemand auch nur erfahren, wo er abgeblieben war.

Noch hatten sie ihn nicht. Aber sie kannten sich aus, er dagegen irrte nur umher. Früher oder später würden sie ihn in die Enge treiben. Und er besaß keine Waffe, um sich zur Wehr zu setzen, nicht einmal einen simplen Prügel.

Und die Lampe wurde auch zusehends dunkler. Nicht mehr lange und er würde sich nur noch tastend durch die Dunkelheit bewegen können.

Er drehte um, ging den Weg zurück bis zur nächsten Abzweigung. Doch als er dorthinein leuchtete, sah er sie schon kommen, in weiter Ferne zwar, aber unerbittlich vorwärtsrückend.

Weiter, schnell. Sie konnten doch noch nicht alle Gänge besetzt haben . . .

An der nächsten Abzweigung war es genau dasselbe. Carl begann zu rennen. Gerade als er den Verdacht hatte, dass sie ihn in die Richtung des Raumes mit dem gläsernen Zylinder treiben wollten, sah er, dass sie ihm auch von dort schon entgegenkamen. Er wich zurück bis zur letzten Kreuzung, deren Abzweigungen er eben nicht weiter beachtet hatte. Links kamen sie bereits, rechts sah er noch nichts – also da lang!

Doch nach hundert Metern stieß er auch hier auf Wachroboter, allerdings nur drei von ihnen. Gab es am Ende doch nicht so viele davon? Denkbar, bloß nützte ihm diese Erkenntnis im Moment wenig. Die, die es gab, waren mehr als genug.

Eine Idee durchzuckte ihn. Die Roboter waren kaum so groß wie er selber und sie waren langsam. Er dagegen war ein Mensch und er besaß trotz seines Geburtsorts die Muskulatur eines Erdgeborenen ...

Er schluckte. Es war ein Wagnis. Aber ihm blieb nichts anderes übrig. Also begann er zu rennen, auf die Roboter zu, schrie dabei wie ein Wahnsinniger, stieß sich ab und sprang in hohem Bogen über die drei Maschinen hinweg.

Ja! Geglückt! Er kam auf, stolperte nur ein bisschen, fing sich gleich wieder und warf einen triumphierenden Blick über die Schulter. Die Roboter wirkten regelrecht verwirrt, soweit man das bei Maschinen beurteilen konnte, die zudem von nicht menschlichen Intelligenzen hergestellt worden waren.

Immerhin waren sie nicht so verwirrt, dass sie nicht sofort kehrtgemacht hätten, um die Verfolgung fortzusetzen. Carl setzte sich ebenfalls wieder in Bewegung, aber mit einem besseren Gefühl als vorher. Vielleicht hatte er ja doch noch eine Chance.

So etwas wie Türen schien es nicht zu geben in diesen Gängen, oder? Nichts, wohinter man eine Eisenstange oder dergleichen hätte finden können. Nur glatte Wand, soweit er auch rannte.

Und am Ende kam er doch wieder in dem Raum mit dem riesigen gläsernen Zylinder heraus.

Das war ein Labyrinth. War es überhaupt derselbe Raum wie vorhin? Vielleicht gab es mehrere davon? Aber an sich war das auch egal. Carl versuchte, sich darüber klar zu werden, welcher Gang welcher war. Vielleicht hatte er jetzt, da er die Roboter ausgetrickst hatte, eine Chance, in die Halle mit den Bildern zurückzukommen und von dort aus in den Gang, durch den er die Anlage betreten hatte. Vielleicht schaffte er es ja *doch,* den Felskamin hinaufzuklettern, zurück in die Höhle, in der alles begonnen hatte . . .

Aber, fiel ihm ein, auf dem Weg von dort hatte er ebenfalls eine gläserne Wand passiert. Jede Wette, dass die inzwischen auch milchig weiß und unpassierbar geworden war.

Trotzdem, es gab keinen besseren Plan, also rannte er los. Wenn er überhaupt eine Chance hatte, dann nur wenn er schnell war.

Mitten in dem langen finsteren Gang gab seine Lampe endgültig den Geist auf. Und während er im Dunkeln stand und sie schüttelte in der vergeblichen Hoffnung, dass es nur ein Wackelkontakt war, bemerkte er aus den Augenwinkeln die Bewegung, die er nun schon kannte.

Sie kamen. Viele.

Carl warf sich herum, hetzte zurück in die Halle mit dem gläsernen Zylinder. Der gab wenigstens Licht, sodass er den Weg nicht verfehlen konnte. Hier gab es noch andere Gänge, dunkle, lichtlose Gänge, aber er musste es riskieren, auch wenn er nichts sah. Er tastete sich hektisch an der Wand entlang. Er hatte nirgends Hindernisse auf dem Boden bemerkt, keine Stufen, keine Spalten, nichts dergleichen. Also würde es hier auch nicht anders sein.

Er kam keine fünfzig Meter weit. Dann berührte etwas seine Brust, so unvermittelt, dass er schreiend einen Satz rückwärts machte und floh.

Es war zu spät. Sie kamen aus allen Richtungen. Er packte seine Stablampe fester. Die wenigstens war aus Metall; die einzige Waffe, die er besaß.

Aus sämtlichen Gängen strömten sie nun. Sie sahen aus wie vergrößerte metallene Nachbildungen von Meereslebewesen, über die Carl einmal einen Film gesehen hatte – Polypen, genau so hatten sie geheißen. Auch diese Roboter hatten einen schmalen, stumpfen, kegelartigen Rumpf, an dem oben ein Bündel von Tentakeln wogte. Tentakel, an deren Enden allerhand Furcht einflößende Werkzeuge saßen.

»Lasst mich in Ruhe!«, schrie Carl ihnen entgegen, obwohl es sinnlos war. Er fuchtelte mit der Stablampe herum in der Hoffnung, sie damit auf Abstand zu halten.

Immerhin, ein bisschen schien sie das zu beeindrucken. Sie verteilten sich entlang der Wände, Dutzende von ihnen, und in den Gängen warteten immer noch welche. Sie wiegten die stählernen Leiber, als berieten sie sich, ja, es sah beinahe so aus, als seien sie voller Kummer darüber, dass er sich nicht einfach von ihnen packen und in Stücke schneiden lassen wollte.

Zu allem Überfluss begann das matte, elfenbeinerne Licht, das von dem Zylinder hinter seinem Rücken ausging, nun auch noch zu flackern. Carl hätte schreien mögen vor jäh aufflammender Angst. Wenn es jetzt auch noch dunkel wurde, war er endgültig verloren!

Verzweifelt wandte er den Kopf, um zu sehen, was da los war, und sah zu seiner unendlichen Verblüffung, wie etwas, das aussah wie ein Schwarm kleiner schwarzer Fische in einem milchweißen Aquarium, sich zu geometrischen Mustern formte. Zu Buchstaben.

»HIER«, las er.

Dann stoben die dunklen Punkte wieder auseinander. Der Schriftzug war nur einen kurzen Moment lang lesbar gewesen, so kurz in der Tat, dass Carl im nächsten Augenblick schon daran zweifelte, wirklich gelesen zu haben, was er gelesen zu haben glaubte. Das konnte nur Einbildung gewesen sein, wie sie ein verzweifeltes Gehirn produzierte, oder? Er hatte aus einem bedeutungslosen Tanz irgendwelcher dunkler Teilchen ein Wort herausgelesen, aber das hatte nichts zu bedeuten.

Die Roboter kamen näher und er musste wieder mit der Lampe um sich schlagen, um sie erneut auf Abstand zu bringen.

Und er musste noch einmal hinschauen. Die kleinen dunklen Punkte versammelten sich wieder, mühsam, als bereite es ihnen Schmerzen.

»ENTLANG.«

Wieder zerplatzte die Schrift in tausend Trümmer.

Carl stand starr. Das konnte jetzt kein Zufall mehr sein. Nicht zweimal so kurz hintereinander.

Und sie kamen wieder zusammen, formten sich zu einer Wolke, aus der vier kleinere Wolken wurden und endlich Buchstaben.

»CARL.«

Carl spürte einen namenlosen Schauder über den Rücken laufen. Und die ersten Tentakel, die ihn berührten, ihn umfangen wollten.

Im nächsten Augenblick wurde der Zylinder klar. Das Milchige löste sich schlagartig auf wie nie gewesen. Und auf der anderen Seite sah Carl Steine, Felsen, Sonnenlicht. *Der Ausgang!*

Er sprang.

O'Flaherty atmete scharf ein, als die Gestalt Carls wieder im Sichtbereich auftauchte. Er rannte, schien auf der Flucht zu sein und es war nicht schwer zu erraten, wovor: Vor diesen Gebilden mit den gierig wedelnden Tentakeln, die kurz zuvor hier dutzendweise durch den Raum geglitten waren.

»Soll ich das auch gleich an Mister Pigrato schicken?«, fragte Brent Fischer eifrig.

»Sind Sie des Wahnsinns?«, versetzte O'Flaherty. »Sie haben doch mitgekriegt, dass die Angehörigen der Expeditionsteilnehmer gerade bei ihm sind. Wollen Sie, dass Carls Mutter live miterlebt, wie diese . . . *Wesen* ihren Sohn womöglich auffressen?«

»Ach so.« Brent Fischer schluckte mächtig. »Das wäre natürlich nicht so gut.«

»Glaube ich auch nicht.« O'Flaherty ballte die Fäuste. Dass man aber auch gar nichts tun konnte!

Da, Carl kam zurück. Jetzt drangen die Wesen von allen Seiten auf ihn ein. Das sah nicht gut aus. Verdammt, sie würden doch nicht hier am Ende tatsächlich Zeugen einer Tragödie werden?

O'Flaherty tippte auf die Taste, die eine Sprechverbindung zu allen im Moment am Löwenkopf befindlichen Leuten herstellte. Die meisten von denen hatten sich ohnehin inzwischen vor irgendeinem Monitor versammelt und verfolgten, was der kleine Turm zeigte. »O'Flaherty an alle. Ich verhänge bis auf Weiteres Nachrichtensperre. Wir warten ab, wie das alles ausgeht, und danach entscheiden wir, was wir von den Aufzeichnungen wem in welcher Form zugänglich machen.« Er schnaubte grimmig. »Zuwiderhandelnde werden von mir höchst eigenhändig . . . Was ist das?«

Heilige Mutter Gottes, jetzt drehte sich der Junge um und sah zu ihnen herüber! Konnte er sie am Ende ebenfalls sehen? Bisher hatte es nicht den Anschein gehabt, aber wieso sah er dann her, mit all diesen Biestern um sich herum . . .?

Ah, er hatte es bemerkt, schlug wieder um sich, trieb sie zurück. Gut so. O'Flaherty sprang auf. Es hielt ihn nicht länger bei den Monitoren; obwohl er selber angeordnet hatte die Umgebung des Turms zu räumen, konnte er nicht anders, als hinüberzurennen.

Da! Der Junge sah schon wieder her! Und O'Flaherty blieb nur, hilflos mit der Faust gegen das bläulich schimmernde Glas zu hämmern.

Doch dann geschah das Unglaubliche. Genau in dem Moment, als die ersten Tentakel nach Carl Faggan griffen, tat dieser einen raschen Schritt vorwärts und – drang in den Zylinder ein! O'Flaherty und die anderen verfolgten atemlos, wie der Junge mit Bewegungen, die fast so aussahen, als schwämme er, den Zylinder durchquerte . . .

. . . und im nächsten Augenblick in O'Flahertys Arme fiel.

»Wie? Was soll das heißen, er ist bei Ihnen?«, blaffte Pigrato in seinen Kommunikator.

Sie standen alle um den Statthalter herum, während er mit dem Leiter der Forschungsgruppe am Löwenkopf telefonierte. Pigratos Stirn legte sich mit jeder Minute, die der andere sprach, in noch skeptischere Falten.

Schließlich hob er den Kopf, sah in die Runde und meinte: »Also, das verstehe, wer will. Wie es aussieht, ist Carl Faggan auf irgendeine Weise vom Ostende der Valles Marineris zum Löwenkopf-Plateau im Daedalia Planum gelangt. Liegen ja auch bloß gut fünftausend Kilometer dazwischen.« Er reichte Mrs Faggan seinen Kommunikator. »Ihr Sohn möchte Sie sprechen.«

33 Die Aliens

Eine Woche später saßen die Marssiedler auf der Plaza versammelt und sahen die Bilder und Videos, von denen seit dem Tag des Sturms gerüchteweise die Rede gewesen war, zum ersten Mal und in voller Länge. Professor Caphurnas Team hatte eigens für den Vortrag ihres Chefs einen Projektor und eine riesige Leinwand aufgebaut.

Dr. Spencers Expedition hatte, nachdem der Sturm am Samstagabend abgeflaut war, alle Arbeiten am »Mäusenest« abgebrochen und die Rückfahrt angetreten. Eines der Flugboote hatte in der Nähe des zweiten Nachschublagers auf sie gewartet und die Besatzung abgeholt; die Rover standen nun leer und verlassen in den Valles Marineris, bis eine Gruppe von Fahrern um Roger Knight wieder hinfliegen und sie zurückbringen würde.

»Was wir soeben gesehen haben, war etwas, das wir mit unserem heutigen Verständnis der Physik nicht erklären können«, begann Professor Caphurna, während der Applaus verebbte, der spontan eingesetzt hatte, als auf der Leinwand Carl aus dem blauen Turm gestolpert und Sean O'Flaherty in die Arme gefallen war. »Ein Mensch überwindet mit einem Schritt mehr als fünftausend Kilometer. Wie kann das sein? Noch vor einer Woche hätte Ihnen jeder Physiker erklärt, dass das überhaupt nicht sein kann. Doch jetzt haben wir diese Aufnahmen, wir haben vertrauenswürdige Zeugen und wir kennen den Menschen, dem dies widerfahren ist.«

Er wies auf Carl, der zusammen mit den anderen Marskindern in der ersten Reihe saß, neben Dr. Spencer, der das alles mit ziemlich unzufriedenem Gesichtsausdruck verfolgte, und Wim Van Leer, der bei seiner Rückkehr zur Kenntnis hatte nehmen müssen, dass die Raumschiffe, mit denen er zur Erde zurückkehren wollte, beschlossen hatten, beim Mars zu bleiben. Er sah drein, als denke er auch jetzt noch darüber nach, wem er alles Bescheid sagen musste und welche Termine er verpassen würde.

»Also«, fuhr Professor Caphurna fort, »bleibt uns nichts anderes übrig, als die Tatsachen zur Kenntnis zu nehmen und zu versuchen, verstehen zu lernen, wie sie zu erklären sind. Völlig ohne Ansatz sind wir nicht – schon seit fast hundert Jahren gibt es das theoretische Konzept des Wurmlochs, das zwei beliebig weit voneinander entfernte Punkte in Raum und Zeit verbinden können soll, und keineswegs theoretisch ist das aus der Quantenphysik bekannte Phänomen der verschränkten Teilchen, die unabhängig von der Distanz zwischen ihnen auf geheimnisvolle Weise verbunden bleiben. Nur kennen wir das eben – wie gesagt – bisher nur von Elementarteilchen. Die Technologie aber, mit der wir uns hier konfrontiert sehen, hat es dagegen offenbar fertiggebracht, diese Prinzipien – oder andere, die uns noch unbekannt sind – nutzbar zu machen. Das heißt, dass es sich um eine Technologie handelt, die der unsrigen weit voraus ist. Und weil das so ist, hat Mister Pigrato zunächst einige Worte an Sie zu richten.«

Tom Pigrato erhob sich, so ungelenk wie eh und je. Einigen fiel aber auf, dass er viel von dem unsicheren Schlurfen verloren hatte, das all die Jahre kennzeichnend gewesen war für seine Art, sich zu bewegen.

»Darf ich noch einmal um das Bild von vorhin bitten?«, sagte er, als Caphurna ihm das Mikrofon überließ.

Auf der Leinwand erschien wieder eines der Bilder, die Carl von der Halle mit den »Särgen« gemacht hatte.

»*Aliens*«, sagte Pigrato. »Extraterrestrier. Nicht menschliche Intelligenzen. Wir wissen noch nicht, ob die Wesen in diesen Maschinen tot sind oder nur schlafen, aber bis wir es wissen, sollten wir mit der Möglichkeit rechnen, dass sie wieder aufwachen. Es sind, soweit wir sehen, an die fünfhundert dieser Wesen, also doppelt so viele wie wir. Sie sind auch fast doppelt so groß und sie sind uns technisch um Jahrtausende überlegen. Können Sie sich vorstellen«, fragte er und blickte in die Runde, »was diese Bilder auf der Erde auslösen könnten? Die Heimwärtsbewegung hat bereits einen Anschlag auf die Marssiedlung verübt, dabei hat sie im Moment noch relativ wenig Einfluss. Zweifellos würde sie die Informationen, die wir haben, ohne Zögern nutzen, um Ängste in der Bevölkerung zu schüren – mit unabsehbaren Folgen. Aus diesem Grund . . . ja, bitte?«

Jemand hatte die Hand gehoben; ein älterer Agrartechniker. »Aber wie gefährlich ist denn unsere Situation wirklich? Ich meine, es ist eine Sache, irgendwelche Türme und andere Bauwerke zu finden, aber eine andere, auf Lebewesen zu stoßen, die vielleicht nur schlafen, die von einsatzbereiten Robotern bewacht werden und von denen wir nicht wissen, wie sie auf uns reagieren. Immerhin befinden wir uns ja *tatsächlich* auf ihrem Planeten; sie könnten uns mit Recht als Eindringlinge betrachten!«

»Alles richtig«, nickte Pigrato. »Deswegen werden wir uns auch auf den schlimmstmöglichen Fall vorbereiten. Die Anlagen zur Treibstoffgewinnung laufen auf Hochtouren und wir arbeiten gerade einen Plan aus, wie wir im Notfall die gesamte Siedlung innerhalb kürzester Zeit auf die beiden Raumschiffe evakuieren und den Mars verlassen können. Im Notfall – wie gesagt. In erster Linie aber ist die Marssiedlung ein wissenschaftliches Unternehmen und deswegen ist es unsere Pflicht, diese Chance auf neue Erkenntnisse zu nutzen.« Der Statthalter hob das Kinn. »Ich bitte deshalb um Verständnis für die Nachrichtensperre, die wir verhängt haben. Dabei wird es nicht bleiben. Wir werden die Sperre aufheben, zugleich aber eine Zensur aller ausgehenden E-Mails und so weiter einrichten, um zu verhindern, dass Informationen, die wir noch zurückhalten wollen, vorzeitig zur Erde gelangen. Zu diesem Zweck werden wir die Künstliche Intelligenz mit dem Kommunikationssystem verbinden und –«

»Das ist illegal«, ließ sich Van Leer lautstark und in scharfem Ton vernehmen. »Nicht nur, dass Sie die Meinungs- und Pressefreiheit einschränken, mit dem Einsatz der KI verstoßen Sie außerdem gegen das Computernutzungsgesetz und das Postrecht.«

Pigrato musterte ihn mit einem Blick, den man beinahe als spöttisch hätte bezeichnen können, wäre man von dem Statthalter nicht völlige Humorlosigkeit gewöhnt gewesen. »Ihr Einwand wird zu Protokoll genommen, Mister Van Leer. Ich empfehle Ihnen allerdings die eingehende Lektüre des Weltraumrechts. Darin werden Sie finden, dass ich hier auf dem Mars als Statthalter der Erdregierung alle Befugnisse habe, die auch der Kommandant eines Raumschiffes hat.

Sehr weitgehende Befugnisse also, die auch das Recht einschließen, eine Vielzahl gesetzlicher Bestimmungen einzuschränken oder zeitweilig auszusetzen, wenn die Sicherheit oder der Erfolg der Mission davon abhängen.«

Van Leer ließ sich nicht so leicht einschüchtern. »Was das Raumschiff anbelangt oder in unserem Fall die Siedlung, ja. Aber was Sie machen, ist, die Erde zu bevormunden. Sie maßen sich an zu entscheiden, was der Rest der Menschheit von den Vorgängen auf dem Mars wissen darf und was nicht. Sie enthalten sogar der Regierung Informationen vor, und das angesichts eines der wichtigsten Ereignisse unserer Geschichte – der ersten Begegnung mit anderen intelligenten Wesen! Dafür wird Ihr Chef Sie grillen, das prophezeie ich Ihnen. In solchen Dingen versteht Bjornstadt keinen Spaß.«

»Senator Bjornstadt«, erwiderte Pigrato gelassen, »ist weit, weit weg. Hundertsechzig Millionen Kilometer im Augenblick und es werden ständig mehr.«

Die Siedler, bei denen sich der für Raumfahrtangelegenheiten zuständige Senator keiner großen Wertschätzung erfreute, johlten Beifall; so laut und anhaltend, dass Van Leer, der erst noch etwas sagen wollte, schließlich abwinkte und sich wieder zurücklehnte.

»Ist geplant, einen Stoßtrupp durch den Turm in die Station der Marsianer zu entsenden?«, fragte anschließend ein Mann von weiter hinten.

Pigrato reichte das Mikrofon an Professor Caphurna zurück. Der gab seinen Helfern einen Wink, die daraufhin eine Übertragung vom Löwenkopf auf die Leinwand schalteten. »Die kurze Antwort ist: Nein«, sagte der Wissenschaftler. Im Hintergrund sah man das Plateau und den dritten Turm und, auf einer eingeblendeten Nahaufnahme, die Halle, die durch den Turm hindurch zu sehen war. Die Roboter waren nicht mehr da; sie hatten sich wenige Minuten nach Carls Verschwinden zurückgezogen. »Die ausführliche Antwort ist: Wir können derlei nicht planen, weil die Passage von unserer Seite aus nicht durchlässig ist. Und wir haben bis jetzt keine Ahnung, ob wir das ändern können und wenn ja, wie.«

Niemand bemerkte, dass die Marskinder in diesem Moment kurze, verstohlene Blicke miteinander wechselten.

Anders als Carl befürchtet hatte, war er im Expeditionsteam immer noch gern gesehen und so verbrachte er die folgenden Tage und Wochen zum großen Teil in Dr. Spencers Abteilung. Der Areologe schien beinahe ein schlechtes Gewissen zu haben, weil er die Meldungen der Meteorologen nicht ernst genug genommen hatte. »Es war eben die erste große Expedition, die ich geleitet habe«, bekannte er. »Und wenn man etwas zum ersten Mal macht, macht man auch Fehler, unweigerlich.« Er legte Carl die Hand auf die Schulter. »Es ist jedenfalls ein Glück, dass du dich hast retten können. Ich wäre andernfalls meines Lebens nicht mehr froh geworden, das kannst du mir glauben.«

Carl half bei der Auswertung der Bodenproben, die sie genommen hatten, ließ sich die Handhabung der Analysegeräte erklären, fertigte Listen und Verzeichnisse an und ordnete Fundstücke in Kästen ein. Und das war alles kein bisschen langweilig, im Gegenteil: Je mehr er verstand, was er tat, desto interessanter wurde es.

»Na, ich glaube, wir müssen noch mal ein völlig neues Interview machen«, meinte Van Leer, der auch öfters kam, um vor allem bei der Archivierung der zahlreichen Fotos zu helfen. »Das von letztem Monat dürfte inzwischen total veraltet sein, wenn ich so sehe, wie du hier arbeitest. Oder?«

»Man lernt immer dazu«, gab Carl zur Antwort und freute sich, dass der Journalist sich nicht sicher zu sein schien, wie er das verstehen sollte.

Und Carl lernte wirklich dazu. Er schrieb sich alle Begriffe auf, die er hörte, aber nicht verstand, und schlug sie so bald wie möglich nach. Meistens stieß er dabei auf andere interessante Einträge oder Kurse, in denen er gleich weiterlas, sodass er mehr und mehr Zeit in den Datenbanken verbrachte. Immer öfter ging er nach dem Abendessen noch einmal in die Bibliothek und häufig musste ihn seine Mutter per Kommunikator daran erinnern, dass es so etwas wie Betten und Nachtruhe gab.

Auf einmal war alles so unendlich faszinierend! Warum war ihm das früher nie aufgefallen?

Er merkte, dass die Wissenschaftler langsam begannen ihn ernst zu nehmen. Es war schon selbstverständlich, dass er dabeisaß, als sie mit Professor Caphurna die neuesten Erkenntnisse zum Phänomen der »Mäusegänge« diskutierten.

»Ich glaube, wir können davon ausgehen, dass alle Mäusegänge von diesem Zeug hier gegraben wurden«, erklärte der Professor, während er mit einem der wenigen Bruchstücke blauen Glases herumspielte, die sie noch besaßen. »Sie brauchen sich bloß das Loch im Boden unseres Labors anzusehen – ein perfekter neuer Mäusegang.« Man hatte einen fernsteuerbaren kleinen Roboter in das Mäusegangsystem geschickt, der die Abdichtung, die von dem flüchtenden blauen Klumpen zerstört worden war, wieder repariert hatte. Caphurna hob das Bruchstück hoch. »Das hier muss so etwas sein wie eine extrem anpassungsfähige Universalmaschine. Wir kommen gerade nach und nach der chemischen Zusammensetzung auf die Spur; es wird interessant werden, sich das Ding im Molekularanalysator anzuschauen. Auf alle Fälle wissen wir, dass es enorme Mengen Energie speichern kann, und es kann Materie offenbar auch aus der Ferne beeinflussen – denken Sie an diesen Wirbel, der das Labor verwüstet hat, und an das *Leuchten*, wie Carls Schwester das Phänomen so treffend getauft hat. Vermutlich ein uns noch unbekannter Feldeffekt, und wie es scheint, kann Elinn dieses Feld bereits spüren, ehe es sichtbar wird. Eine hochinteressante Sache.«

Natürlich traf Carl sich auch weiterhin mit den anderen im Versteck. Nach dem, was er von seinen Erlebnissen in den gläsernen Höhlen zu berichten wusste, hatten sie viel über die Artefakte zu diskutieren.

Elinn fand die Erklärung, dass es sich dabei um eine Art Schlüssel handelte, plausibel, war aber der Überzeugung, dass das nur für die Artefakte zutreffe, die Namen trugen.

»Mist«, maulte Ariana. »Und ich hab keines mehr abgekriegt.«

»Ich auch nicht«, ärgerte sich Ronny. »Gemein.«

»Und wer zum Henker ist CURLY?«, fragte sich Urs, während er mit dem rätselhaften Artefakt herumspielte.

Nicht einig waren sie sich in der Frage, wann sie sich mit dem, was sie wussten oder zumindest zu wissen glaubten, an Professor Caphurna wenden sollten. Ariana war dafür, die Wissenschaftler so schnell wie möglich einzuweihen, Carl wollte erst noch mehr auf eigene Faust herausfinden.

»Zumindest will ich ausprobieren, ob meine Theorie überhaupt stimmt«, meinte er.

»Ach. Und wie willst du das machen? Zum Flugdeck gehen und sagen: ›Ach, nehmt mich doch mal kurz mit zum Löwenkopf, ich hab so Lust, den kleinen blauen Turm anzufassen und zu gucken, ob ich die Hand hineinstecken kann‹?«

Carl grinste. »Das wäre ein bisschen auffällig. Aber nächsten Dienstag ist es so weit, dass der Westturm stehen bleibt, und wir sind alle eingeladen. Bei der Gelegenheit sollte man problemlos das Plateau besichtigen können, würde ich sagen.«

34 Die Offenbarung am Westturm

Die Drehung der beiden Türme war schon immer viel zu langsam gewesen, als dass man sie mit bloßem Auge wahrgenommen hätte, also sah man auch an diesem Tag keinen Unterschied. Doch die Instrumente zeigten unmissverständlich an, dass die Geschwindigkeit, mit der der Westturm sich drehte, weiter konstant abnahm. Die Linie auf den Bildschirmen lief seit Wochen schnurgerade abwärts und heute Abend um 19:84 Uhr würde sie den Nullpunkt erreichen.

Am liebsten wären alle dabei gewesen, wenn der Turm zum Stillstand kam, aber das ging natürlich nicht; der Betrieb der Siedlung musste weiterlaufen. Pigrato ließ eine Liste erstellen, die zunächst die Wissenschaftler und Techniker umfasste, deren Anwesenheit unabdingbar war, ferner einige Gäste, allen voran die Marskinder, die die Türme entdeckt hatten, und ihre Eltern. Die restlichen Plätze wurden verlost. Er selber, so hatte der Statthalter von vornherein erklärt, verzichte freiwillig auf einen Platz.

Es wurde fast so etwas wie ein Fest daraus. Schon am späten Nachmittag brachten die Flugboote die ersten Schaulustigen zum Löwenkopf. Die Kantine hatte es sich nicht nehmen lassen, ihnen allerhand Köstlichkeiten mitzugeben, und so herrschte im großen Gemeinschaftszelt bald Gedränge um die Mikrowellengeräte, die diesem Ansturm kaum gewachsen waren. Wer nicht so lange warten wollte, hielt sich ans Salatbüffet.

Die Kinder kamen mit dem zweiten Flug. Die graue Sonne stand schon tief über dem Kraterberg und allmählich spürte man, dass dies kein Fest wie jedes andere war. Unter all dem Geplauder und Gelächter waren alle nervös und gespannt, was passieren würde in dem Moment, in dem der Turm zum Stillstand kam.

Van Leer ging mit seiner großen Kamera umher, fotografierte, filmte und verbrachte viel Zeit damit, auf neugierige Fragen zu seinem Gerät zu antworten. Er vertrat inzwischen den Standpunkt, dass ihm gar nichts Besseres hätte passieren können als dieser Zwangsaufenthalt auf dem Mars, auf dem sich, so war er überzeugt – oder behauptete es zumindest zu sein –, in nächster Zukunft jede Menge aufregender Dinge ereignen würden.

»Also, ich verschwinde mal kurz«, raunte Carl den anderen zu, als sie gerade weitgehend für sich waren.

»Alles klar«, nickte Urs. Seine Mutter stand schon am Büffet an und bedeutete ihm durch Gesten, zu ihr in die Schlange zu kommen.

»Und kein Wort über Funk. Denkt dran, AI-20 hört mit.«

»Dazu haben wir sowieso keine Zeit, sonst kriegen wir nichts zu essen ab«, erwiderte Ariana.

Kurz darauf sah man, wie eine einsame Gestalt im Raumanzug die Leitern zum Plateau hinaufstieg. Wenig später erschien dieselbe Gestalt auf den Monitoren, die oben rings um den kleinen Turm aufgestellt waren.

»Vielleicht sollten wir das ein bisschen zudecken«, schlug

Elinn vor, die in dem Moment gerade mit einem gut gefüllten Teller ankam. So sah man die Marskinder gleich darauf einträchtig nebeneinander auf dem Tisch vor den Bildschirmen sitzen. Van Leer winkte ihnen zu und sie winkten kauend zurück.

In diesen Minuten sank die Sonne hinter den Kraterberg. Lange Schatten fielen über das Forschungslager und die seltsamen blauen Türme. Draußen ging die Beleuchtung an. Die Ersten zogen wieder ihre Raumanzüge an, um hinauszugehen und sich beim Westturm die Beine in den Bauch zu stehen.

Da tauchte Carl unvermittelt aus dem Gewimmel auf. Ein zufriedener Ausdruck lag auf seinem Gesicht.

»Alles klar«, sagte er halblaut. »Es funktioniert. Und jetzt brauche ich was zu essen.«

Das Büffet war inzwischen zwar weitgehend leer geräumt, aber dafür auch nicht mehr so umlagert. Als Carl mit einem vollen Teller zurückkam, hakte Ariana nach: »Was heißt das, es funktioniert?«

»Ich kann die Hand reinstecken. Bis hier war ich drin.« Er deutete auf die Mitte seines Unterarms und schob dann den nächsten Bissen in den Mund. »Und mit dem anderen Artefakt ging es nicht. Es funktioniert anscheinend tatsächlich nur mit denen, auf denen ein Name steht. Genau wie Elinn es gesagt hat.«

»Galaktisch!«, hauchte Ronny. Mit finsterer Miene setzte er hinzu: »Ich will auch eins.«

»Und?«, bohrte Ariana weiter. »Was hast du jetzt vor? Willst du zurück zu den Robotern?«

Carl schüttelte sich kauend. »Bestimmt nicht«, sagte er, nachdem er geschluckt hatte. Er betrachtete das, was er auf dem Teller hatte, genauer. »Keine Ahnung, was das ist, aber es ist lecker! Urs, ist das wieder ein neues Rezept deiner Mutter?«

Urs nickte. »Ich glaube, sie hat vor, die marsianische Küche zu revolutionieren.«

»Können wir bitte beim Thema bleiben?« Auf Arianas Stirn zeigten sich erste Ansätze ihrer berüchtigten Zornesfalte. »Carl, die werden dir den Kopf abreißen, wenn sie rauskriegen, dass du das mit den Artefakten gewusst und nichts gesagt hast.«

»Wie wollen sie das rauskriegen?« Carl kaute auf beiden Backen. »Das kann mir einfach irgendwann in den nächsten Tagen einfallen.« Er grinste. »Oder auch nicht.«

Ariana schlang ihre Arme um Urs' Hals und vergrub ihr Gesicht ächzend in seiner Halsbeuge. »Es ist immer dasselbe mit diesem Menschen«, hörte man sie maulen. »Er plant in aller Heimlichkeit Dinge und wir erfahren erst davon, wenn sowieso alles zu spät ist.«

»Ich plane überhaupt noch nichts«, verwahrte sich Carl. »Und außerdem muss man abwarten, was passiert, wenn der Turm endlich steht.«

Elinn stellte ihren Teller beiseite. »Lasst uns auch rausgehen«, sagte sie.

Die Gruppe derer, die schon um den Turm herumstanden, wurde rasch größer. »Noch eine halbe Stunde«, kam die Durchsage, die auch die Letzten zu den Ständern mit den Raumanzügen trieb.

Beinahe jeder, der neu hinzutrat, fühlte sich bemüßigt, den Turm anzufassen, die behandschuhte Hand daraufzulegen und dann etwas zu sagen wie »Also, wenn ihr mich fragt, der dreht sich schon jetzt nicht mehr«.

Während man so wartete, von einem Bein aufs andere trat und einmal pro Minute zur Uhr sah, wurde eifrig spekuliert, was man zu sehen bekommen würde, sobald der Turm anhielt.

»Vielleicht überhaupt nichts«, meinten viele.

»Oder auch nur so 'ne doofe Halle.«

»Bloß weil der viel größer ist als der andere, braucht ja nicht unbedingt auch etwas Spektakuläreres zu passieren.«

Einer marschierte demonstrativ ein gutes Stück vom Fuß des an die vierzig Meter durchmessenden und vierhundert Meter hohen Zylinders weg. »Ich bleib lieber auf Abstand«, erklärte er dazu. »Wer weiß, ob da nicht gleich Horden von Robotern herauskommen!«

Alles lachte, aber einige gesellten sich danach zu ihm.

Dann war es nur noch eine Minute und erwartungsvolles Schweigen breitete sich aus.

»Dreißig Sekunden«, hörte man den Techniker am Messgerät sagen. »Zehn ... Und Stillstand.«

Im selben Augenblick leuchtete der Turm auf, war erfüllt von einem so intensiven gelblichen Licht, als ginge darin eine Sonne auf. Bewegung wurde in der glasartigen Substanz sichtbar, schaumige Strukturen, die aufwallten und dann emporblubberten wie Bläschen in Champagner, immer schneller, immer dünner werdend ...

Bis sich der schlanke Zylinder nach und nach klärte, um schließlich den Blick freizugeben auf ... eine fremdartige Landschaft.

Bizarre, zerrissene Wolken vor einem Himmel von unbestimmter Farbe. Eine endlos scheinende, wie verdorrt wirkende Ebene, auf der nur dürres Gestrüpp wuchs. In der Ferne ein paar Schatten, die aussahen wie Bäume, deren Äste schräg nach oben wuchsen, als müssten sie einen Trichter bilden, und voller großer dunkler Kugeln hingen. Und dahinter schließlich spitzkeglige, violett schimmernde, unsagbar fremdartig anmutende Dächer.

Es war, als hätten alle, die da waren, gleichzeitig den Atem angehalten und als atmeten sie alle zugleich wieder ein.

»Eine fremde Welt«, sagte jemand ehrfurchtsvoll. »Es ist ein Tor zu einer fremden Welt.«

– Fortsetzung folgt –

Andreas Eschbach

Das Marsprojekt

Die blauen Türme

Seit Ariana, Ronny, Carl und Elinn die rätselhaften blauen Türme entdeckt haben, ist der Mars in aller Munde: Wer hat die Türme erbaut und wozu? Wissenschaftler und Journalisten reisen an, um dem Geheimnis auf den Grund zu gehen. Die Marssiedlung wächst rasant und mit den Raumschiffen von der Erde kommen nicht nur Freunde des Marsprojekts, Die vier Freunde kommen einem Saboteur in die Quere – und finden Hilfe von unerwarteter Seite.

Auch als E-Book erhältlich

304 Seiten • Arena-Taschenbuch
ISBN 978-3-401-50999-0
www.arena-verlag.de

Andreas Eschbach

Black*Out
978-3-401-50867-2

Hide*Out
978-3-401-50868-9

Time*Out
978-3-401-50869-6

Was wäre, wenn das Wissen und die Gedanken eines Einzelnen für eine ganze Gruppe verfügbar wären? Jederzeit. Würden dann nicht Frieden und Einigkeit auf Erden herrschen? Wäre der Mensch dann endlich nicht mehr so entsetzlich allein? Oder könnte dadurch eine allgegenwärtige Supermacht entstehen, die zur schlimmsten Bedrohung der Welt wird?

Drei Thriller der Extraklasse von Bestsellerautor Andreas Eschbach, der die Themen Vernetzung und Globalisierung auf eine ganz neue, atemberaubende Weise weiterdenkt und die Frage stellt, was Identität und Individualität für die Menschheit bedeuten.

Arena

Auch als E-Books erhältlich
Als Hörbücher bei Arena audio

Jeder Band:
Arena-Taschenbuch
www.arena-verlag.de